목련정전
目連正傳

최은미 소설집
목련정전

초판 1쇄 발행 2015년 10월 15일
초판 9쇄 발행 2024년 7월 17일

지은이 최은미
펴낸이 이광호
펴낸곳 ㈜문학과지성사
등록번호 제1993-000098호
주소 04034 서울 마포구 잔다리로7길 18 (서교동 377-20)
전화 02)338-7224
팩스 02)323-4180(편집) 02)338-7221(영업)
전자우편 moonji@moonji.com
홈페이지 www.moonji.com

ISBN 978-89-320-2795-1

이 책은 2014년도 대산창작기금을 받았습니다.

이 도서의 국립중앙도서관 출판예정도서목록(CIP)은 서지정보유통지원시스템 홈페이지(http://seoji.nl.go.kr)와 국가자료공동목록시스템(http://www.nl.go.kr/kolisnet)에서 이용하실 수 있습니다. (CIP제어번호: CIP2015027179)

목련정전

目連正傳

최은미 소설집

문학과지성사
2015

차례

창 너머 겨울

그 여자는 내 사촌형수였다. 사촌 규가 처음 그녀를 데리고 왔을 때 나는 마당에서 차 바퀴의 눈을 털어내고 있었다. 설날 오후였고 귀경 차가 몰리기 전에 출발할 생각이었다. 결혼할 여자를 인사시키러 오겠다는 규의 전화를 받고 어머니는 여동생 결혼식 때의 축의금 명부를 꺼내와 한 칸씩 짚어나갔다. 며칠 동안 내린 눈 위로 겨울 해가 내리쬐는 날이었다. 눈이 되쏘는 빛에 사방이 부셨지만 바닥은 벌써 질척거렸다. 화단 돌에 신발 흙을 털고 있는데 "큰어머니!" 하는 규의 목소리가 들렸다.

고개를 드는데 갑자기 눈이 시어 나는 눈을 감았다. 1초. 2초? 눈이 떠지고 빛이 익었을 때 나는 규 옆에 서 있는 한 여자를 보았다. 여자는 마당 한가운데에 서서 장갑을 벗고 있었다. 장갑 때문이었다. 장갑에 달린 고리가 반짝하고 흔들리면서 사방으로 빛이 튀었다. 나는 넘어질 뻔했다.

어머니는 규와 여자의 손을 한쪽씩 잡으며 거실 가운데로 자리를 권했다. 여자는 두 다리를 가지런히 포개 한쪽으로 접고 앉았다. 두꺼운 타이츠를 신고 있었지만 발목이 가늘었고 발가락 간의 경사가 급했다. 어머니가 수정과를 내주자 여자는 규의 집에서는 물 한 모금도 못 마시며 긴장했던 사람처럼 두 모금을 연거푸 마셨다. 그런데도 그릇에 입술 자국이 묻어나지 않았다. 나는 그게 너무 신기해 여자의 입술이 닿았던 사발과 여자의 입술을, 그녀가 화장을 한 것인지 원래 입술이 반짝이는 것인지를 생각하며 번갈아 쳐다보았다. 그러다 머쓱해져 규한테 눈을 고정시켰다. 규는 여전히 모발이 처지고 피부가 지저분했다. 로션을 제대로 안 발랐는지 면도 자국이 허옇게 일어나 있었다. 무슨 말 끝에 규는 금연 한 달째라며 한바탕 웃어젖혔다. 여자도 같이 웃었다. 뒤이어 어머니도 웃었다. 웃고 있었지만 쓰린 속을 감추지 못하는 게 보였다. 결혼식 때 뵙겠다는 인사를 끝으로 둘은 일어섰다. 여자가 허리를 숙여 부츠를 신었다. 여자의 발이 긴 부츠 속으로 들어갔다. 눈이 꽤 녹았을 텐데, 땅도 밟지 않고 사뿐히 미끄러져 온 것처럼 여자의 굽에는 티 하나 묻어 있지 않았다.

립스틱도 묻어나지 않고 흙도 묻어나지 않는 여자.

그게 형수의 첫인상이었다. 그래서인지 형수는 이 세상의 범속한 여자가 아닌 것처럼 느껴졌다. 그래서 규와는 더더욱 어울리지 않았다.

저 자식이 어떻게 저런 여자를. 저런 자식이 어떻게.

올라오는 휴게소에서 나는 선 채로 우동을 삼켰다.

몇 달 뒤 봄에 둘은 결혼을 했다. 나는 규의 결혼식장 입구에 앉아 신랑 측 축의금 봉투를 받았다. 2년 뒤에 규는 딸을 낳았다. 한 해에 두어 번은 그들을 봤다. 규의 아내이자 한 아이의 엄마인 그녀는 나를 볼 때마다 도련님이라고 불렀다. 그러나 나는 한동안 그녀를 형수라고 부르지 않았다.

*

아버지가 말씀하셨다. 그날을 잊을 수 없다고. 옆에서 작은아버지가 조용히 웃었다. 규는 풀들을 긁어모았고 나는 술을 따랐다. 참 좋았지. 참 좋았어. 나는 출근 버스 창에 머리를 기대고 졸았다. 졸면서 꿈을 꾸면 아버지가 나왔다. 그날을 잊을 수가 없다. 아버지는 버스 창에 깃발처럼 매달려 따라왔다. 신호에 걸려 버스가 멈추면 좌석 어디쯤에서 어머니가 고무장갑을 흔들었다. 버스가 다시 속력을 내면 아버지가 검은 얼굴로 펄럭이며 창을 두드렸다. 나는 창이 열리지 않게 안간힘을 쓰다가 머리를 찧고 깨어났다. 그날도 그랬다. 버스는 조용하게 멈춰 서고, 사람들은 종종거리며 길을 건너고, 나는 앞좌석의 사람이 바뀌는 것을 보다가 가방에서 신문을 꺼냈다.

*

한 여자가 유리창 안쪽에 앉아 있는 사진이었다. 그 여자가 형수가 아닌 것은 분명했다. 규의 딸이 세 돌인가 네 돌인가였다. 아이한테 매달려 있을 형수가 일간지 1면에 나올 가능성은 거의 없었다.

여자는 유리창 안쪽에 앉아 이쪽 어딘가를 내다보고 있었다. 습기 찬 유리창 표면으로 물방울들이 흘러내렸다. 여자는 좌석에 등을 기댄 채로 생각을 놓은 듯한 시선을 밖으로 풀어놓고 있었다. 맺힌 물방울들이 여자의 이마와 턱 선과 목덜미를 지나 흘러갔다. 여자는 밀폐된 창 안에서 정사를 나눈 뒤 쉬고 있는 것 같기도 했고 바깥에서 벌어지는 사건을 무심히 목격하며 지나치는 사람 같기도 했다. 사진 밑에는 이런 설명이 달려 있었다.

창 너머 겨울—중부 내륙 지방에 한파주의보가 내려진 24일 오전, 출근 버스에 탄 직장인이 김이 서린 창 너머 바깥을 내다보고 있다. 기상청은 26일부터 평년 기온을 회복해 추위가 누그러질 것이라고 예보했다.

출근을 하자 그룹웨어 게시판에 여자의 사진이 올라와 있었다. 밑에는 환호 댓글이 수두룩했다. 여자는 나와 같은 직장이었다. 나는 여자와 같은 부서였던 적이 한 번도 없지만 얼굴도 이름도 알고 있었다. 복도에서 마주치면 업무 얘기도 몇 마디 나누었을 것이다. 그런데도 그 사람이 신문 속 여자와 동일인일 것이라고는 생각하지 못했다. 몇 주 뒤 인사이동으로 그녀와 같은 부서가 되었을 때 나는 규와 형수가 정말로 결혼을 했을 때처럼 놀라웠다.

여자는 널찍한 통로 하나를 사이에 두고 내 건너편 자리에 앉았다. 여자가 고개를 숙이고 있으면 파티션 너머로 머리를 묶어 올린 끈이나 핀이 보였다. 여자가 모니터를 보고 있으면 파티션 경계로 미간이 아슬아슬하게 걸쳐졌다. 그녀가 시야에 들어올 때마다 내 머릿속에선 한파, 습기, 너머, 정사, 목격 같은 단어들이 한꺼번에 뒤섞였다.

같은 부서가 되었지만 여자와 같이 밥을 먹는 일은 드물었다. 그녀는 근처 구내식당에서 맑은국을 먹었고 나는 남자 부원들 몇과 밖으로 나가 고기가 들어간 걸쭉한 찌개나 해장국을 주로 먹었다. 그래도 주초에 한 번은 부서원이 다 같이 점심을 먹었다. 그녀는 식당에 둘러앉으면 몸에 밴 일인 듯 사람들 앞에 숟가락부터 놓았다. 식당을 나가면서는 계산대 옆의 사탕을 집어 정다운 큰언니처럼 신입들한테 나누어 주었다. 그녀가 수

저를 놓을 때 휴대폰만 들여다보던 신입들이었다.

전통 소품을 늘어놓은 거리를 한참 걸어 올라가 큰길을 건너야 사무실이었다. 신년부터 음력설까지, 거리에는 갖가지 장신구들이 늘어섰다. 갓끈이나 옥로 같은 남자 장신구도 있었지만 사람들 눈을 끄는 것은 여자 장신구였다. 비녀와 댕기부터 시작해 색색의 노리개와 가락지, 사극에서나 보던 뒤꽂이와 떨잠까지. 밥을 먹고 올라오면서 직원들은 장신구 부스 앞에서 탄성을 지르며 장신구들을 머리에 대어보고 웃고 했다. 용수철 같은 떨 끝에 새 장식이 달린 것이었다. 1월 첫째 주에도 둘째 주에도 셋째 주에도 넷째 주에도 나는 그녀가 머리에 떨잠을 꽂아보는 것을 지켜보았다. 떨잠을 꽂아보며 환하게 웃다가, 다시 제자리에 놓으며 웃음을 거둔 그녀가 무심히 이쪽을 돌아볼 때, 그럴 때 잠깐 일간지 1면 속 모습을 포착할 수 있었지만 평소의 그녀는 사진 속 느낌을 좀처럼 드러내지 않았다.

외투를 벗고 난 사무실은 서늘하고 침침했다. 해가 잘 들지 않고 외풍도 있었다. 그녀와 나는 통로에 있는 옷걸이를 같이 썼다. 점심시간 한 시간을 제외한 아침 9시부터 저녁 6시까지, 그녀의 코트와 내 코트는 어깨와 어깨가, 팔과 팔이 서로 맞닿아 있었다. 마주 보고 포개져 있을 때도 있었고 먼저 건 사람이 뒤에서 안고 있을 때도 있었다. 그 옷걸이는 그즈음 내 마음 한쪽을 가장 저릿하게 하고 또 쓸쓸하게 했다.

오후 업무 시작 전엔 규가 SNS에 올린 글과 사진을 훑어보았다. 요새 규는 딸을 자랑하는 사진들만 올렸다. 스케치북에 선 하나 그어놓은 사진이 올라오면 규의 동료들이 '미래의 대화가'라는 댓글을 달았다. 밥풀로 뒤범벅된 아이 얼굴 사진이 올라오면 사돈을 맺자는 댓글이 이어졌다. 규가 올린 사진 속에서 가끔 형수의 모습을 보았다. 손이나 하체, 뒤통수 일부만 등장했지만 나는 그게 형수라는 걸 알 수 있었고 처음 보았던 발 모양까지 또렷이 떠올릴 수 있었다. 아이를 낳은 뒤 형수는 기미를 가릴 만한 화장도 하지 않고 파마기 없이 이리저리 뻗친 머리를 해서 누가 봐도 어린아이의 엄마 같은 모습이었지만 발목의 굵기만큼은 변함이 없었다.

"춥지 않으세요?"

남자 주임 하나가 선풍기 난로를 들고 갔다. 저 자식은 남자인데도 뜨끈뜨끈한 난로를 옆에 두고 싶을까. 그래도 아무 이상이 없는 걸까. 나는 규의 사진을 닫고 인터넷 기사 몇 개를 읽었다. 라디에이터가 박차를 가하는 소리가 들려왔다. 누군가 머그잔에 따뜻한 물을 가득 받아 지나갔다. 그리고 나는 무방비인 채로 모니터와 일대일로 앉아, 검색창에서 광고 배너에서 기사 목록에서, 여지없이 나를 겨냥하는 문장 하나와 마주쳤다. 나를 슬프게 하지만 열지 않을 수 없게 하는 한마디.

'사타구니가 가려우십니까?'

*

가려웠다. 봄 여름 가을 겨울 언제나 가려웠다. 봄가을에는 정신없이 가려웠고 여름에는 못 견디게 가려웠고 겨울에는 그냥 가려웠다. 어떻게 하면 상처 안 나게 긁을 수 있을까, 어떻게 하면 티 안 나게 긁을 수 있을까, 날이 더워지면 그 생각에만 몰두했다. 사무실에 앉아 있을 땐 바지 주머니에 손을 넣어 어떻게든 긁었지만 사람들이 많은 곳에서 가려움이 시작되면 발가락을 짓누르다 자리를 피하는 것 말고는 방법이 없었다. 의사들은 오래 앉아 있는 게 좋지 않다고 했지만 나한테는 외근보다 파티션이 하체를 가려주는 사무실 근무가 편했다.

가려움증 때문에 깊이 잠들기도 어려웠지만 자다가 무의식적으로 긁게 되는 것도 난감했다. 미친 듯이 긁다가 정신을 차려보면 진물이 흐르면서 피가 났다. 피가 난 음낭과 허벅지 안쪽은 악어가죽처럼 딱지로 덮여 있을 때가 많았다. 한여름에는 한두 시간만 앉아 있어도 금세 땀이 찼고 조금만 걸어도 살이 쓸리면서 쓰라렸다. 진물 때문에 속옷은 누렇고 빳빳해졌고 빳빳해진 천이 다시 살을 자극했다. 뭐라 설명하기 힘든 시큼털털한 냄새가 가시지 않았다.

증상이 심해진 건 다 규 때문이었다. 아버지 장례를 치르고 나는 바로 군에 입대했다. 가려움이 시작된 건 그 무렵부터였다. 그래도 군대에서는 으레 그러려니 했다. 훈련 땐 항상 땀에 절어 있었고 제때에 씻지도 못했다. 어쩌다 씻어도 마를 새 없이 급하게 옷을 입었고 군복은 통풍이 되지 않았다. 휴가를 나와 술을 먹던 중 규가 연고 하나를 권했다. 자기 내무반에서 모두가 효과를 본 연고라고 했다. 군인인 동안은 절대 나을 수 없는 병이기 때문에 휴가 때마다 독한 연고를 사가지고 들어가 꾸준히 바르는 것만이 방법이라고 했다.

전역 후 제일 먼저 간 곳은 사우나였다. 제대로 씻고 싶었다. 사우나를 마치고 몸을 닦으면서 전신 거울 앞에 섰다. 수건으로 꼼꼼히 닦던 중이었다. 나는 몇 번을 다시 보았다. 그 부분이 검었다. 그냥 검은 게 아니라 탁한 이물질이 섞인, 썩어가는 듯한 검은색이었다. 분명히 얼마 전까지만 해도 털 밑 살이 빨간 정도였는데. 뒤를 돌아 몸을 훑었다. 다시 앞으로 돌아 훑었다. 중심부에서 시작된 어떤 것이 항문과 허벅지, 배꼽 아래까지 번져 있었다. 거뭇거뭇한 반점과 피딱지와 각질만이 아니었다. 정체를 알 수 없는 희뿌연 무언가가 마수를 뻗고 있었다. 그런 채로 내 뿌리가 헐어가고 있었다. 중년 남자들이 내 몸을 보면서 눈살을 찌푸렸다. 관리자가 내가 닦은 수건을 비닐팩에 넣어 쓰레기통에 버렸다.

사우나에서 나와 첫번째로 찾아간 비뇨기과에서 의사가 말했다.

"씻고 잘 말리세요."

나는 군대에서 썼던 연고를 내밀었다. 의사가 혀를 찼다.

"환자분은 일반 습진이 아니라 사타구니에 곰팡이가 서식하는 것입니다. 항진균제를 써야 하는데 이렇게 독한 스테로이드제를 몇 년씩 썼으니 더 심해질 수밖에요. 연고 함부로 쓰시면 큰일납니다."

의사는 다리를 떨듯이 습관적으로 혀를 찼다. 나는 그게 거슬려서 병원을 옮겼다. 옮긴 병원에서 의사가 말했다.

"씻고 잘 말리세요."

그곳은 간호사들이 불친절해서 마음에 들지 않았다. 다음 병원에서 의사가 말했다.

"지구상에서 곰팡이가 살기에 가장 좋은 곳이 어딘지 아십니까?"

"……"

"바로 인간 남자의 생식기입니다."

나는 그가 그렇게 말하는 게 비뇨기과 의사이기 때문이라고 생각했다. 건축업자라면 지구에서 곰팡이가 살기에 가장 좋은 곳은 결로가 있는 베란다라고 할 것이다. 두피관리사라면 두피라고 할 것이고 락스 회사 홍보팀장이라면 세상의 모든 곳이라고 할 것이다. 그다음부터는 비뇨기과가 아니라 피부과를 찾아갔다.

"가려워서, 죽겠습니다."

의사가 말없이 고개를 끄덕였다. 더 이상 시간 낭비를 하고 싶지 않았다.

“혹시 이것 때문에 말입니다, 성 기능에도 문제가 있을 수 있습니까?”

나는 그동안 제일 궁금했던 것을 마침내 물어보았다. 그러나 묻고 나자 이 질문은 피부과보다는 비뇨기과에서 하는 게 더 어울렸을 거란 생각이 들었다.

“음…… 곰팡이가 이미 죽은 조직이나 약해진 것들을 먹고 살긴 합니다만, 강해지시는 게 아무래도 좋겠죠. 강해지시려면…… 술 담배 하지 마시고요, 운동하시고요, 집밥 드시고요, 스트레스를 줄이세요.”

“……”

“곰팡이가 온도가 높고 습한 곳에서 확 퍼지는 거 아시죠? 씻고 잘 말리세요.”

처방전을 입력하던 의사가 덧붙였다.

“장기전이 될 겁니다.”

“……”

“곰팡이는 이 세상에서 번식력이 가장 좋은 생물이거든요.”

나는 그 병원에도 다시 가지 않았다. 마지막 말이 나를 무시하는 것처럼 들렸기 때문이다.

*

오전부터 시작된 전국 사무처장 회의가 점심시간까지 이어졌다. 올해 예정된 두 개의 국제 행사 때문에 연초부터 각 지방 연맹과 연계된 실무회의가 연이어 열렸다. 행사가 열리는 곳은 완주와 평창이었다.

"어째 얼굴이 좀 거칠해 보입니다. 혼자일수록 몸보신 잘하셔야지."

강원 연맹 강 처장이 자판기 커피를 건네며 말했다. 얼핏 들으면 걱정을 해주는 듯한 말이었지만 실상은 나를 까는 말이었다. 지방 연맹 감사를 할 때 칼자루를 쥔 건 나였다. 그러나 부서가 바뀐 이상 이제 나는 정중히 업무 협조를 구해야 하는 위치에 있었다. 더구나 그는 평창 행사 실무를 쥐고 있었다. 평창은 완주보다 위도도 고도도 높은 곳이었다. 평창 행사는 겨울이고 완주 행사는 여름이었다. 완주는 내가 피해야 하는 곳이었다.

강 처장은 곧 그녀한테 걸어갔다. 몇 마디 하더니 둘 다 웃음을 터뜨렸다. 지적만 하던 나보다는 같이 행사를 해온 그녀가 몇 배 편할 것이다. 그녀와 얘기를 하면서도 강 처장은 계속 이쪽을 의식했다. 임원 찬조금에 조금씩 손대고, 대원 포상비를 노트북 수리비로 쓰고, 퇴사한 후배 명의로 인건비를 지출해온 것을 스스로도 알고 있을 것이다. 그리고 그것들을 내가 덮었다는 것도 잊지 않고 있을 것이다.

강 처장과 전북 연맹 사무처장이 부장실로 들어가고 그녀는 다시 업무 자세로 돌아갔다. 내가 보기에 그녀는 부서에서 가장 많은 일을 했다. 본격적인 일정은 시작되지 않았지만 부서의 중요한 연락은 거의 그녀의 내선을 통해 마무리가 되었다. 그렇다고 그녀가 회의에서 분위기를 주도하거나 부장이나 총재와 특별히 가깝거나 한 것도 아니었다. 주임들은 그녀가 일의 줄기를 짚어주기보다 혼자서 일을 해버린다고 종종 불만스러운 모양이었지만 사실 그녀가 일 욕심을 내며 나서는 스타일은 아니었다.

이번 인사는 이해가 가지 않는 부분이 많았다. 그동안 재무와 감사 등 본부의 주요 행정 일만 담당해온 내가 왜 노가다나 다름없는 행사 주무 부서로 이동이 된 것일까. 나한테 감정이 있는 지방 연맹의 누군가가 움직인 것은 아닌지, 어떤 뒷말이 들리든 외근을 피하기 위해 짜놨던 내 판이 이대로 어그러지는 것은 아닌지, 이런저런 생각들이 오갔다. 어차피 큰 행사가 있으면 본부의 모든 직원이 동원되었지만 업무 지원을 하는 것과 주무 부서에서 책임을 맡는 것은 다른 일이었다. 그녀는 이 부서에서 가장 오래 일한 사람이었고 나는 이 부서에 처음 온 사람이었다. 그런데도 그녀와 나는 직급도 책임져야 할 덩어리도 비슷했다. 완주팀과 평창팀이 꾸려지면 그녀와 내가 한 팀씩

말아야 할 것이다. 그녀와 격의 없이 편한 동료가 되는 것이 일단 필요했다. 그런데도 나는 일간지 1면에서 본 그녀의 모습에서 벗어나지 못하고 있었다. 나쁜 짓을 하다 들킨 아이처럼 그녀와 눈이 마주치는 것이 편치 않았다. 그리고 그녀가 이런 내 태도를 어쭙잖은 자격지심이나 견제로 받아들일까 봐 신경이 쓰였다.

오후 간식으로 피자가 배달되었다. 큰 회의가 끝난 뒤여서인지 다들 쉬지 않고 먹었다. 몇몇 업무 얘기를 끝으로 화제는 엊그제 범인이 잡힌 살인 사건으로 이어졌다. 1, 2주 사이에 끔찍한 범죄가 잇달아 터지고 있었다. 이별을 통보한 여자친구를 난도질해 죽인 사건, 유치원생을 성폭행하고 죽인 사건, 귀가하는 여자를 내리쳐 죽인 사건. 살해된 사람은 모두 여자였다.

"아무튼 여자 죽이는 것들은 다 씨를 말려야 돼."

누군가 콜라를 들이켜며 중얼거렸다. 살인 사건은 부장의 입에서 바로 업무 얘기로 연결이 되었다.

"해마다 소녀 대원들 수가 내리막길인 거 알죠? 기금 개발에 머리 좀 굴립시다 다들. 지방 연맹들은 맨날 사업비 올려달라는 말만 하지 도대체 돈 나올 데가 없잖아요."

소녀 대원들 등록비로 월급 받아먹는 민간 비영리단체에서 여자의 수가 주는 건 밥벌이가 위협받는 것이었다. 소녀를 낳을 가임기 여성들, 가임기 여성으로 클 소녀들. 우리에겐 누구보다 소중한 존재들이었다.

새로운 대원들을 끌어올 좋은 교육 프로그램 연구, 대원들 등록비에만 의지하지 않고 단체를 운영할 수 있는 기금 조성 활동. 연초마다 중요성이 강조되는 그 사업들 모두 물론 중요했다. 그러나 한정된 인력으로는 정해진 행사만 치르기에도 한 해가 빠듯했다. 쓸 만한 신입들은 일 좀 가르쳐놓으면 다른 곳에 취업이 되었다고 그만두었고 어쩌다 이곳을 탈출할 시기를 놓치고 연맹에 붙어 있는 나 같은 연차들은 일정 정도의 타성과 반복되는 피로, 같은 색깔의 무력감에 절어 있었다.

여자 신입 둘이 피자를 먹자마자 휴대폰과 파우치를 들고 시시덕거리며 화장실로 갔다. 탁자 위에는 콜라를 마신 컵들과 소스가 묻은 티슈가 너저분했다. 이럴 때 뒤처리를 하는 것은 그녀이거나 남자 신입들이었다. 이곳은 내가 있어야 할 곳이 아니라는 듯 뽀얀 얼굴로 왔다 갔다 하다 몇 개월 만에 그만두는 여자 신입들을 나는 증오했다. 푹푹 찌는 한여름에도 카디건을 걸치고 앉아 뜨거운 커피를 홀짝거리며 길거리를 내다보는 여자들. 그런 여자들만 보면 나는 가서 다 망쳐놓고 싶은 충동을 느꼈다. 내가 땀 흘려 일하는 사회교육 단체의 소녀 대원들이 내가 증오하는 부류의 여자로 클지도 모른다는 사실. 그만두고 싶은 고비는 그럴 때 찾아왔다.

그녀가 낮게 한숨을 뱉으며 자리로 돌아갔다. 갈피가 보이기 전에 신입한테 정을 주는 일은 금물이었다. 그녀도 그걸 모를 리 없었다.

완주에서 열릴 여름캠프는 그녀가 몇 번이나 치러본 행사였다. 여러 회기를 거치며 정착이 돼서 큰 사고만 나지 않으면 되었다. 반면 평창 행사는 여러 가지가 걸려 있었다. 동계올림픽이 유치되기 전에 결정된 행사였지만 올림픽이 유치되면서 더 주목을 받았다. 총재가 평창 행사의 조직위원장과 두 손을 맞잡고 찍은 후원 협약식 사진이 도처에 널려 있었다. 행자부에서 공모하는 억대의 지원 사업 선정 건도 걸려 있었다. 단순한 후원 단체 역할만으로는 안 되었다. 아직도 우리 연맹이 건재하다는 존재감을 확실히 드러내야 했다. 총재는 그녀에게 평창을 맡기려고 할 것이다. 당연했다. 잘할 수 있는 사람도, 애써 온 사람도 그녀였다.

나는 업무 협조차 한 번 갔다가 무슨 핑계를 대서라도 다시는 가지 않는 여름캠프를 떠올렸다. 한여름의 습한 휴양림. 텐트 위에 우발적으로 쏟아지는 소나기와 모기. 땀에 젖은 티셔츠를 입고 오가는 발육 잘된 소녀들. 그리고 제철을 만나 더욱 창궐할 나의 곰팡이 균사들. 30개국 1만 명의 소녀들 앞에서 사타구니를 긁고 있을 내 모습이 보였다. 재앙이었다.

*

한파가 계속되었지만 겨울은 조금씩 지나가는 중이었다. 설 연휴가 끝나고 일정이 시작될 즈음에 맞춰 점점 날이 풀릴 것이다. 가려움증이 덜한 겨울일수록 연고를 더 꼼꼼히 발라야 했다. 곰팡이가 포자 형태로 잠시 숨는 것이지 없어지는 게 아니기 때문이었다. 없어진 줄 알고 방심했다가 더 심하게 재발한 게 여러 번이었다. 생각보다 질긴 장기전이었다. '완치' 혹은 '박멸'이라는 단어가 주는 희망에서 나는 조금씩 마음을 돌렸다. 곰팡이의 씨를 말릴 수 있는 연고는 어디에도 없었다.

저녁 7시가 넘어가는 중이었다. 통로 저쪽에 그녀가 혼자 앉아 있었다. 밖은 이미 어두웠다.

"퇴근 안 하세요?"

나는 일부러 경쾌한 목소리로 물었다. 하루 종일 그녀의 코트와 포개져 있던 내 코트 깃에서 오랫동안 맡아보지 못했던 냄새가 났다.

"좀더 있다 가려구요."

그녀의 책상에는 이번 계절 연맹지가 펼쳐져 있었다. 1960년대에 소녀였던 한 할머니 대원의 인터뷰가 실린 연맹지였다. 연맹지 옆으로 완주와 평창 팸플릿들이 흩어져 있었다. 평창 팸플릿 곳곳에 'Happy 700'이라는 문구가 별처럼 박혀 있었다.

"인간이 가장 행복감을 느끼는 고도라죠. 해발 7백 미터요."

그녀가 희미하게 웃으며 말했다. 밀폐, 습기, 창, 그 너머를 바라보던 그녀가 바로 내 앞에 있었다. 눈 결정처럼 응고되는 성에 속으로 그녀가 언뜻언뜻 가려졌다. 평창에서 살고 싶다는 걸까. 평창 행사를 맡고 싶다는 걸까. 아니면 행복해지고 싶다는 걸까. 어느 결에 그녀가 차 한 잔을 타와 건네며 내 옆에 섰다. 어둑한 사무실엔 퇴근 무렵의 분주했던 공기가 낮게 가라앉아 있었다. 석유난로 위에서 가습용 주전자가 천천히 식어갔다. 신문이 펼쳐져 있는 회의 탁자 너머로 캐비닛의 낡은 문짝이 조금씩 어긋나 있었다. 철제 책장에 꽂혀 있는 묵은 서류철들. 통로 끝에서 복사기 불빛이 환영처럼 어른거렸다.

"예전에는 보면 알 수 있었어요. 여기에 남을 사람인지, 떠날 사람인지."

그녀가 사무실 허공에 눈을 두고 말했다.

"그런데 이젠 잘 모르겠어요."

그녀가 발끝을 보며 흐리게 웃었다. 잘 안다. 10년이 훌쩍 넘는 시간을 이곳에서 보내면서 그녀 또한 왔다가 떠나는 사람들을 수없이 지켜보았을 것이다. 잡아본 적도 있을 것이고 흔들린 적도 있을 것이다. 혼자서 일을 하는 위험한 습관은 그녀가 자신을 지키기 위해 택한 어쩔 수 없는 방편인지도 몰랐다.

나는 다시 한 번 퇴근을 안 하느냐고 물었고 그녀는 조금 더 있을 거라고 대답했다. 집에 돌아와 짜파게티를 두 개 끓였다. 어머니가 보낸 김장김치를 꺼내놓고 허겁지겁 몇 젓가락을 먹다가 반 넘게 버렸다. 손톱을 더 짧게 깎고 항균비누로 손을 씻었다. 티셔츠 아래로 헐렁한 사각팬티만 걸친 채 나는 컴퓨터 앞에 앉았다. 왼손을 팬티 속에 넣어 긁기 시작하면서 오른손으로는 마우스를 잡았다. 긁던 손을 꺼내 수시로 냄새를 맡아

보면서 가려움증과 연관된 검색어 속으로 빠져들어가다 보면 자정이 훌쩍 넘었다. 밤을 할애한 검색 덕분에 나는 성기에 오소리 기름도 발라봤고 유칼립투스 추출 섬유로 만든 팬티도 입어봤다. 아기 엉덩이에 바르는 파우더가 효과가 있다는 글을 보다가 나는 문득 규를 떠올렸다. 규는 다 나았을까. 형수가 싫어하지는 않았을까.

이런저런 생각을 하다 습관처럼 연맹 그룹웨어에 접속했다. 뜻밖에도 접속자 명단에 그녀의 이름이 있었다. 밤이 늦었는데 설마 아직 사무실일까. 나는 쪽지 창을 열고 '안 가고 뭐해요?'라고 썼다. 그러다 '안 자고 뭐해요?'라고 고쳤다. 그러다 다시 지웠다. 빈 쪽지 창을 띄워둔 채 나는 부서 게시판에서 그녀의 글을 검색했다. 그녀가 그동안 올린 글이 무수히 떴다. 무슨무슨 회의록, 이런저런 경과보고 중에서 제일 짧은 제목이 보였다. 작년 8월 29일 17시 45분에 작성한 글이었다.

'유난히 더웠던 한 주가 지나가네요. 지구가 정말로 소리 없이 돌고 있기 때문이겠죠. 모두 고생하셨습니다.'

텅 빈 사무실을 바라보던 그녀의 옆모습이 떠올랐다. 자기 자리로 천천히 걸어 돌아가던 그녀의 뒷모습도 보였다. 내가 다른 부서에 있던 다른 시간, 다른 계절에도 그녀는 지금처럼 거기에 있었다. 그 자리에서 부서 사람들을 챙기고 묵묵히 일을 하고 있었던 것이다. 나는 글을 그대로 띄워놓고 한참을 바라보았다. 눈으로도 읽어보고 소리 내서도 읽어보았다. 지구가 도니까, 땀 차는 여름이 지나면 땀 덜 차는 겨울이 올 것이다, 지나갈 것이다, 결국에는 글이 그렇게 나를 다독였다. 그녀가 보고 싶었다. 단 한마디라도 그녀에게 닿고 싶었다. 나는 다시 접속자 명단을 열었다. 그러나 그녀는 그룹웨어에서 나간 뒤였다.

포털 사이트를 열었다. 그리운 사람의 이름을 쳐보는 사람처럼 나는 검색창에 '창 너머 겨울'이라고 쳐보았다. 다시 '창 너머 겨울 출근 버스'라고 쳐보았다. 그러자 정말로 그녀의 얼굴이 떴다. 그녀는 버스에 앉아 있었다. 버스 앞 신호는 지금 붉은빛일 것이다. 그리고 곧 바뀔 것이다. 아침까지가 너무 길게 느껴졌다.

나는 바탕화면의 잡다한 폴더들을 정리했다. 그리고 그녀의 사진을 화면에 가득 차게 깔아놓았다. 침대에 누워 팔베개를 한 채 나는 그녀를 바라보았다. 꿈을 꾸었고, 그러다 잠이 들었다.

설 연휴 전의 마지막 점심 식사 자리에서 그녀는 은색 밥그릇 뚜껑에 자신의 밥을 나누어 주었다. 게시판 글을 본 이후로 내게는 그녀의 행동 하나하나가 이전보다 더 의미를 두고 다가왔다. 콩비지찌개를 같이 떠먹는 동안 나는 그런 생각을 했는지도 모르겠다. 신랑을 위해서 자신의 어떤 것을 조금은 희생해주는 사내 부부의 아내처럼, 그녀가 내 사정을 헤아리고 평창을 양보해주지 않을까 하는 생각.

버섯 세트를 하나씩 나눠 든 직원들이 집을 향해 흩어졌다. 설 연휴를 어떤 가족들과 어떻게 보낼지 처음으로 그녀의 그런 것들이 궁금해졌다. 나는 그동안 다니던 피부과를 정리하고 다시 비뇨기과로 병원을 바꾸었다.

*

어머니가 말씀하셨다. 세상은 더럽고 우리에겐 락스가 있다고.

락스를 사랑하는 내 어머니는 여전히 명절날의 대장이었다. 작은어머니와 형수가 일할 분량과 범위를 정해놓고 더는 넘어오지 않게 했다. 어머니는 며칠 동안 락스를 풀어 걸레를 삶고 집 안 구석구석을 닦으면서 명절 때 오갈 사람들의 동선을 그려보았을 것이다. 윤이 나는 바닥을 네 살이 된 규의 딸이 내달리며 놀았다. "우리 종손께서 얼른 짝을 데려와야 형님이 든든하시지." 작은어머니가 올해도 내 어깨를 치며 말했다.

아이를 낳고 서너 해가 지나자 형수는 한결 편안해 보였다. 가끔은 웃는 모습이 너무 환해서 저 사람이 정말 우리 집안사람이 맞는 건가 신기하기도 했다. 형수가 "큰어머니, 큰어머니" 하며 우리 어머니한테 이것저것 묻고 살갑게 대하면 기분이 좋았다. 그러다 작은어머니랑 한바탕 웃는 것을 보면 형수의 진짜 시어머니는 내 어머니가 아니라 규의 어머니라는 생각에 잠에서 깬 기분이 들었다.

어머니는 말씀하셨다. 다른 거 따질 거 없다. 그저 화목한 부모 밑에서 사랑받고 자란 여자가 제일이야. 그런 여자가 너도 위해줄 줄 알고 애도 반듯하게 키우는 거다. 그게 어머니가 말하는 배우자의 덕이었다. 양친이 있고, 그 양친의 사이가 좋고, 그런 부모가 저절로 심어준 세상과 사람에 대한 믿음 때문에 빛깔 자체가 환한 여자. 그런 여자들이 내 주위의 어딘가에 있기는 있었던 것 같지만 그들은 늘 나와는 다른 반, 다른 과, 다른 동네 사람이었다. 같은 지하철역에서 내려도 다른 빌딩으로 출근했다. 나는 해사한 형수를 볼 때마다 내가 그동안 사귀었던 음울한 여자들을 떠올렸다.

작은어머니와 형수가 전을 부치기 시작했다. 계란옷의 간까지 다 맞춰놓은 어머니가 아이를 어르며 숨을 고르고 있었다. 작은아버지와 함께 낚시를 하고 있다며 규한테서 나오라는 문자가 왔다. 막 일어서려는 참이었다. 아이의 변 뒤처리를 해주던 어머니가 말했다.

"야 잠지에서 냄새가 많이 나네."

형수는 동태전을 뒤집고 있었다.

"애가 감기기가 있어서 샤워를 못 시켜서 그래요 큰어머니. 이따 씻기면 괜찮아요."

"이게 안 씻겨서 나는 냄새가 아닌데."

그러면서 어머니가 욕실에 있는 락스통을 집어들었다.

"끓인 물에 락스 풀어서 씻기면 거기 냄새는 싹 없어진다."

"큰어머니!"

순식간이었다. 불길 속에서 아이를 건져내듯, 납치범한테서 아이를 낚아채듯, 뒤집개를 내던진 형수가 한달음에 달려와 어머니한테서 아이를 빼갔다. 어머니를 바라보는 형수의 눈빛에서 한순간 혐오가 지나갔다. 큰소리는 오가지 않았다. 형수는 아이한테 휴대폰을 쥐여주고 한쪽에 앉힌 뒤 일을 서둘러 마무리했다. 작은어머니는 겪을 만큼 겪었다는 듯 고개를 돌리고 아무 말이 없었다.

혼자 멋쩍게 앉은 어머니를 보는 게 힘들어 나는 밖으로 나왔다. 자기 시어머니였어도 저런 눈빛이 스쳤을까 하는 서운함에, 어머니의 락스 신봉이 이 지경까지 이르렀다는 충격까지 이래저래 마음이 쓰렸다.

마당으로 나오자 선산이 보였다. 마을 어디에 숨어도 선산이 보였다. 마찬가지로 선산 어디에 있어도 마을이 보였다. 마을을 가로지르는 강과 강보다 높은 지대에 늘어선 집들.

사람들은 아버지와 작은아버지를 보면 형만 한 아우 없다는 말을 했다. 작은아버지가 속을 알 수 없는 얼굴로 말없이 사방을 주시하는 사내인 데 반해 아버지는 정도 많고 웃음도 많고 술도 좋아해 주위에 사람들이 많았다. 풍채도 좋아서 여동생과 나를 양팔에 매달고 수건처럼 휘휘 돌려주기도 했다. 아버지의 그 호방한 성격은 내가 아닌 여동생이 물려받았지만, 나는 동네 사람들이 아버지와 소소한 고민을 나누러 들르거나 먹을 게 생겼다고 우리 집에 보내오는 게 싫지 않았다. 아버지를 좋아하지 않는 건 작은아버지뿐이라고, 가까운 사람들은 농담 반으로 말했다.

두 형제는 하나씩뿐인 아들을 데리고 매해 선산에 올라 벌초를 했다. 벌초는 여름이 끝나갈 무렵이면 치러지는 넷만의 의식이자 소풍이었다. 벌초가 끝나면 규는 잔풀들을 정리하고 나는 배낭에서 술과 과일을 꺼냈다. 아버지와 작은아버지는 무덤들 앞에 나란히 앉아 땀을 식히며 강을 내려다보았다. 상류 쪽 숲을 벗어난 강은 마을을 통과하며 넓은 들판으로 흘러갔고 들판 끝자락에 이르면 수평선처럼 풀어지며 빛으로 띠를 둘렀다. 그렇게 앉아 강을 보며 막걸리 한두 잔을 걸치고 나면 아버지는 꼭 '그날' 얘기를 했다. 그날을 잊을 수가 없다. 참 좋았지. 참 좋았어.

그건 햇빛에 대한 얘기였다. 동네 강가에서 조금 들어간 곳에는 너른 바위가 하나 있었다. 나무가 우거진 곳을 벗어나는 지점에 있었기 때문에 햇빛이 쏟아졌고 오목한 곡선 안쪽이어서 바람이 아늑했다. 아버지와 작은아버지가 이십대 중후반이던 무렵, 완전히 벗고 너른 바위 위에 누워 일광욕을 했다는 얘기였다. 그렇게 누워 있으니 그곳이 저절로 힘을 받으면서 해 쪽을 향해 일어섰다고 했다. 기분이 매우 뜨겁고 상쾌하고 좋았다고 했다. 그게 왜 그렇게 좋았다는 것인지 그때는 이해하지 못했다. 너른 바위는 우리가 어려서부터 발가벗고 놀던 곳이었다. 다 벗고 누워 있는 일은 우리도 많이 해본 일이었다. 그날 단 하루였다. 그 이후로는 그렇게 해를 향할 기회가 없는 채로 하루가 지나고 1년, 10년이 지나 어느새 늙어버렸다고 아버지는 껄껄 웃었다.

나는 눈 쌓인 선산을 올려다보았다. 거기에 아버지가 누워 있었다. 어린 시절이 아니라 성인이 되고 난 후에, 내 중심부가 제 역할을 갖추고 난 후에 나는 그곳을 햇빛에 온전히 노출해 본 적이 없었다. 그곳은 늘 막혀 있고 접혀 있고 어두웠다. 나는 '그날'을 갖지 못한 채로 급속히 썩어가고 있었다.

"역시 집안엔 애가 있어야 된다."

한복을 입은 아이가 복주머니를 매달고 집 안을 걸어다녔다. 개구리처럼 엎어져 세배를 하는 바람에 집 안의 어색한 공기가 묻히고 다들 한 번씩 웃은 뒤였다. 아이는 아빠를 잘 따랐다. 밥을 먹자마자 규의 등에 올라타 말을 몰았다. 아이는 규를 닮은 데가 전혀 없었다. 외탁인지 형수의 모습 그대로였다. 규가 자신과 닮지 않은 아이를 위해 울고 웃으며 방바닥을 기어 다니는 모습은 나한테 다소 위안을 주었다.

해가 났지만 날씨가 제법 매서웠다. 규와 형수는 뒤꼍에서 집에 가져갈 시래기를 나누고 있었다. 아이는 잘 웃고 사람 경계를 안 해 나하고도 금세 친해졌다. 감기기가 있다는데도 계속 밖에서만 놀고 싶어했다.

"우리 저 뒤에 있는 비닐하우스 구경 갈까? 거긴 따뜻하고 흙 놀이도 많이 할 수 있어."

아이가 신이 나서 팔에 매달렸다. 형수가 한복에 맞춰 가닥 가닥 땋아준 머리가 앙증맞았다. 나는 아이를 안고 뒤곁을 가로지르며 규와 형수한테 소리쳤다.

"우리 비닐하우스로 놀러 갑니다!"

아이가 내게 안긴 채로 엄마 아빠한테 손을 흔들었다. 고개를 막 돌리려던 참이었다. 형수가 규의 손에서 시래기를 가져가며 턱짓으로 우리를 가리켰다. 떨어진 거리였지만 한눈에 알 수 있었다. 그건 규한테 우리를 따라가라는 얘기였다. 규가 장갑을 벗으며 털레털레 일어섰다. 아이가 어서 가자고 내 어깨를 흔들었다. 그러나 나는 이미 형수의 표정을 보아버린 뒤였다. 형수가 굳어가는 내 얼굴에서 심상치 않음을 느꼈는지 걸어와 애를 안았다. 아이가 비닐하우스에 가겠다며 뻗대고 울다가 엄마한테 안겨 집으로 들어갔다.

비닐하우스로 들어가자 규가 따라왔다.

"뭐냐 이거?"

나는 정색을 하고 물었다.

"애가 아직 어리잖아. 쉬 마렵다고 할 수도 있고…… 너 괜히 번거로울 수도 있고……"

규가 우물쭈물하며 눈을 내리깔았다. 어려서부터 그랬다. 내가 눈을 부릅뜨면 규는 나한테 맞서지 못했다. 규가 한 해 먼저 태어났어도 내가 빠른 생일인 탓에 우리는 학교를 같이 다녔다. 운동도 싸움도 공부도 규는 내 밑이었다.

"말 돌리지 말고 똑바로 말해. 무슨 뜻이냐고. 내가 애한테 무슨 짓이라도 한다는 거야?"

"그게 아니잖아. 요새 딸 가진 엄마들 다 저래. 친아빠 말고는 누구하고도 둘만 있게는 안 한다고. 너도 뉴스 보잖아. 요즘 흉흉한 일이 한두 가지냐."

"아아아아아아아, 진짜."

뱃속에서 뱀 같은 것이 꿈틀댔다. 어제부터 누적된 무언가가 목구멍을 뚫고 북받쳐 올랐다. 형수가 어떻게. 형수가 어떻게.

"형수가 나한테 어떻게 이래!"

비닐하우스가 미세하게 흔들렸다. 메아리도 그 자리에서 멈추었다. 정적을 뚫고 바깥으로 바람이 휘몰아갔다. 규의 표정이 미묘하게 바뀌는 것이 보였다.

"집사람이 뭐. 집사람이 너한테 어떻게 해야 되는데."

규가 나를 빤히 쳐다보았다. 나는 허공으로 고개를 돌리며 웃었다.

"야, 애 너무 그렇게 키우지 마."

"허, 우리가 애를 어떻게 키우는데. 오바 좀 하지 마. 니가 딸 가진 부모 맘을 알아?"

규가 턱을 치켜들었다.

"모른다 새끼야. 내가 씨발, 걸들 마음은 알아도 니들 마음은 몰라. 내가 니네 속을 어떻게 알아!"

나는 비닐하우스의 흙을 차올렸다. 흙 알갱이가 규의 입 언저리에 가서 튀었다. 규가 주먹을 날리고 싶은 걸 겨우 참는다는 얼굴로 씩씩댔다. 적반하장이었다. 내 앞에서 이럴 수 있는 놈이 아니었는데. 결혼을 하고 아이를 낳고 나서 규한테는 굉장히 거슬리는 자신감 같은 게 붙어 있었다. 규가 주먹 대신 얼굴을 들이대며 말했다.

"너 거기 아직도 안 나았냐? 아무도 모르겠지 하면서 은근슬쩍 긁지 좀 마. 존나 변태 같애."

나는 규의 멱살을 잡았다.

"내가 누구 때문에 지금까지 이 개고생인데. 그 연고만 꾸준히 안 발랐어도 내가……"

"웃기지 마. 니네 아버지한테 옮았다고 질질 짠 게 누군데. 휴가 때 하도 징징대서 내가 보다 못해 연고 준 거 아니야. 어디서 남 탓이야, 찌질하게."

규가 나를 내팽개치고 밖으로 걸어 나갔다.

아버지? 아, 그래, 아버지. 나는 실실거리며 비닐하우스 흙바닥에 주저앉았다.

*

아버지가 마신 건 박카스 뚜껑으로 한 모금이었다. 입술만

축여도 죽는다는 전설의 제초제 그라목손이었다. 실수로 마셨는지 홧김에 마셨는지는 알 수 없었다. 어머니는 티 안 나게 깐죽대온 작은아버지 탓을 했고 작은아버지는 티 안 나게 긁어온 어머니 탓을 했다.

쓰러진 아버지를 발견하고 병원에 가서 형식적인 위세척을 했지만 아버지가 살지 못할 걸 마을 사람 모두가 알았다. 마을에는 그라목손을 먹고 죽는 사람들이 주기적으로 꼭 있었다. 그라목손은 어떤 억센 것도 살아남지 못하게 하는 맹독성 식물 전멸제였다. 일반 제초제와는 비교도 안 되게 효과가 좋아 일손이 부족한 마을에서 효자 노릇을 제대로 했다. 마을 어디에든 그라목손이 뿌려져 있었다. 어른들은 아이들에게 누누이 일렀다. 논둑에 난 쑥 같은 거 함부로 뜯어 먹으면 큰일난다고. 그러면서도 그들은 막다른 골목에 서면 그라목손에 의지해 죽어갔다.

그라목손을 먹은 사람의 마지막 며칠을 본 사람들은 하나같이 말했다. 먹으려면 많이 먹고 빨리 죽는 게 나아. 내장이 녹아가는데도 의식은 멀쩡해서 열에 아홉은 죽어가는 동안 살려달라고 매달렸다.

병원에서 돌아온 아버지는 안방에 눕는 걸 한사코 거부했다. 가족들을 위한 마지막 배려인지도 몰랐다. 아버지는 몇 년 전 집을 확장해 내 공부방으로 만들었던 곳에 자리했다. 가까운 사람들이 병문안을 하듯이 들러 죽어가는 아버지를 들여다보고 갔다. 어머니는 몸져누웠고 여동생은 입시를 핑계로 아버지 근처에는 절대 가지 않았다. 아버지 담당은 내가 되었다.

병원에서 막 돌아왔을 때만 해도 아버지가 곧 죽을 사람이라고는 느껴지지 않았다. 그러나 이틀이 지나자 아버지는 가슴을 뜯으며 숨을 몰아쉬기 시작했다. 약 성분이 산소와 결합해 폐가 굳어가게 될 것이라고 의사는 말했다. 산소가 닿을수록 폐조직이 빨리 굳기 때문에 산소호흡기로 숨을 쉬도록 도울 수도 없었다.

그때부터 열흘이었다. 약이 파고든 아버지의 몸은 숨을 쉬기 위한 몸부림과 숨을 제대로 쉴 수 없는 고통 속에서 경련하는 일만을 반복했다. 몸이 본능적으로 들이켠 숨이 숨통을 움켜쥐며 아버지를 끔찍하게 뒤틀었다.

"스흐— 스흐—"

젖은 습자지를 목젖에 붙이고 있는 듯한 소리가 아버지 입에서 새어 나왔다. 어떤 날은 불길을 훑고 나오는 소리가 났다. 아버지가 입을 벌릴 때마다 그라목손 특유의 역한 냄새가 방안에 퍼졌다. 찌는 듯한 날씨가 계속 이어졌다. 숨이 붙어 있는데 살이 먼저 썩지 않게 나는 아버지 몸을 이리저리 돌리며 선풍기를 쏘이는 일에 열중했다.

무더위가 사흘째 이어지던 밤이었다. 나는 수건을 차게 적셔서 아버지가 누운 방에 들어갔다. 아버지는 아무것도 안 걸치고 홑이불 하나만 덮은 채 천장을 향해 있었다. 짓무른 등과 둔부에서 벌써 냄새가 새어 나왔다. 얼굴 쪽으로 다가가자 검붉은 핏발로 뒤덮인 아버지의 동공이 움직였다. 아버지는 아직 살아 있었다.

"좀 닦아드릴게요, 아버지."

나는 홑이불을 조심스럽게 젖혔다. 처음에는 회백색 변인 줄 알았다. 그다음에는 혹시 정액인가 했다. 죽기 전에 아버지 몸에서 마지막으로 흘러나온 것일까. 그러나 아니었다. 거미줄보다 몇십 배는 미세한 실. 훅 불면 곧 풀어질 연기 같기도 하고 눈의 초점을 바꾸면 없는 듯도 보이는 어떤 실이 아버지의 중심부를 얽고 있었다.

"흐으— 흐으—"

칼집을 낸 듯이 갈라진 아버지의 입술이 벌어졌다. 약이 직접 닿은 입천장과 혀의 상태는 처참했다. 좋았던 풍채와 두둑했던 살집은 찾아볼 수 없었다. 제초제를 친 풀처럼 아버지는 한순간에 쪼그라들어 있었다.

"아버지."

나는 아버지의 손을 잡았다.

"아버지, 제 말이 들리세요? 들리면 제 손을 쥐어보세요."

아버지가 내 손을 쥐었다. 미약하게나마 아버지의 손힘이 느껴졌다. 나는 검푸르게 꺼진 아버지의 얼굴을 한참 동안 들여다보았다. 밖에서 여름 풀벌레들이 맹렬하게 울어대기 시작했다.

"아버지, 죽고 싶으셨어요?"

아버지 손에선 아무런 강약이 안 느껴졌다.

"아버지, 살고 싶으세요?"

아버지 손에선 아무 힘도 느껴지지 않았다. 나는 허리를 조금씩 비틀며 떨고 있는 아버지의 하체를 바라보았다.

"아버지, 가려우세요?"

그러자 아버지가 내 손을 움켜쥐었다. 모든 힘을 끌어모은 듯 강하게 움켜쥔 채 놓지 않았다. 신작로로 차가 지나가는 소리가 들렸다. 나는 밤이 깊어지기를 기다렸다. 리어카는 창고 옆에 있었다. 나는 리어카를 끌고 와 아버지를 실었다. 벌레 소리가 반짝 그치고 밤바람에 풀들이 흔들리는 소리가 들렸다. 나는 아버지를 싣고 강줄기를 따라 걸었다. 강이 만들어낸 곡선을 따라서 리어카 바퀴와 함께 걸었다. 걷다가 멈춰서 보면 밤하늘이 시시각각 무늬를 달리하며 저편으로 흘러갔다. 다른 별에서 보내오는 빛이 검은 강물에 닿았다가 다시 땅의 선들을 비추었다. 너른 바위는 그 자리에 있었다. 나는 홑이불을 걷고 나체 상태 그대로 아버지를 너른 바위 위에 눕혔다. 양팔과 양다리를 큰대자로 펼쳐주었다. 바위 밑을 훑는 강물 소리를 듣다가 나는 아버지 옆에 쪼그리고 누워 잠이 들었다.

무언가가 얼굴을 찔러와 눈을 떴다. 아침 해가 너른 바위 위를 비추고 있었다. 아버지는 호흡이 멎어 있었다. 더 이상 숨을 쉬지 않아도 되는 몸이 햇빛 아래에서 고요했다. 내가 보기를 기다렸다는 듯이 따가운 볕이 아버지의 중심부로 쏟아져 내렸다. 마늘을 들이대면 화를 내는 드라큘라처럼, 아버지의 중심부를 덮고 있던 거대한 균사체가 신경질적으로 나부끼는 것을 나는 보았다. 나는 아버지 옆에 앉아 계속 몸을 긁었다.

장례 기간에 아버지의 모든 것을 불태웠다. 아버지가 죽어가는 동안 썼던 베개와 요, 아버지가 누워 있던 방의 책상과 의자까지 다 태웠다. 그래도 근지러웠다. 어머니는 한 달 넘게 그 방을 락스로 닦았다. 벽도 닦고 천장도 닦았다. 집 안 곳곳에서 유한락스 통이 소주병처럼 뒹굴었다. 바람이 불면 화학액에 삭은 고무장갑이 빨랫줄에 매달려 손을 흔들었다. 어머니는 알코올중독자처럼 락스를 사들였고 그때부터는 사과에서도 상추에서도 속옷에서도 락스 냄새가 가시지 않았다.

그러나 어머니도 나도 실수한 게 하나 있었다. 우리는 아버지의 물건이 아니라 아버지의 시신을 불태웠어야 했다. 아버지를 덮고 있던 그 사상균(絲狀菌)들은 아버지의 관을 뚫고 나와 땅에 뿌리를 내린 게 분명했다. 어쩌면 내가 죽은 후까지도 이 지구에서 기세 좋게 살아갈 거였다. 선산을 볼 때마다 내 눈에는 보였다. 아버지를 먹어치우고 땅의 자양분을 받은 균사체가 선산을 점령한 채 나를 비웃는 것을.

아버지가 죽은 뒤 아버지의 많은 것들을 작은아버지가 가져갔다. 집안의 대소사도 아버지의 사람들도. 그 자식들은 어떤가. 작은아버지의 아들은 짝을 찾아 아이를 낳았고 아버지의 아들은 잠재적 아동 성범죄자가 되어 비닐하우스에서 웃고 있었다.

*

다시는 규의 일가를 보지 않으리라 다짐했다. 안 보면 그만이라고 머리를 털며 출근했지만 형수의 표정이 잊히지 않았다. 작은아버지한테 쌓여 있던 오래전의 감정들까지 하나씩 올라왔다. 누군가 건드려만 주면 터질 수 있을 것같이 목 끝이 팽팽했다.

연휴 후유증도 없이 그녀는 분주했다. 나는 다리를 풀고 의자에 기대앉은 채 결재판을 들고 지나가는 그녀를 보았다. 락스에 대해서 어떻게 생각해요? 그녀를 돌려세우고 그렇게 묻고 싶었다. 그녀가 조금이라도 이상한 표정으로 돌아보면 마음을 다스리기 힘들 것 같았다.

부장이 같이 점심을 먹자고 그녀와 나를 불렀다. 부서 워크숍 전에 우리끼리 가닥을 잡고 갑시다, 부장이 말을 꺼냈다. 얘기가 마무리되기까지는 오래 걸리지 않았다.

"평창 맡았으니 창 팀장, 완주 맡았으니 주 팀장. 이제부터 이렇게 불러야 되겠네."

부장이 입을 벌리고 웃었다. 목주름이 보기 싫게 오르내렸다. 저 여자도 소녀 대원이던 때가 있었을까. 부장 앞에 한 그릇, 내 앞에 한 그릇, 그녀가 전골을 덜어 건넸다. 표정이 밝았다.

부장이 계산을 하는 동안 그녀와 함께 골목 밖으로 걸어 나왔다. 장신구 부스들이 걷힌 거리는 휑했다. 교복을 입은 소녀들이 건너편 제과점의 초콜릿 상자 앞으로 뛰어갔다.

"저."

나란히 서 있던 그녀와 내 입에서 동시에 말이 나왔다. 멋쩍은 듯 웃던 그녀가 다시 고개를 돌려 나를 보았다. 그렇게 마주본 채로 몇 초쯤, 시간이 흘렀다. 먼저 입을 뗀 건 그녀였다.

"우리 잘해봐요, 주 팀장님."

골목에서 부장이 나왔고 그녀가 한 번 더 웃고는 걸어갔다. 완주에 가면 변태가 될지도 모른다고 하면 그녀는 어떤 표정을 지을까. 앞서 걸어가는 둘을 따라 걸으며 그녀가 한 번만 뒤를 돌아보면 좋겠다고 생각했다. 한 번만 더 고개를 돌려주면 내 마음이 바뀔지도 모른다고.

나는 걸음을 늦추며 강 처장한테 전화를 걸었다.

작년 9월 5일 19시 20분 작성, 고성 행사 예산 집행 보고서. 작년 11월 29일 21시 40분 작성, 보조금 집행 현황 보고서. 부서 게시판을 띄워놓은 채 오후 내내 강 처장한테 건넬 자료를 만들었다. 보내고 나니 퇴근 시간이었다. 나는 그녀 쪽을 보지 않으려고 애쓰면서 사무실을 나왔다.

저녁 거리는 어둑하고 바람이 찼다. 수많은 여자들이 종종걸음으로 내 앞을 지나갔다. 휴대폰을 귀에 대고 걸어가는 여자. 지하도 계단으로 또각또각 내려가는 여자. 버스 요금 단말기에 지갑을 대는 여자. 여자. 여자들. 저 여자들은 다 어디로 가는 걸까. 저 많은 여자들 중에 출산을 전제로 나와 진지하게 만나줄 여자는 없는 걸까. 내 꿈은 크지 않았다. 덕이 있는 여자를 만나 나를 닮은 아들 하나, 그녀를 닮은 딸 하나를 낳고 고도 7백 미터쯤 되는 쾌적한 곳에서 집밥 지어 먹으며 사는 것. 세상의 잠재적 범죄자들에게서 자신을 지켜줄 거라고 나를 순도 백 퍼센트 믿어주는 존재. 유전자가 99퍼센트 이상 일치해야만 가능한 그 믿음을 이 세상에서 단 한 사람한테만이라도 받고 싶었다.

집 앞 포장마차에서 잔치국수를 시키고 소주 한 병을 마셨다. 집에 들어서자 취기가 올라왔다. 수납함을 보니 락스가 한 통뿐이었다. 나는 컴퓨터 앞에 앉았다. 지금 주문하지 않으면 이 기분을 몇 분도 견뎌내지 못할 것 같았다. 인터넷 쇼핑몰 창을 열었다. '남성 사타구니 가려움증, 그 해결책은?' 검색창에 조용히 앉아 있는 문구가 보였다.

그 문장 앞에 서면 나는 매번 흔들렸다. 저 창을 열면 남성 청결제나 기능성 팬티의 세계가 아니라 전혀 다른 세상으로 연결될지도 모른다는 기대. 어쩌면 햇빛에 대한 이야기. 혹은 겨울에 대한 이야기. 아니면 아주 깨끗한 이야기. 그런 이야기 속으로 한 번쯤은 들어갈 수 있기를 바랐다.

나는 문장을 뒤에서부터 한 자씩 지웠다. 그리고 주문하려던 것을 적어넣었다.

가슴이 뻐근한 걸 보니 꽤 오래 잔 듯했다. 사무실에서 전화 수십 통이 걸려와 있었다. 화장실에 다녀오자 다시 전화가 울렸다. 주임이었다.

"팀장님. 대체 어디세요."

목소리가 다급했다.

"지금 도(道) 감사 기간이잖아요. 강원 연맹 쪽에서 일이 생긴 것 같아요. 근데 그게 이상하게 중앙 사무처랑 얽혀서…… 지금 우리 팀장님 상황이 안 좋아요. 부장님도 난리 나고…… 빨리 나오셔야겠어요."

주임이 말하는 '우리 팀장님'은 그녀였다. 강 처장은 역시나 내 제안을 거절하지 못한 것 같았다. 예상대로 된다면 그녀는 내부 징계를 면치 못할 것이었다. 전화를 끊고 나서 휴대폰 전원을 껐다. 사방이 조용해졌다. 결국 이렇게 된 것이다. 나는 침대에 멍하니 웅크리고 앉았다.

초인종이 울렸다. 현관문을 열자 커다란 택배 상자가 밀고 들어왔다. 나는 이때껏 이 택배 상자만을 기다려온 것 같았다. 상자를 욕실까지 끌고 간 뒤 욕조의 마개를 닫았다. 상자에 빽빽하게 담긴 2리터짜리 유한락스를 한 통씩 꺼냈다. 그리고 욕조에 붓기 시작했다. 반신욕 깊이가 될 때까지 계속 부었다. 락스 원액에 내 하반신을 그대로 담글 생각이었다. 내 몸을 먹던 놈들이 욕조 속에서 요동치는 것을 똑똑히 보고 말 것이다. 오직 그 생각에만 사로잡힌 채 나는 넋이 나간 듯 락스를 쏟아부었다.

마지막 통의 뚜껑을 열 때쯤 시야가 기울었다. 편도선에 바늘이 들어오는 것처럼 목이 아팠다. 메스꺼움과 함께 헛구역질이 올라왔다. 나는 가까스로 세면대를 잡고 서서 거울을 보았다. 독성이 스며든 눈에서 눈물이 새어 나오고 있었다. 샤워기의 온수를 틀었다. 뜨거운 물이 락스 원액에 내리꽂히며 증기를 끌어올렸다. 거울이 흐려지면서 욕실 안은 염소 기체로 들어찼다. 나는 숨을 몰아쉬다가 욕실 바닥에 주저앉았다.

신음을 뱉으며 벽에 머리를 기댔다. 감각이 마비되는 듯한 몽롱함 속으로 몸이 꺼져들어갔다. 눈앞에 욕실등이 어른어른했다. 젖은 눈썹에 맺힌 물방울들이 몇 겹으로 번져나갔다. 고리처럼 이어진 물방울들 끝으로 잡힐 듯 말 듯 무엇인가가 보였다. 겨울이고 한낮인 어느 거리였다. 공기가 시리고 하늘이 맑았다. 그녀가 거울 앞에 서서 떨잠을 꽂아보고 있었다. 옛 여인들이 좋은 날 꽂았다는 장신구였다. 둥근 백옥판 위에서 여러 빛깔의 유리 장식이 반짝였다. 그녀가 머리를 움직일 때마다 은사로 된 떨새가 파르르 떨리며 진동했다. 지구는 소리 없이 돌고, 한겨울 햇빛이 구슬 가닥가닥을 파고들며 빛을 흩뿌렸다.

그녀가 나를 돌아보았다. 한파주의보가 내렸던 그날, 사진이 찍히던 바로 그 순간에, 당신이 창 너머로 보고 있던 것은 무엇이었습니까. 그녀가 웃음을 거두며 얼굴을 돌렸다. 신호가 바뀌었다. 소리만으로도 욕조가 곧 넘칠 거라는 걸 알 수 있었다. 나는 욕실 문손잡이로 팔을 뻗었다. 한 번, 두 번, 세 번, 손이 미끄러질 때마다 나는 바닥을 치며 울었다.

라라네

라라를 보신 적이 있나요? 키 110센티미터에 몸무게 17킬로그램. 분홍 파자마 차림에 맨발입니다. 금발머리 마론 인형을 안고 있을 거예요. 10초에 한 번 정도는 머리를 긁을 겁니다. 라라의 머리카락 길이는 50센티미터. 라라는 구불거리는 머리카락을 허리까지 늘어뜨리고 있습니다. 옆쪽을 쥐가 조금 파먹었어요. 그래도 안 파먹힌 쪽은 길고 풍성할 것입니다. 지금 이 시간에도 조금씩 자라고 있겠지요. 얼마나 자랐을까요. 라라의 머리카락 말입니다.

긴 머리를 좋아하는 아이, 라라를 못 보셨나요? 라라는 높은 곳에 삽니다. 사람들은 그곳을 탑이라고도 부르고 고층이라고도 부르지요. 개구리 울음소리도 매미의 노랫소리도 들려오지 않는 곳입니다. 잠자리도 올라오지 못하지요. 그래도 라라는 심심하지 않습니다. 라라의 방에는 호랑이도 살고 펭귄도 삽니다. 사연이 기구한 공주들이 선반에 모여 있고 쌀통에선 쌀벌레가, 좁쌀베개에선 좁쌀벌레가 삽니다. 이불솜에선 진드기 가족이 파티를 열고 화분 흙에선 실지렁이가 꼬물대지요. 안방에서는 엄마가 살고 냉장고에서는 살모넬라균이 삽니다. 벽을 따라 피어난 곰팡이 홀씨들이 작은방에서 큰방으로 날아다니고 창밖으로는 새 떼들이 줄지어 비행합니다. 라라네 식구들은 이것들과 오래도록 같이 살아왔습니다.

라라가 커다란 브러시를 들고 인형과 앉아 있습니다. 인형의 머리를 빗겨주고 있네요. 라라의 빗질은 오래 걸립니다. 라라가 머리를 빗겨주는 게 라푼젤이기 때문이지요. 종알거리며 빗질을 하는 라라의 뒷모습이 어여쁩니다. 누가 다가오는 것도 모르고 라라는 흥얼거립니다. 유리는 살금살금 다가갑니다. 라라한테서 무언가를 발견했기 때문이지요. 그것은 작고 핏빛이며 빠릅니다. 냉장고나 이불이나 벽에서 살아오던 것이 아닙니다. 라라에게도 유리에게도 낯선 것입니다. 라라와 유리가 태어나기 전에 이 땅에서 자취를 감췄던 생명체. 사라지기 전보다 더 강해진 채로 그것은 다시 돌아왔습니다. 왜 온 것일까요. 유리는 약통을 들고 라라에게 다가갑니다.

전나경은 딸의 비명 소리를 듣고 잠에서 깹니다. 유리나 라라 둘 중 하나겠지요. 여섯 살 라라보다는 열아홉 살 유리의 비명일 가능성이 높습니다. 잠이 부족한 전나경은 다시 잠에 빠집니다. 전나경은 마흔 하고도 일곱 살을 더 먹었습니다. 그녀는 딸의 휴대폰에 '전나'라고 저장돼 있지요. 전나경은 서른여덟에 첫번째 결혼 생활을 끝냈습니다. 십대가 된 딸과 둘이 사는 동안 전나경한테는 남자가 끊이지 않았습니다. 그간의 고생을 보상받겠다는 듯 전나경은 마음껏 연애를 즐겼지요. 유리의 말에 따르면, 이혼 후 마흔이 될 때까지 전나경은 총 네 명의 남자와 320회 정도의 섹스를 했다더군요. 전나경이 그걸 멈춘 건 다섯번째 남자와 피임에 실패하고부터였습니다. 남자의 아이를 임신하자 전나경은 남자의 조상을 위해 고기를 굽고 전을 부치기 시작했습니다. 아이는 곧 태어났지요. 전나경의 둘째 딸이자 유리의 씨 다른 자매가 말입니다.

아침은 여섯 살 여자아이의 발소리로 시작됩니다. 라라는 아침잠이 없습니다. 눈을 뜨면 30분 정도 이불 속에서 꼼지락댑니다. 그러다 소리 없이 일어나 집 안을 걸어다니지요. 사악사악. 라라의 맨발이 바닥에 끌리는 소리입니다. 다들 자고 있네요. 라라는 자기 방으로 돌아갑니다. 식구들 대신 인형들을 깨웁니다. 라라는 분홍 싱크대에서 요리를 시작합니다. 도마질을 하고, 손바닥만 한 접시들을 상에 놓습니다.

"밥 먹어 애들아."

악어와 공룡과 개와 애벌레가 라라가 차린 밥상에 둘러앉습니다. 밥을 먹다 흘린다고 라라는 공룡한테 꿀밤을 줍니다. 늦게 먹는다고 숟가락으로 개의 뺨을 한 대 치네요. 호랑이를 품에 안고는 '누가 애를 이렇게 잘 키웠나' 엉덩이를 두드려줍니다. 애벌레의 더듬이를 잡고는 '어느 집 여자가 애를 이렇게 키웠어' 혀를 찹니다. 라라는 편도선이 부은 악어의 입에 약을 흘려 넣으며 으이구, 으이구, 한숨을 쉽니다.

인형들 밥을 다 먹인 라라는 디즈니 공주 피규어들을 꺼내 일렬로 줄을 세웁니다. 어린이집 놀이가 끝나고 유치원 놀이가 시작된 것이지요. 공주들의 대장이자 선생님한테 항상 칭찬을 받는 건 라푼젤입니다. 백설 공주와 벨과 오로라 공주와 인어 공주가 돌아가면서 라푼젤의 절친 역을 합니다. 악역을 맡는 건 뮬란과 재스민과 포카혼타스입니다. 드레스가 예쁘지 않기 때문이지요. 포카혼타스가 새치기를 하는군요. 오로라 공주와 인어 공주가 선생님한테 이릅니다. 선생님은 라푼젤을 칭찬하네요.

유치원 놀이가 끝나도 아침 7시가 되지 않습니다. 라라는 동물 인형들을 바구니에 담고 공주 피규어들을 교구장에 정리합니다. 라라는 침대에 눕혀놓았던 마론 인형을 데려옵니다. 인형의 금색 머리카락은 바닥에 끌리고도 남을 정도로 깁니다. 인형은 다 큰 라푼젤이 아니라 어린 라푼젤입니다. 무릎 아래까지만 내려오는 파자마를 입었고 맨발입니다. 라푼젤은 입술을 쫑긋 내밀고 턱을 당긴 채 위를 올려다보고 있습니다. 무언가를 궁금해하는 것도 같고 무언가를 감추고 싶어하는 것도 같습니다. 뾰로통해 보이기도 하고 별생각이 없어 보이기도 합니다. 여섯 살 라라의 표정과 똑같습니다. 라라는 브러시로 라푼젤의 나일론 머리카락을 빗겨 내립니다. 유리 방에서 알람이 울립니다.

날은 아침부터 덥고 습합니다. 유리가 덜 뜨인 눈으로 화장실로 들어갑니다. 유리는 변기에 앉아 세차게 소변을 보고 나옵니다. 안방 문이 반쯤 열려 있습니다. 라라 친부의 자리는 비어 있고 전나경만이 쓰러져 자고 있습니다.

"전나 처자네."

유리는 국을 전자레인지에 올려놓고 라라 방으로 갑니다. 놀아달라고 떼쓰지 않는 라라. 혼자 노는 라라. 유리가 가장 좋아하는 라라의 모습입니다. 핑크색 방의 핑크빛 라라는 더없이 사랑스럽습니다. 종달새 같은 목소리, 고사리 같은 손, 진주알 같은 이. 유리는 몇 년 동안 전나경 대신 라라를 키우다시피 했습니다. 공식적인 신분은 고교 자퇴생이었지만 유리는 자신이 라라의 보모나 다름없었다고 생각합니다. 흘리면 닦아주고 싸면 씻겨주고 울면 때려줬습니다. 어린이집 등하원도 도맡아 하고 유치원 입학식에도 갔지요. 라라의 엄마라는 오해도 받았습니다. 학교 그만두고 애 키우는 미혼모래. 그럼 몇 살에 낳은거야? 사람들은 탑층을 올려다보며 거기 사는 여자들에 대해 수군댑니다.

유리는 상관하지 않습니다. 이 세상에 단 하나뿐인 동생, 라라를 위협하는 것들에게서 라라를 지키는 것이 유리의 사명입니다. 홈키퍼도 그래서 집어든 것이지요. 유리는 라라에게 가까이 다가갑니다. 라라의 머리카락을 헤집으며 유리는 홈키퍼를 뿌립니다. 내추럴 허브향의 강력 살충제가 분사됩니다. 라라는 라푼젤을 끌어안고 쓰러집니다. 라라의 목 뒤로 깨알 같은 것들이 기어 나옵니다. 유리는 홈키퍼를 내던지며 비명을 지릅니다.

"요만큼만 자르자."

유리가 애원합니다.

"싫어."

라라가 도리질을 합니다.

"왜 싫어?"

"공주는 머리가 길어야 돼."

"너 변기에 앉으면 머리 닿을락 말락이잖아. 그러다 똥 묻어."

"앞으로 넘기면 돼."

"그러면 오줌 묻을걸?"

"감으면 돼."

유리가 키를 낮추며 라라의 눈을 들여다봅니다.

"김라라. 니 긴 머리 일일이 감겨주는 게 누구지? 이 더운 날에 드라이어로 30분 넘게 말려주는 게 누구야?"

"언니."

"고마워, 안 고마워?"

"고마워."

"언니가 말 안 들으면 어떻게 한다고 했지?"

"머리를 확 잘라버린다고 했어."

유리는 정기적으로 라라에게 머리를 자르자고 말합니다. 라라가 거부할 걸 알기 때문이지요. 라라가 도리질을 할 때마다 유리는 한발 물러서며 언니가 봐주었다는 걸 각인시킵니다. 그러다 결정적인 순간이 왔을 때 협박을 하는 것이지요. 머리를 안 잘라버리는 대신으로 라라는 언니의 행동을 엄마한테 이르지 않고, 언니가 시키는 건 토 안 달고 합니다.

"엄마."

주말 저녁 식탁에서 라라가 모처럼 엄마를 부릅니다.

"왜."

전나경은 반찬을 집어 먹으며 고개도 들지 않고 대답합니다.

"오늘 김준현이 내 머리카락을 이렇게 이렇게 만졌어."

"왜?"

"몰라."

"기분이 나빴으면 만지지 말라고 해."

유리가 얘기합니다.

"안 나빴어. 좋았어."

전나경이 수저질을 멈추고 라라를 쳐다봅니다.

"좋았어? 좋긴 뭐가 좋아. 무조건 만지지 말라고 해."

"왜?"

"엄마가 밥상머리 앞에서 머리 풀지 말라고 했지. 보기 싫어. 가서 묶고 와."

유치원 얘기는 그렇게 마무리됩니다. 그 아이는 요새도 라라의 머리카락을 만질까요? 긴긴 여름이 계속되는 9월, 라라의 유치원에서 안내문 하나가 날아옵니다. 여름방학을 마치고 온 아이들한테서 기생충이 창궐한다는 내용이었습니다. 회충이나 십이지장충처럼 사람 몸속에 사는 기생충이 아니었습니다. 아이들의 두피에 붙어 피와 조직액을 빨아먹는 외부 기생충이었습니다.

"머릿니? 이 말이야? 서캐 낳는 그 이?"

안내문을 보여주자 전나경은 추억에 잠긴 듯한 얼굴로 떠들어댑니다.

"나 어렸을 때 말이야, 달력 펴놓고 거기다 이 털었거든. 머리 숙이고 참빗으로 빗으면 이가 막 떨어졌어. 도망가는 놈을 손톱으로 누르면 하얀 달력에 피가 찍 묻어났는데. 너희 외할머니가 말이야, 화장솜에다가 홈키파 뿌려서 축축하게 만든 담에, 그 있잖아, 스트레이트파마 하는 것처럼 내 머리에다 붙여놓고 그랬어. 이 잡는다고. 근데 때가 어느 땐데 머릿니야. 너 키울 때도 이는 없었잖아?"

전나경이 유리의 머리카락으로 손을 가져갑니다. 유리가 인상을 쓰며 전나경의 손을 쳐냅니다. 라푼젤을 품에 안은 라라가 멀찍이서 둘을 쳐다봅니다. 턱을 당긴 채 입을 내밀고 눈을 동그랗게 올려 뜬 라라. 전나경은 라라한테는 눈길을 주지 않고 알약을 입에 털어넣습니다.

유리가 라라한테 뿌린 건 유명 살충제 '홈키파'가 아니라 머릿니 제거제 '홈키퍼'입니다. 머릿니가 유행할 걸 알고 있었다는 듯 약국은 여러 종의 머릿니 살충제를 진열해놓고 있었습니다. 라라의 머리에서 이를 보았기 때문일까요. 유리는 세상이 머릿니 얘기만 하고 있는 듯 느껴졌습니다. '어린이집 유치원 머릿니 기승' '시보건소 머릿니 박멸에 박차' '잊힌 곤충 30년 만의 귀환'. 사람들은 고온다습해진 기후와 영유아들의 집단생활 증가에 대해 얘기했습니다. 영유아의 엄마들은 머릿니의 번식을 막기 위해 머리를 싸맸습니다.

라라 아빠는 언제 오는 걸까, 유리는 생각합니다. 전나경이 머리를 싸매는 것까진 바라지 않습니다. 라라를 좀더 쳐다봐주기를 바랄 뿐입니다. 라라는 오늘도 디즈니 공주 피규어들을 늘어놓고 놉니다. 백설 공주와 벨과 오로라 공주와 인어 공주가 모입니다. 그들은 이제 라푼젤과 절친이 아닙니다. 라푼젤은 한쪽에 떨어져서 혼자 책을 봅니다. 선생님이 머리를 짧게 자르고 온 백설 공주를 칭찬합니다. 뮬란과 재스민과 포카혼타스도 백설 공주 주위에 모입니다. 신나게 잡기놀이를 하는 공주들을 라푼젤은 쳐다만 봅니다. 침대에 있던 마론 인형 라푼젤이 혼자 앉아 있는 피규어 라푼젤을 봅니다. 라라는 두 라푼젤을 가까이 앉혀줍니다. 그러는 동안에도 라라는 쉬지 않고 머리를 긁습니다.

서너 마리만 보였던 머릿니들은 며칠 새 몇 배로 늘어납니다. 머릿니들은 주로 라라의 귀 뒤쪽에 알을 낳습니다. 그곳이 따뜻하기 때문입니다. 라라의 귀 쪽 머리카락을 들춰보면 서캐가 하얗게 몰려 있습니다. 하얀 서캐는 갓 낳은 따끈따끈한 알입니다. 거무스름한 건 곧 머릿니로 부화할 알이지요. 부화한 머릿니들은 처음엔 멀건 빛을 띱니다. 아직 피 맛을 못 본 아이들입니다. 한껏 흡혈을 하고 내장이 붉어진 머릿니들은 다리를 버둥대면서 빛을 피해 도망갑니다. 라라의 머리를 들추다 붉은 머릿니를 발견하면 유리는 그 자리에서 손톱으로 즉사시킵니다. 머릿니는 톡 소리를 내며 터집니다. 아파 언니. 유리의 손톱이 두피에 박힐 때마다 라라는 눈을 감습니다.

"안녕하세요, 라라 어머님."

늦은 오후에 유치원에서 전화가 걸려옵니다.

"저 라라 엄마 아니에요. 언니예요."

"아아, 네에 언니분! 안녕하세요."

앳된 코맹맹이 소리입니다. 유리는 학기 초에 봤던 라라 담임을 떠올려봅니다. 자신보다 두어 살밖에 안 많아 보이는 얼굴이었습니다. 새하얀 피부에 여리여리한 콧소리. 유리가 학교 다닐 때 재수 없어 하던 타입이었습니다. 유리는 먼저 치고 나가야겠다고 생각합니다.

"머리가 길다고 꼭 이를 옮기는 건 아니잖아요? 우리 라라도 다른 애한테 옮아온 게 분명하다고요. 라라는 머리 맨날 감아요. 이틀에 한 번 감는 머리 짧은 애들보다 깨끗할걸요?"

"저어, 언니분, 머릿니 때문에 전화를 드린 게 아니구요……"

유치원 담임이 뜸을 들입니다.

"라라가 혹시 집에서 혼자 지내는 시간이 많나요?"

"우리 라라 혼자서도 잘 놀아요."

"네에. 저…… 라라가 유치원에서 말인데요. 아, 어떻게 말씀드려야 할지. 너무 놀라진 마시구요."

뮬란이 공주들을 앉혀놓고 얘기합니다. 여자는 모서리에 앉는 거 아니야. 뮬란은 유치원 원장 선생님입니다. 왜요 선생님? 공주들은 궁금해하며 묻습니다. 뮬란은 반복해 말합니다. 여자는 모서리에 앉는 거 아니라니까. 라라의 놀이를 보고 있던 유리는 친구 도미한테 전화를 겁니다. 검색할 거 다 해서 빨리 튀어 와.

유치원 담임과 통화를 한 날 밤 유리는 결심했습니다. 라라의 머릿니부터 없애야겠다고 말입니다. 도미가 들고 온 건 마요네즈통과 비닐랩입니다. 유리와 도미는 거실에 신문지를 깔고 라라를 앉힙니다. 도미가 마요네즈를 듬뿍 짜 라라의 두피와 머리카락에 바릅니다. 마요네즈로 끈끈해진 머리카락을 틀어 올린 뒤 비닐 랩으로 감쌉니다. 라라는 커다란 터번을 쓴 듯 보입니다.

"이게 요새 프랑스에서 유행하는 민간요법이야. 내가 '세계는 지금'에서 봤어."

도미가 얘기합니다.

"그래도 살충제 뿌리는 게 낫지 않을까?"

유리가 미심쩍어 합니다.

"그러면 머릿니만 더 강해져요. 내가 검색해본 바에 따르면 말이지, 요새 나온 머릿니들은 화학 살충제에 유전자 내성이 생긴 애들이야. 번식력 생존력이 최강이래. 30년 전의 찌질한 이들이 아니라는 거지."

도미가 휴대폰 검색창을 엽니다.

"참빗은 전동 참빗이 좋대. 전기 충격으로 머릿니를 감전사시키는 거지."

"오, 그래?"

유리와 도미는 마요네즈 냄새가 나는 라라를 소파에 앉힌 뒤 디즈니주니어 채널을 틀어줍니다. 라라는 멍하니 앉아 티브이를 봅니다. 유리와 도미는 저희들끼리 시시덕대다 두 시간이 지나자 라라의 머리를 감깁니다. 도미는 고데기를 가져와 전원을 연결합니다. 뜨끈해진 고데기로 라라의 머리카락을 펴내립니다.

"마요네즈로는 이만 죽지 알은 안 죽거든. 2백 도씨 열로 알까지 지져 죽여야 돼."

라라는 머리숱이 많아 고데기 작업이 오래 걸립니다. 라라는 지쳐서 꾸벅꾸벅 좁니다. 교대 근무를 나가던 전나경이 난장판인 거실과 라라를 쳐다봅니다.

"적당히 해라. 애 잡겠다."

전나경이 현관문을 열고 나갑니다.

"알 까는 것들은 전나 싫어."

유리가 현관을 보며 중얼거립니다.

"근데 니네 집 왜 이렇게 찜통이야?"

도미가 선풍기에 배를 대고 티셔츠를 부풀립니다.

"탑이잖아. 여름엔 전나 덥고 겨울엔 전나 추워. 곰팡이 전나 많고 수압도 전나 약해. 그중에서도 제일 짜증 나는 게 뭔 줄 아냐?"

"뭔데 뭔데?"

"마녀가 산다는 거야. 전나 늙은 마녀."

라라는 잠이 들고 유리와 도미는 거실에 앉아 맥주를 마십니다.

"니네 엄마 옛날엔 예쁘지 않았냐?"

"옛날 얘기지. 라라 낳고 끝났어."

전나경은 마흔까지도 윤기 있는 얼굴에 가녀린 몸매를 유지했습니다. 갑자기 늙은 건 라라를 낳고부터였습니다. 노산이었던 데다 무리한 자연분만의 부작용으로 자궁이 내려앉고 뼈가

틀어지고 신진대사가 엉키면서 면역력이 약해졌습니다. 정기적으로 병원에 가야 하고, 일도 해야 하고, 남편도 감시해야 합니다. 성생활이 전무한 여자의 퍼석함과 신경질이 눈가에 고여 있고, 군살이 균형 없이 붙어 뭔가 부조화스럽고 망가져 보입니다. 유리가 거실 탁자 밑에서 전나경의 검진 결과서를 꺼내 듭니다. 거기에는 근종, 자궁경부, 질, 염증, 세균 같은 단어들이 적혀 있습니다.

"다 헐은 거 보이냐? 아 씨발, 썩은 내가 여까지 나."

유리가 더러운 것이라도 만진 듯 종이를 떨어뜨립니다.

"니네 엄마는 라라 낳고 안 아픈 데가 없구나."

도미가 검진 결과서를 보며 고개를 흔듭니다.

"전나 쳐댄 벌이지."

유리가 맥주를 들이켭니다. 유리와 도미는 초등학교 때부터 친구였습니다. 전나경이 유리의 친부와 이혼을 할 때도 도미는 유리 곁에 있었습니다. 전나경이 이혼 후 남자를 데려와 밤을 보낼 때도 유리는 도미와의 전화 통화 덕에 긴 밤들을 견딜 수 있었습니다. 유리가 혼자 노는 데 지쳐 학교를 그만둘 때도 도미는 유리를 찾아와 놀아주었습니다. 도미는 유리의 친구이자 해결사입니다. 유리는 고민 끝에 라라 얘기를 꺼냅니다. 유치원 담임이 그러는데 말이야.

유리는 다른 날보다 일찍 깹니다. 물 내리는 소리가 클까 봐

화장실도 가지 않습니다. 유리는 라라 방으로 갑니다. 라라의 방문은 활짝 열려 있습니다. 안에서 쌕쌕 소리가 들립니다. 가쁜 숨소리입니다. 분홍 파자마를 입은 여섯 살 라라가 침대에 누워 있습니다. 파자마는 허리께까지 올라가 있고 라라는 눈을 감은 채 두 다리를 힘껏 뻗고 있습니다. 오른손을 팬티 위에 가져간 라라가 손가락으로 성기를 누르는 것이 보입니다. 라라는 팬티 천을 성기 속으로 꾹꾹 밀어 넣더니 가랑이 사이에 마른 인형을 끼우고 끙끙댑니다.

라라가요, 유치원 담임이 얘기합니다. 유치원 책상 모서리에 자꾸 성기를 비벼요. 연필을 다리 사이에 끼우고요, 얼굴이 새빨개질 때까지 힘을 줍니다. 심심하거나 불안하면 아이들이 자위행위를 하기도 해서요, 다른 애들이랑 놀이를 붙여주려고 해도요, 머리에 이가 많다고 아이들이 라라 옆에 안 옵니다.

높디높은 탑층, 라라네 아침은 여섯 살 여자아이의 신음 소리로 시작됩니다. 유리는 전나경이 라라를 보게 될까 봐 조마조마하면서도 화가 납니다. 화가 라라에게 나는 것인지 전나경에게 나는 것인지 알 수 없습니다. 도미가 휴대폰 창을 읽어줍니다.

"자연스러운 것이니 의연하게 대처하라."

"그게 다야?"

"많이 놀아줘라."

유리가 한숨을 쉽니다.

"솔직히, 우리가 재 나이 땐 안 그러지 않았냐?"
"기억 안 나."
"요새 애들이 빠른가?"
도미의 마요네즈 요법은 효과가 길게 가지 못합니다. 9월의 태양은 뜨겁고 라라의 두피는 땀 때문에 젖어 있습니다. 며칠 조용하던 머릿니들은 다시 라라의 머리에서 교미를 하고 산란을 하고 흡혈을 합니다. 이런저런 약과 요법을 쓰고 난 뒤에는 이도 잠잠해지지만 라라도 시들시들해집니다. 약효가 사라지고 머릿니들이 활개를 치면 라라도 살아납니다. 가려워서 머리를 긁어댈지언정 눈에 생기가 돕니다. 유리는 도미 몰래 살충제도 써보지만 마찬가지입니다. 약이 약하면 머릿니가 안 죽고 약이 강하면 라라도 아픈 것이지요. 이를 없애겠다고 스트레스를 줄수록 라라의 자위행위는 잦아집니다. 라라는 이제 틈만 나면 성기에 손을 가져갑니다. 티브이를 볼 때도 소파 모서리에 다리를 걸치고 성기가 닿도록 움직입니다. 양반다리를 하고 앉아서 발뒤꿈치로 성기를 비빕니다.
유리는 라라가 혼자 잠들 때와 혼자 잠에서 깰 때 더 몰두한다는 걸 알게 됩니다. 유리는 라라가 잠들 때 옆에 있어주어야겠다고 마음먹습니다. 그러나 라라는 옆에 누가 있든 상관이 없어 보입니다. 한 손으로는 성기를, 한 손으로는 머리를 긁습니다.
"너 뭐하냐?"

유리는 부러 태연한 말투로 묻습니다.

"잠지 운동."

"재미있어?"

"응. 막 쉬야가 나올 것 같고 엄청 재밌어."

"머리도 가려워? 이 기어가?"

"응. 엄청 가려워."

라라가 할딱이기 시작합니다. 라라는 파자마 자락을 꼬깃꼬깃 뭉쳐서 가랑이 사이에 끼웁니다. 라푼젤의 머리카락을 꽈배기처럼 꼬아서 가랑이로 가져갑니다. 유리의 손바닥도 세워서 가져갑니다. 잡히는 건 다 가져가서 끼워 넣더니 라라는 힘을 줍니다. 엄청난 힘에 놀라서 유리는 손을 뺍니다. 라라는 땀을 삐질삐질 흘리면서 얼굴이 새빨개집니다. 숨이 가빠지면서 눈이 희미하게 풀립니다. 그렇게 몇 번 더 끙끙대던 라라는 언제 그랬냐는 듯 잠이 듭니다. 이제야 무언가 안심이 된다는 듯이, 울음 끝에 잦아드는 숨처럼 떨리는 숨을 한번 내뿜고, 라라는 평온한 얼굴로 쌔근쌔근 잡니다. 유리는 라라의 뺨에 손등을 대봅니다. 혼자 노는 라푼젤, 모서리를 좋아하는 여자아이. 유리의 눈에 눈물이 맺혔다 들어갑니다.

유리는 꿈일 거라고 꿈속에서도 생각합니다. 블라인드를 걷자 거실로 햇빛이 쏟아져 들어옵니다. 햇빛을 보자마자 머릿니들이 흩어집니다. 머릿니들은 어둡고 습한 곳으로 숨어들어가

알을 습니다. 라라가 노래합니다. 이가 한 마리, 이가 두 마리, 이가 세 마리 네 마리 다섯 마리. 머리를 메두사처럼 풀어 헤친 라라가 누군가의 몸 위에 앉아 움직입니다. 라라가 뒤를 돌아봅니다. 라라가 썩은 미소를 날립니다. 서캐를 매단 머리 타래가 라라의 다리를 감습니다. 머릿니들은 다리 사이로 옮아갑니다. 무성한 머리털. 자세히 보니 그곳은 전나경의 음부입니다. 전나경의 음모 가닥가닥마다 머릿니들이 알을 깠습니다. 그 알은 전나경을 거쳐갔던 남자들의 정액입니다. 그중에서도 제일 더럽고 냄새나는 정액은 유리의 아버지 것입니다. 유리는 꿈이 아니라는 걸 꿈속에서도 압니다. 알코올을 사랑하는 남자. 취할 때마다 자격지심으로 무장되는 남자. 무장될 때마다 아내에게 시비를 거는 남자. 시비 끝에는 아내를 강간하는 남자. 자존감 낮고 충동적이며 늘 억울함을 호소하는 남자. 그 남자에게서 부화한 자신을 봅니다.

유치원에서 돌아온 라라가 현관에 서 있습니다. 유리는 라라를 표정 없이 바라보다 고개를 돌립니다. 언니가 술을 마시고 있고, 기분이 좋지 않다는 걸 라라는 알아차립니다. 라라는 소리 안 나게 신발을 벗고, 화장실로 가 손을 씻고, 거실 한쪽에 인형들을 펼칩니다. 라라는 말소리를 죽이고 가만가만 인형들을 데리고 놉니다. 덥고 무거운 공기가 집 안을 누릅니다. 유리가 티브이를 틉니다. 코미디 프로그램이 나옵니다. 티브이를 보던 유리가 큰 소리로 웃음을 터뜨립니다. 언니가 웃자 라라의 표정이 밝아집니다. 라라도 언니를 따라 소리를 내며 웃습니다. 유리가 티브이를 끕니다. 손짓으로 라라를 부릅니다.

"웃었어?"

라라가 고개를 끄덕입니다.

"왜 웃었어?"

"……"

"웃겨?"

"……"

"대답 안 하지."

"……언니가 웃어서 웃었어."

"내가 웃는다고 웃냐? 니가 웃겨야 웃는 거야, 병신아."

유리가 소파에 머리를 기대며 눈을 감습니다. 라라는 자리로 돌아가 인형들을 재웁니다. 유리가 눈을 뜹니다. 유리가 맥주캔을 들어 라라의 인형들 위로 집어 던집니다. 공주들의 침실이 박살 납니다. 라라가 겁에 질린 얼굴로 유리를 올려다봅니다.

"너 이리 와봐."

라라가 다가갑니다.

"내가 언제 가라고 했어?"

"언니가 졸린 줄 알았어……"

"다시 말해봐. 왜 웃었어?"

"……잘못했어, 언니."

"헐. 이게 니 잘못이야?"

라라가 울기 직전의 얼굴이 됩니다.

"말해봐. 왜 웃었어?"

라라 얼굴에서 눈물 두 방울이 떨어집니다.

"울어? 웃을 땐 언제고 울어?"

유리는 소파에 등을 기댄 채 절대 풀어주지 않을 것 같은 얼굴로 라라를 봅니다.

"더 가까이 와봐."

라라가 다가갑니다. 유리가 라라의 머리카락을 귀에 걸어주더니 라라의 귀를 잡고 얼굴을 들여다봅니다.

"왜 웃었어?"

유리는 지금 몸도 마음도 힘이 듭니다. 그래서 라라를 가만히 둘 수가 없습니다. 유리는 라라를 처음 때렸던 때가 생각납니다. 유리는 무슨 일 때문인지 화가 치밀었고 탁상달력으로 라라의 머리를 두 번 후려쳤습니다. 라라는 울음을 터뜨렸습니다. 유리는 우는 라라를 안아주었습니다. 유리는 울음이 잦아든 라라에게 밥을 먹여주었습니다. 자신한테 맞아서 울고, 자신이 달래서 울음을 그치고, 결국에는 자신이 주는 밥을 받아먹는 라라를 보자 유리는 라라가 진정 자기 것이 되었다는 생각이 들었습니다. 그때의 전율을 유리는 다시 느껴보고 싶다는 생각이 듭니다. 유리가 이러는 건 아주 오랜만입니다. 유리는 아무 때나 라라를 때리지 않습니다. 힘들 때만 때립니다.

"진짜 마지막으로 물어볼게. 니가 날 무시하는 게 아니면 대답을 해야 될 거야."

유리는 라라의 두 귀를 잡고 라라의 고개를 들어 올립니다.

"왜 웃었어?"

라라가 울먹입니다.

"웃겨서…… 웃었어."

라라가 대답합니다.

"웃긴단 말이지."

유리가 피식 웃더니 주먹으로 라라의 뺨을 칩니다.

"니 눈엔 내가 웃겨? 웃겨? 웃겨?"

유리의 주먹 힘이 점점 세집니다. 라라가 휘청입니다. 그때 누군가 유리의 등을 내려칩니다. 탑에서 유리에게 이런 힘을 쓸 수 있는 사람은 전나경뿐입니다. 유리는 전나경한테 잡힌 채 방으로 끌려갑니다. 유리는 술기운 때문에 반격할 기회를 놓치고 패대기쳐집니다.

"어떻게 니 아빠가 하던 짓을 그대로 하니. 어쩌면 그렇게 똑같아!"

아빠랑 똑같다는 말은 전나경이 유리한테 할 수 있는 가장 센 악담입니다.

"니 아빤 개자식이야. 평생 니 아빠처럼 살다 죽어. 라라만 건드리지 마!"

유리는 입술을 씹으면서 생각합니다. 어떻게 하면 전나경을 더 돌게 할 수 있는가를. 전남편의 행동을 재현해주는 것으로는 부족합니다. 그보다 몇 배는 끔찍한 곳으로 전나경을 보내버릴 수 있는 방법. 유리는 그것을 생각합니다.

며칠이 평온하게 흘러갑니다. 유리와 도미는 미용실로 가 머리를 자릅니다. 라라한테서 이가 옮았기 때문입니다. 둘은 운전면허 학원에 등록합니다. 면허를 따면 차를 렌트해 달려보자고 약속합니다. 라푼젤은 하루에 한 번은 엄마 재스민에게 얘기합니다. 엄마, 유치원 가기 싫어. 백설 공주와 벨과 오로라 공주와 인어 공주가 라푼젤을 둘러싸고 히죽댑니다. 김라라 머리에는 이가 백 마리. 김라라 머리에는 이가 백 마리.

공사 현장 일이 마무리된 라라의 친부한테서 곧 집에 오겠다는 연락이 옵니다. 유리는 라라의 방에 공주 시트지를 붙여주겠다며 라라의 방을 공사판으로 만들어놓습니다. 라라는 전나경의 침대에서 전나경과 둘이 자게 됩니다. 상황은 유리의 계획대로 되어갑니다. 이른 아침, 전나경은 이상한 기척을 느낍니다. 빠르고 반복적인 움직임. 거친 숨소리. 전나경은 자신의 옆에 누운 여섯 살 딸아이가 무슨 짓을 하는지를 보게 됩니다. 라라의 자위행위가 성기를 만지고 물건을 끼우는 것에서 그치지 않고 더 좋은 자극을 찾기 위해 과감해져갈 즈음이었습니다.

전나경의 반응은 유리가 예상했던 것을 뛰어넘습니다. 전나경은 라라가 열이 올라도, 머릿니가 끓어도 유리에게만 맡겨놓던 사람입니다. 라라가 거짓말을 하고, 친구의 예쁜 물건을 가져오고, 유치원에 안 가겠다고 떼를 써도 애들은 다 그러면서 크는 거라던 사람입니다. 그러던 전나경이 단 하나, 라라의 자위행위만은 보아 넘기지 못합니다. 전나경은 휴가까지 냅니다.

"엄마가 거긴 소중한 곳이라고 했지?"

전나경은 이성적인 여자인 척 말을 시작합니다.

"니가 자꾸 만지면 괴물 같은 병균들이 모여들어. 그러면 너 병원에 가서 죽을 때까지 주사만 맞아야 될지도 몰라."

전나경은 겁을 줍니다.

"니가 함부로 만지면 다른 놈들도 함부로 대하게 되는 거야. 너 자꾸 그러면 이상한 놈들이 나쁜 짓 할지도 몰라. 그땐 어떡할 거야!"

라라는 이제 방문을 열어놓지 않습니다. 재미있다며 해맑게 웃지도 않습니다. 라라는 전나경의 눈빛과 말투만으로도 자신이 나쁜 짓을 하고 있다고 생각하게 됩니다. 엄마한테 들킬까 봐 숨게 됩니다. 공포감과 죄책감 속에 빠져들게 됩니다.

"여섯 살짜리가 벌써부터 밝히면 나중에 뭐가 되려고 그래. 너 중학교 교복도 벗기 전에 임신하고 싶어? 다른 애들이 학원 찾아다닐 때 낙태할 병원 찾으러 다닐래? 너 살인자 되는 거야."

전나경은 라라가 다리만 긁어도 그 짓을 하는 거라며 좇아갑니다. 가서 윽박지르고 추궁합니다. 라라는 불안해합니다. 불안할수록 자위행위에서 위안을 찾으려 합니다. 자위행위를 하고 있는 라라는 작은 악마처럼 보입니다. 평상시의 라라와는 다른 인격체인 것만 같습니다. 볼 때마다 충격적이고 어떻게 봐도 예뻐 보이지가 않습니다. 전나경은 멈추지 못하는 라라를 잡고 몸을 흔듭니다. 자신을 왜 괴롭히는 거냐며 전나경은 흐느낍니다.

전나경은 성(性)으로 일어날 수 있는 최악의 상황들을 가정하는 데서 그치지 않습니다. 전나경은 라라의 자위행위에서 자신의 불행과 그 불행의 원인을 봅니다. 생식기관이 있기 때문에 겪어야 했던 고통들과 맞닥뜨립니다. 고통이 끝나지 않고 되풀이될 것이라 전나경은 생각합니다. 유리는 전나경이 하루하루 깊은 지옥 속으로 빠져드는 것을 봅니다.

라라의 친부가 도착합니다. 전나경은 며칠간의 눈물 자국을 찬물로 닦아내고 옷을 갈아입습니다.

"입 닫고 조용히 있어."

전나경이 유리에게 얘기합니다. 탑 밑의 공기를 묻혀 온 라라 아빠가 라라를 부르며 들어옵니다. 어두운 얼굴로 라푼젤만 안고 있던 라라는 아빠를 보자마자 달려갑니다. 라라 아빠는 라라를 안고 빙글빙글 돕니다. 라라의 친부가 자신의 친부와는 다른 종류의 인간이라는 걸 유리는 압니다. 투박해 보여도 심성이 착하고 따뜻한 사람입니다. 라라를 보는 눈빛을 보면 알 수 있습니다.

"바지가 그게 뭐야. 허벅지가 훤하잖아."

저녁 준비를 돕는 유리에게 전나경이 말합니다.

"내 집에서 뭐가 어때서. 왜, 라라 아빠가 쳐다볼까 봐 신경 쓰여? 그러게 평소에 좀 가꾸지 그랬어."

전나경이 대꾸할 가치도 없다는 듯 양념통을 꺼냅니다. 탈모가 심해져 정수리 머리카락이 듬성듬성한 전나경은 오늘따라 더 늙어 보입니다. 등과 팔뚝에 군살이 올라 미련해 보이고 팔을 움직일 때마다 겨드랑이에서 식초 냄새가 납니다. 유리는 확신합니다. 이제 전나경은 성적으로도 체력으로도 유리한테 상대가 되지 못합니다.

해물전골을 앞에 두고 네 식구가 둘러앉습니다. 라라 아빠는 껍질을 깐 새우를 라라 밥 위에 놓아줍니다. 라라가 매워하자 물을 먹여줍니다. 아빠가 전골을 먹으면서 땀을 흘리자 라라는 휴지를 뽑아다 아빠의 이마와 턱을 닦아줍니다. 라라 아빠는 유리에게도 친절한 질문을 던지지만 전나경한테는 시선을 주지 않습니다. 아무리 착한 남자라도 늙고 징징대고 자신을 의심만 하는 여자를 좋아할 리 없습니다. 라라 아빠가 먼 곳의 공사만 하청받아 집을 떠나 있는 것도 전나경 때문인지 모릅니다. 전나경은 라라 문제 때문에 자신이 얼마나 힘들었는지를 얼굴에 그대로 드러내고 있습니다. 요리를 하느라 땀범벅이 된 전나경이 손바닥을 목에 뗐다 붙였다 합니다. 쩍쩍 소리가 납니다. 전나경은 늘어난 티셔츠의 목을 잡아당겨 펄럭펄럭 부채질을 합니다. 라라의 친부는 쉰 중반이 다 되어가지만 쉰이

안 된 전나경보다 젊고 건강해 보입니다.

"우리 라라 좀 창백해지지 않았어요?"

유리가 말을 꺼냅니다.

"어디 보자, 우리 딸. 그동안 어디 아팠나?"

라라 아빠가 라라의 이마를 짚어봅니다.

"라라 피를 빨아 먹는 것들이 좀 많아야죠."

유리가 전나경을 쳐다보며 얘기합니다.

"이런. 우리 마을에 뱀파이어가 나타났나?"

라라 아빠가 웃음을 터뜨립니다. 그러나 라라도 전나경도 유리도 웃지 않습니다. 라라는 아빠와 붙어 있으면서도 유리의 눈치를 살핍니다. 라라의 유치원 부모들 중에는 라라의 부모보다 나이가 많은 사람이 없습니다. 라라는 자신의 부모가 늙었다는 것을 압니다. 그게 자신의 생존에 불리하게 작용할 거라는 것도 본능적으로 느끼고 있습니다. 부모와 보낼 날보다 언니와 보낼 날이 더 많다는 것도 알고 있습니다.

유리는 당찬 몸짓으로 일어나 냉장고로 걸어갑니다. 라라 친부의 시선이 자신의 뒷허벅지에 꽂히는 것과 전나경의 시선이 라라 친부한테 꽂히는 것을 유리는 동시에 느낍니다.

"얘 유치원에서 따당해요."

유리가 식탁에 물잔을 내려놓으며 말합니다. 무슨 말이냐는 듯 라라 아빠가 전나경을 봅니다.

"라라가 머릿니가 좀 있어요."

전나경이 변명하듯 얘기합니다.

"그거보다 더한 문제가 있지 않나?"

"박유리!"

전나경이 수저를 내려놓으며 유리를 쏘아봅니다. 전나경이 '유리'가 아니라 '박유리'라고 말하는 순간 유리의 자리가 도려내집니다. 자신의 가족을 건드리지 말라는 전나경의 경고입니다. 유리는 전나경이 좀더 도발하길 바라지만 전나경은 다시 밥을 먹습니다. 전나경이 이전에 만났던 남자들은 유리를 보고 떠나갔습니다. 정확히 말하면 유리와 전나경이 싸우는 것을 보고 떠났습니다. 유리는 자신이 전나경의 실체를 까발려 그 남자들을 구제해주었다는 자부심을 갖고 있습니다. 그러나 아이가 생겨버린 남녀 사이는 구제할 길이 없습니다. 라라 아빠와 라라와 전나경은 같이 전골 속으로 숟가락을 집어넣습니다. 개자식의 딸이 된 유리는 식탁을 박차고 일어납니다.

유리는 동네를 어슬렁거리다가 동네 여자들의 눈이 퀭해진 것을 발견합니다. 여자들은 삼삼오오 모여 탄식을 합니다. 10월이 되어도 날은 서늘해지지 않습니다. 라라는 아빠가 다녀가고 나면 아빠가 보고 싶어서 며칠을 앓습니다. 라라는 아프면 유치원에 안 가도 되기 때문에 계속 아팠으면 좋겠다고 말합니다. 전나경은 라라의 자위행위를 금지하는 것에만 신경을 쓸 뿐 라라가 유치원에서 친구들과 어떤 시간을 보내는지 알려 하지 않습니다.

동네 여자들의 동태를 살피던 유리는 라라를 유치원으로 데리러 가는 대신 유치원 버스를 타고 오게 합니다. 아이들이 올 시간이 되면 땀과 피로에 찌든 여자들이 하나둘 나타납니다. 벤치에 주저앉아 있던 여자들은 유치원 버스가 도착하면 아이한테 달려가 머리카락을 뒤져봅니다. 동네에는 남자아이든 여자아이든 긴 머리 아이가 하나도 없습니다. 유치원 버스에서 마지막 아이가 내립니다. 라라입니다. 아이 엄마들은 머리가 허리까지 치렁치렁한 라라를 보며 한 발짝씩 물러납니다. 양손으로 머리를 긁어대는 라라를 보며 걸음을 서두릅니다. 커트 머리를 한 여자아이들은 라라의 긴 머리를 부러운 듯 쳐다보다 엄마한테 이끌려 집으로 돌아갑니다.

유치원에서 전화가 걸려옵니다. 유치원 담임은 전나경에게 상담 요청을 합니다. 라라 언니가 아니라 라라 어머니여야 된다고 담임은 얘기합니다. 동네는 지금 머릿니와 전쟁을 치르고 있습니다. 유치원에 머릿니가 돌고 난 뒤 아이 엄마들은 하루도 마음 편히 쉬지 못했습니다. 이불과 옷을 살균하느라 종일 세탁기가 돌아갑니다. 효과가 있다는 제품들을 아이 머리에 뿌리고 바르느라 생활비가 거덜납니다. 누나가 동생한테 옮기고 동생이 아빠한테 옮기고 아빠가 강아지한테 옮깁니다. 머릿니가 없어지지 않자 여자들은 집 안을 통째로 삶다시피 합니다. 아이만 안 삶을 뿐입니다. 잠시 안 보이는가 싶어 숨을 돌리면 머릿니들은 수를 불려 다시 나타납니다. 여자들은 지쳐갑니다.

지금보다 더럽게 살던 시절에도 이 정도는 아니었잖아. 여자들은 친정 엄마한테 하소연합니다.

아이들은 집에 돌아와 유치원 놀이를 합니다. 지쳐 있던 엄마들의 귀에 한 여자아이의 이름이 들려옵니다. 아이들은 낄낄대며 노래합니다. 김라라 머리에는 이가 백 마리. 김라라 머리에는 이가 백 마리. 아이 엄마들은 유치원 버스에서 내리던 라라라는 아이를 떠올립니다. 유치원에서 머리를 자르지 않은 유일한 아이, 일을 하는 엄마 대신 성이 다른 언니 손에서 자란 아이, 혼자서 책을 보다가 지겨워지면 책상 모서리에 성기를 비비는 아이. 그런 김라라의 머리에는 이가 백 마리입니다.

아이 엄마들은 다 같이 모여 의논하고 행동합니다. 김라라가 그 상태로 유치원에 계속 나오면 자신의 아이를 안 보내겠다고 얘기합니다. 김라라의 엄마를 뺀 모든 엄마들이 유치원 등원 거부 의사를 밝힙니다.

유치원 담임을 만나고 돌아온 전나경은 말없이 주방으로 갑니다. 저벅저벅 걸어가는 전나경을 거실에 있던 유리와 도미가 쳐다봅니다. 라라는 한쪽에서 인형들 옷을 갈아입히고 있습니다. 전나경이 가위를 들고 라라에게 걸어갑니다.

"김라라."

전나경이 가윗날을 벌리고 라라 앞에 섭니다. 머리카락이 위험에 처한 걸 직감한 라라가 라푼젤을 안아 들고 벽에 붙습니다.

"라라야?"

전나경은 침착하려고 마음먹은 것 같지만 화가 눌러지지 않아 얼굴이 씰룩댑니다. 전나경은 라라에게 다가갑니다.

"너 유치원 계속 다니려면 머리 잘라야 돼."

라라가 고개를 흔듭니다.

"머리 안 자를 거야. 유치원도 안 다닐 거야."

"엄마가 다 알아. 엄마가 이해해."

가윗날이 라라의 머리 쪽을 향해 갑니다. 유리는 소파에 앉아 인상을 쓰며 입술을 씹습니다. 도미가 일어나 모녀 쪽으로 다가갑니다.

"니가 자꾸 잠지 만지는 거, 심심해서 그런 거 알아. 유치원에서 혼자 노는 거 힘들지? 머릿니만 없어지면 친구 생길 거야. 머릿니를 없애려면 라라야, 머릿니가 사는 집인 머리카락을 없애야 돼. 엄마 말 무슨 말인지 알겠어?"

라라는 옆으로 밀려가며 도리질을 합니다. 전나경은 더 가까이 다가갑니다.

"머리만 자르면 너는 잠지 만지고 싶은 생각이 싹 달아날 거야. 응? 머리를 잘라야 니가 그 사악한 짓을 안 한다고!"

전나경은 순식간에 라라를 덮쳐 눕힙니다. 라라가 비명을 지릅니다.

"팔 잡아!"

전나경이 옆에 와 있던 도미에게 소리칩니다. 전나경의 서

슬에 놀란 도미가 얼떨결에 라라의 양팔을 잡습니다. 전나경은 무릎으로 라라의 배를 누르며 라라의 하체를 압박합니다. 라라가 발버둥을 칩니다.

"싫어. 싫어. ……싫어어."

라라의 얼굴은 땀과 눈물과 콧물과 침 범벅이 됩니다. 젖은 얼굴에 붙은 머리카락이 라라의 입과 콧구멍에서 엉킵니다. 숨을 쉬기 어려워진 라라가 기진하듯 꺽꺽거립니다. 전나경의 가윗날이 라라의 머리카락에 무차별적으로 내리꽂힙니다. 눈앞에서 뾰족한 게 왔다 갔다 하자 라라의 눈이 공포로 번들거립니다. 그럴수록 라라는 몸을 더 비틉니다. 도미는 라라의 팔을 놓지도 어쩌지도 못하고 사색이 되어 있습니다. 라라가 고개를 흔들수록 가윗날은 라라의 귀쪽으로 눈쪽으로 아슬아슬하게 비껴갑니다.

"그만해!"

유리의 고함과 동시에 전나경이 반대쪽으로 나가떨어집니다. 방바닥은 잘려 나간 머리카락과 널브러진 라라와 끈끈한 액체로 엉망입니다. 잘린 머리카락에 붙어 있던 머릿니 몇 마리가 침대 밑으로 도망칩니다.

"이보세요 아줌마."

유리가 방바닥에 엎어진 전나경을 내려다보며 이죽댑니다.

"뭘 모르시나 본데요. 심심해서 하는 게 아니라 좋아서 하는 거예요. 잘 아시는 분이 왜 그러세요?"

전나경이 땀투성이 얼굴로 유리를 올려다봅니다.

"그게 왜 좋은데."

"……"

"왜 좋냐고!"

"헐."

유리가 천장을 보며 목을 꺾습니다.

"그걸 왜 나한테 물어. 몸이 그렇게 생겨먹은 걸 왜 우리한테 지랄인데."

"그러니까 몸이 왜 그렇게 생겨먹은 거냐고. 왜 그렇게 생겨먹은 건데에에에에에."

전나경이 생떼를 쓰는 아이처럼 바닥을 칩니다. 유리는 어이가 없어서 입이 벌어집니다. 도미가 라라를 소파로 데려가 얼굴을 닦아줍니다. 전나경이 유리의 다리를 잡고 흔듭니다.

"좋아서 하면. 좋아서 하면 어쩔 건데."

유리가 썩은 표정으로 전나경을 내려다봅니다.

"애 낳겠지, 씨발."

전나경의 얼굴이 일그러집니다.

"전나 처낳겠지."

전나경이 일어납니다.

"내가 너 이발 저발 하는 건 넘어가도 전나는 못 넘어간다고 했지. 더는 안 봐줘."

전나경은 유리의 머리채를 휘어잡더니 싱크대로 끌고 갑니다. 전나경은 개수대에 유리의 머리를 처박고는 물을 틉니다. 숨이 막혀 컥컥대던 유리가 팔꿈치로 전나경의 명치를 가격합니다. 라라를 진정시키고 있던 도미가 놀라서 뛰어옵니다. 냉장고 앞까지 밀려갔던 전나경이 달려들어 유리의 머리를 꺼듭니다. 유리는 전나경의 팔을 꺾어 비틀고는 헤딩을 하듯이 전나경을 밀어버립니다. 도미는 말릴 틈을 잡지 못하고 발을 구릅니다. 전나경은 끝장을 보겠다는 듯이 이쪽저쪽으로 꾸준히 달려듭니다. 그때마다 유리의 날래고 탄탄한 몸 앞에서 허탕을 칩니다.

주방 조명등 아래, 밀고 밀리는 육박전은 끝나지 않을 듯 보입니다. 거실 저쪽에서 누군가 그들을 지켜보는 사람이 있습니다. 아이는 산발입니다. 산발인 머리를 쥐가 파먹었습니다. 눈을 올려 뜨고 그들을 바라보던 아이가 금발머리 라푼젤을 집어 듭니다. 아이가 도어록 버튼을 누릅니다. 주방에서 뒤엉킨 사람들은 아무 소리도 듣지 못합니다. 한 칸, 또 한 칸. 아이는 맨발로 기다란 계단을 내려갑니다. 복도 창에서 불어오는 바람에 분홍 파자마 자락이 나부낍니다. 아이는 수백의 머릿니 군단을 거느리고 여왕처럼 걸어갑니다. 어디로 가는 것일까요. 누구 아이를 본 사람 없나요? 나이는 여섯 살, 이름은 라라. 가까이 가면 이가 옮을지도 모릅니다. 낯 뜨거운 행동을 하더라도 당황하지 마세요. 신고는 탑으로 해주시기 바랍니다.

아이 엄마가 아이를 애타게 찾고 있어요.

목련정전
目連正傳

목련의 아명은 목아(木兒). 땅이 풀린 윤사월에 태어났고 한여름인 7월 보름에 죽었다. 목련은 다섯 살에 어머니를 여의고 그때부터 목련이라는 이름을 얻었다. 목련에게 새 이름을 지어 준 것은 마을 사람들이었다. 엄마 잃은 목련을 키운 것도 마을 사람들이었다. 열다섯이 될 때까지 목련은 마을의 품에서 자랐다. 마을은 목련한테 철에 맞는 과일을 먹였고 몸에 맞는 옷을 입혔다. 해 질 녘까지 숨바꼭질을 하는 목련을 마을은 날마다 지켜보았다. 마을 사람들에게 목련은 유일한 관심사이자 공통된 목적이었고 완성해야 하는 이야기였다. 주인공은 다른 누구도 아닌 목련. 오직 목련이었다.

*

마을 사람들이 목련에게 제일 먼저 들려준 건 나무 이야기다.

마을 어디에서나 나무가 보인다. 마을을 감싼 한쪽 능선 위, 나무는 거기에 혼자 서 있다. 나무 뒤로는 배경처럼 다래 덩굴이 우거져 있다. 나직한 동산으로는 매일 바람이 불어오고, 무른 흙을 뚫고 사방에서 나물들이 피어난다. 목련은 토끼처럼 뛰어다닌다. 종이인형을 가져와 나무 밑에 심고 나무줄기에 수수깡 목걸이를 감아준다. 나무한테 매일 동화책을 읽어주고 나무 밑동에다 크레파스로 그림을 그린다.

마을 어디에서나 나무와, 나무 밑에서 노는 목련이 보인다.

오후가 저물고 해가 지기 시작하면 나무와 목련은 역광으로 반짝인다. 노을이 구름과 함께 물러가고 어스름이 잔광을 거두며 내려앉으면 능선은 하루 중 가장 짙은 선을 드러낸다. 그때쯤이면 이모가 올라온다.

"목련아. 저녁 먹어야지."

"이모. 나무가 '가지 마' 하는 것 같아."

목련은 한쪽 팔을 뻗어 누군가를 붙잡을 듯한 자세를 보여준다. 나무를 흉내 내는 것이다. 목련이 이모라고 부르는 여자가 희미하게 웃는다. 나무는 실제로 가장 굵은 가지 하나가 외따로 비어져 허공으로 뻗어 있다. 허공으로 사라지는 누군가를 붙잡을 듯한 모습이다.

어둠으로 뒤덮이기 직전의 능선에 서서, 이모라 불리는 여자가 목련을 붙잡고 이런 얘기를 한다.

"나무들은 가까이 있으면 가지끼리 연결이 되기도 한단다. 옆에 있는 나뭇가지랑 맞닿아서 그런 거야."

그러나 언덕에는 나무가 한 그루뿐이다.

"이모. 옆에 나무가 어디 있어? 안 보여."

"안 보여도 있어."

"왜? 근데 왜 안 보여?"

목련은 제 또래들처럼 끊임없이 왜? 왜? 하고 묻는다. 이모는 무표정한 얼굴로 목련을 내려다본다.

"그건 네가 열 살이 되면 얘기해줄게."

이모의 손에 이끌려 내려오면서 목련은 계속 가지 마 가지를 뒤돌아본다. 저녁 바람에 다래 덩굴이 일렁이고 능선은 곧 완벽한 어둠에 잠긴다.

마을은 고요하다. 아침에도 점심에도 저녁에도 한결같이 고요하다. 마을에 아이는 목련뿐이다. 마을에 참사가 일어났던 그날 모두 죽었다. 아이들뿐 아니라 한 집에 한두 명씩은 골고루 죽었다. 누군가는 임신한 아내를 잃었고 누군가는 남편을 잃었고 누군가는 장성한 자식을, 누군가는 노모를 잃었다. 목련이 엄마를 잃은 것도 그날이다. 눈앞에서 가족이 죽어가는 걸 본 마을 사람들은 그날 이후로 웃음을 잃었다. 마을 사람들 눈이 조금이나마 빛날 때는 목련을 볼 때뿐이다. 재잘재잘 커가는 목련. 까르르르 웃는 목련. 죽지 않고 살아 있는 유일한 아이 목련.

목련은 나무에 기대앉아 있다. 나무 아래에 구슬과 바구니와 이파리를 펼쳐놓고 한참을 놀고 난 후다. 나무 밑은 목련의 조막만 한 잡동사니로 어지럽다. 목련은 하루의 반을 나무와 이야기하며 보낸다.

"나무야. 팔 아프지?"

나무를 올려다보고,

"나무야. 목마르지?"

물조리개를 들고 나무를 빙빙 돈다. 데리고 다니는 강아지인 것처럼 나무를 쓰다듬다가 엄마라도 되는 것처럼 와락 매달린다.

목련은 하루하루 빛이 난다. 영양을 골고루 섭취해 종아리는 토실토실하고 햇살을 타고 뛰어노는 발걸음엔 막힘이 없다. 나무 밑에 자기 세계를 꾸미는 손은 야무지다. 나무한테 들려주는 얘기 속엔 그리움과 공상과 장난이 가득하다. 엄마라면 당장 가서 끌어안고 만져보고 싶어 못 견딜 만큼, 목련은 사랑스럽게 커간다.

바람이 잦아들자 다래 덩굴이 빛에 잠긴다.

목련은 나무에 기대앉아 눈을 감는다. 눈꺼풀 위로 햇살이

고이고 빛은 수만 갈래 파편이 되어 어린 목련의 머릿속에서 흩어진다. 그것은 누군가의 입에서 튀어나온 백설기 파편이 되었다가 다시 목련의 머리 위에서 흔들리는 이파리들이 된다.

엄마.

목련은 엄마를 불러본다. 엄마 얼굴도 목소리도 생각이 나지 않는다. 선명한 것은 오직 냄새, 엄마 손에 밴 참기름 냄새다. 시금치 데친 물에서 훈김이 올라온다. 바가지에 도라지를 박박 문질러 씻는 소리. 들통 가득 탕국이 끓고 엄마는 메밀전병에 넣을 김치를 다지기 시작한다. 목련은 엄마 옆에서 산자에 묻힐 튀긴 밥알을 주워 먹는다. 시루 위로 떡 찌는 냄새. 뜰에 자리가 깔리고 제기가 날라진다. 사람들 발소리가 왁자지껄 들려온다. 목련은 문을 열고 밖으로 뛰어나간다.

눈이 부시게 푸르른 백중날. 7월 보름 한여름.

마을 사람들이 한자리에 모여 있다. 마을 아이들이 돌담 사이를 뛰어다닌다. 매미 소리가 뜰을 둘러싸고 햇빛은 구석구석에서 튀어오른다. 스님은 요령을 흔들며 재를 올린다.

헤매는 혼들을 생각하는 7월 보름 백중날. 마을 사람들이 한자리에 모인 건 의식 뒤에 펼쳐질 이야기 잔치 때문이다. 재가 끝나고, 햇과일과 음식이 오가고, 뜰에는 대형 그림이 내걸린다. 「목련구모(目連救母)」. 작은 깃발이 펄럭이고 이야기승이 걸어나온다. 1년에 한 번 오는 이야기승은 노래를 잘하고 말도 잘하고 마을 아이들의 마음을 단번에 빼앗아놓는다. 목련의 효

행적 일대기! 사람들은 숨을 죽인다. 목련의 망모 구출기! 사람들은 침을 삼킨다. 목련은, 그때까지는 목련이라는 이름과 상관이 없던 어린 목아는, 겁에 질려 그림을 올려다본다.

그림 속에는 목련의 엄마가 있다. 죄를 지은 엄마. 그래서 지옥에 빠진 엄마. 부처님의 제자 목련존자는 길을 떠난다. 지옥에 빠진 어머니를 구하기 위해 지옥으로 떠난다. 그리고 마침내는 어머니를 구한다. 이야기승이 풀어내는 「목련전」의 줄거리는 변함이 없다.

단 한 번 지옥문이 열린다는 7월 보름 백중날. 마을 사람들이 절 뜰에 모여 앉아 「목련구모」 일인극을 감상한다. 이야기승은 어떤 역할이든 막힘없이 해낸다.

이야기승은 목련존자가 되어 슬피 운다.

대체 제 어머니가 무슨 죄를 지은 것입니까.

이야기승은 마을 사람이 되어 외친다.

그대의 어머니는 양을 기둥에 매달아 목을 찔러 피를 받았다. 돼지를 몽둥이로 때려 끓는 물에 튀겼다. 그 모든 짐승들의 울음소리가 그치기도 전에 배를 갈라 간을 꺼내 먹었다.

이야기승은 지옥의 옥졸이 되어 어머니의 머리채를 잡는다.

똑바로 봐라. 이게 바로 지옥이다.

이야기승은 어머니가 되어 울부짖는다.

아가, 아가. 온몸이 타들어가서 견딜 수가 없구나. 아가, 아가. 제발 이 어미를 지옥에서 구해다오!

이야기를 펼치던 이야기승이 갑자기 피를 토한다. 이야기에 빠져 있던 마을 사람들이 가슴을 움켜쥐며 쓰러진다. 아랫집 아이가, 건넛집 새댁이, 윗집 남자와 뒷집 노모가 절 마당에 나뒹굴기 시작한다. 마당은 순식간에 비명이 넘나드는 아수라장이 된다. 매미 소리가 하늘을 찌르며 솟아오른다. 눈이 부시게 푸르른 백중날. 절 마당에 쓰러진 사람들이 버둥거리며 죽어간다. 목련은 울면서 엄마를 찾는다. 겁에 질려 엄마만 부른다.

"나무야."

목련은 나무에 얼굴을 댄다.

나무가 이파리 하나를 목련의 등 위로 내려준다.

"나무야."

응?

"맨날 이렇게 서서 자고, 다리 아프지 않니?"

나는 괜찮아. 서서 죽는 나무도 있는걸.

"나무야."

응?

"나한텐 너밖에 없어."

알아.

백중과 추석이 지나면 마을엔 가을이 깊어가고 나무는 도토리를 떨어뜨린다. 목련이 주워 온 도토리를 갈아 이모는 묵을 만든다. 마을에 첫서리가 내리면 목련이 삼촌이라고 부르는 남자가 올라와 나무줄기에 짚을 둘러준다. 목련은 자기 목도리를 풀어 나무에 감고 가지 마 가지를 올려다본다.

삼촌은 다래 덩굴 옆에 걸터앉는다.

"목련아."

"네. 삼촌."

마을을 바라보는 삼촌의 얼굴에 수심이 어린다. 삼촌은 언제나 슬픈 사람이다.

"이때쯤이 되면 유독 집사람 생각이 나는구나. 나만 안 만났어도 이 마을에 오지 않았을 텐데, 나만 안 만났어도 그렇게 죽지는 않았을 텐데, 맨날 그런 생각이 들어."

목련은 소매로 코를 훔친다.

"결혼하고 4년 만에 아이를 가졌다. 입덧이 심하더니 배가 불러서도 많이 힘들어했어. 친정이 멀어서 자주 가지도 못하고. 그 사람이 친정 엄마가 해주던 메밀총떡이 그렇게 먹고 싶다고 했었다. 신김치랑 두부만 다져넣고 만 전병 말이야."

삼촌은 목련에게 하는 것도 같고 아닌 것도 같은 말을 이어간다. 삼촌의 입김이 다래 덩굴로 흘러간다. 다래 덩굴에도 하얗게 서리가 내려 있다.

"그 사람 죽고 배를 갈랐을 때 내가 직접 봤다. 애가 화상 입은 살덩어리처럼 새빨갛게 쪼그라들어 있었어. 팔다리 발가락은 알아보겠는데 얼굴부터 내장까지는 녹아 있더구나. 화장은 따로따로 했다. 애 뼛가루는 지금도 시꺼매. 자꾸 꿈에 나타난다. 집사람이 울면서 애를 찾는데…… 애 탯줄이 실타래처럼 풀어지면서 굴러가서 찾을 수가 없어."

짚을 쥔 삼촌의 손이 떨린다. 목련은 코를 목 안으로 들이킨다. 발이 시리고 목이 아프고 오줌이 마렵다. 해는 무섭도록 순식간에 떨어진다. 삼촌의 손에 이끌려 내려오면서 목련은 계속 가지 마 가지를 뒤돌아본다. 초겨울 추위에 다래 덩굴이 얼어붙고 능선은 여름 백중은 잊은 듯 긴 잠에 빠진다.

*

나무의 가지 중에서 가장 굵게 뻗어 나온 가지가 있다. 다른 나무의 가지와 연결이 되어 있다는 가지. 목련이 가지 마 가지라고 부르는 가지. 목련은 그 가지에 매달려 있다.

하나, 둘, 셋…… 목련은 두 팔에 힘을 주고 턱을 끌어 올린다. ……여덟, 아홉, 열. 목련은 가지 마 가지에서 턱걸이를 한다. 세상에서 제일 힘든 건 턱걸이일 거야. 가지 마 가지를 움켜쥔 목련의 손아귀에 힘이 들어간다. 세상에서 제일 재미있는 것도 턱걸이일 거야. 가지 마 가지 위로 올라오는 목련의 목에 핏대가 도드라진다.

마을 어디에서나 나무와, 나무에 매달려 턱걸이를 하는 목련이 보인다.

턱걸이를 마친 목련은 가지 마 가지에 올라앉아 마을을 내려다본다. 언덕 위로 밀잠자리가 자욱하다. 곧 백중인 것이다. 참사 뒤에 맞는 다섯번째 백중. 목련은 지금 열 살이다.

목련은 이제 나무 밑에서 소꿉놀이를 하며 놀지 않는다. 목련은 나무를 타고 올라가 이 가지에서 저 가지로 마음껏 뛰어다닌다. 가지를 딛는 발바닥은 유연하고 햇빛에 그을린 이마는 탄탄하다. 목련은 나무에 매달려 노는 이파리 중에서 가장 푸른 이파리다. 엄마라면 당장 가서 눈을 맞추어보고 싶어 못 견딜 만큼, 목련은 거침없이 자라는 중이다.

목련은 가지 마 가지에 앉아 자두를 씹어 먹는다. 이모와 삼촌 들, 아저씨와 아줌마 들. 혼자 남은 목련을 키운 그들이 마을 곳곳에 틀어박혀 조용히 일을 하고 있다. 마을은 여전히 고요하다. 다래 덩굴은 여전히 나무 뒤에 배경처럼 우거져서 시시때때로 일렁이고, 나무는 여전히 가지 마 가지를 허공으로 뻗은 채 언덕에 홀로 서 있다.

꽃잎처럼 마을을 둘러싼 낮은 능선들. 그 가장 바깥쪽, 다른 마을로 통하는 경계에 저수지가 보인다. 저수지는 겹쳐진 동산들에 가려 반밖에 보이지 않는다. 여름빛이 내려앉아 저수지는 하루 종일 자글거린다. 빛 때문에 눈을 비비다 보면 저수지는 사라지고, 눈을 옴츠리고 다시 한참을 기다리면 저수지는 나타난다. 가지 마 가지 위에 올라앉은 목련은 입으로는 자두를 씹어 먹고, 눈으로는 저수지를 응시하면서, 습관처럼 끊임없이 다리를 건들거린다.

목련의 다리에 덜 익은 도토리가 부딪친다. 도토리가 땅으로 떨어져 내린다. 곧이어 나뭇잎 하나가 떨어져 내린다. 목련은 돌멩이를 꺼내 허공으로 내던진다. 날개를 다친 밀잠자리 하나가 꽃잎처럼 땅으로 떨어지기 시작한다. 그보다 더 빠른 속도로 돌멩이가 떨어져 내린다. 목련이 환호를 하다 삐끗한 순간, 땅이 모든 힘을 동원해 목련을 잡아끌고 목련은 순식간에 땅으로 떨어져 내린다. 목련은 비명을 지른다.

이모, 삼촌, 아저씨, 아줌마가 목련을 내려다본다. 목련은 다리를 고정시키고 누워 있다. 목련은 나무에 올라가 놀다가 떨어져서 다쳤다. 그러나 목련이 나무에 올라가 놀다가 떨어져서 다쳤다고 목련을 나무라는 사람은 없다.

다들 표정 없이 목련을 내려다볼 뿐이다. 참을 수 없이 텁텁한 공기가 모두를 둘러싸고 있다. 백중이 다가오면 마을을 덮치는 공기. 무덥고도 무거운 공기. 이제 백중날엔 김이 올라오는 백설기도 잘 익은 과일도 없다. 목소리가 좋은 이야기승도 없고 재를 올리는 스님도 없다. 모두가 떠났다. 불상 위로 거미가 오갈 뿐이다. 느닷없이 죽은 아이와 아내와 남편과 노모, 그들을 위한 추모가 있을 뿐이다. 한여름빛도 보름에 뜨는 달도 이 무거운 공기를 걷어가지 못한다.

한낮인데도 등이 차가운 건 목련이 법당에 누워 있기 때문이다.

"다쳤으니 오늘은 기대서 들어라."

독회를 이끄는 마을 사람 목소리다. 그 옆으로 삼촌이 보이고 그 옆으로 이모가 보이고 그 옆으로 아줌마, 아저씨 들이 이어진다. 모두들 법당에 둘러앉아 있다. 법당은 어둡다. 빛이 스민 창호만이 지면에서 떠올라 다른 세상으로 통하는 문처럼 어른거린다.

헤매는 혼들을 생각하는 날. 단 한 번 지옥문이 열린다는 날. 눈이 부시게 푸르른 한여름날. 마을 사람들은 백중마다 변함없이 절에 모인다. 그렇다고 그들이 죽은 가족의 재를 공동으로 지내는 것은 아니다. 그들은 초도 향도 밝히지 않고, 앉아서 「목련경」을 읽을 뿐이다.

이 독회의 주인공은 목련이다.

어머니가 죽은 뒤 3년 시묘를 마친 목련존자는 부처님을 찾아가 신통제일의 제자가 된다. 목련존자는 도를 닦던 중 죽은 어머니가 지옥에 빠졌다는 것을 알게 된다. 어머니를 구하기 위해 이제 목련존자가 지옥으로 떠날 차례다. 마을 사람들은 돌아가면서 목련존자의 지옥행을 읽어나간다.

"목련은 대애지옥에 이르렀습니다. 그곳에서는 남염부제 중생들이 큰 방아에 찧여 몸이 천 토막으로 끊어지고 피와 살이 어지럽게 흩어져 하루에 만 번 죽고 만 번 살아났습니다. 목련은 목 놓아 어머니를 불렀습니다."

목련은 법당에 비스듬히 누워 여섯 살 때의 백중날부터 들어온 얘기를 듣는다.

"목련은 다시 앞으로 나아가다 회하지옥에 이르렀습니다. 그곳에서는 셀 수 없이 많은 남염부제 중생들이 뜨거운 잿물 속에서 밀려다니고 있었습니다. 동쪽 문이 열린 것을 보고 동쪽 문으로 헤엄쳐 가면 문득 동쪽 문이 닫히고, 서쪽 문이 열린 것을 보고 서쪽 문으로 헤엄쳐 가면 문득 서쪽 문이 닫혔습니다. 남쪽 문이 열린 것을 보고 남쪽 문으로 헤엄쳐 가면 문득 남쪽 문이 닫히고, 북쪽 문이 열린 것을 보고 북쪽 문으로 헤엄쳐 가면 문득 북쪽 문이 닫혔습니다. 목련은 목 놓아 어머니를 불렀습니다."

창호의 빛이 순간순간 변해가는 것을 목련은 본다.

"목련은 아비지옥에 이르렀습니다. 담의 높이는 만 길이나 되고 벽 바깥으로 검은 벽이 또 만 겹이나 둘러쳐져 있었습니다. 벽 위는 철망으로 얽어서 빠져나갈 곳이 없고 사방에서 뜨거운 불길이 쉴 새 없이 뿜어져 나왔습니다. 두개골의 백 마디마다 불이 활활 타올라 사람들은 미친 듯이 울부짖었습니다. 목련은 목 놓아 어머니를 불렀습니다."

마을 사람이 읽기를 멈추고 목련을 본다.

"목련아. 듣고 있니?"

목련은 허리를 세운다.

"목련아. 지옥 중에 제일 지옥이 뭔지 아니?"

"아…… 아비…… 지옥이요."

다리 통증 때문에 목련의 목소리가 끊어져 나온다.

"아비지옥보다 몇천 배, 몇만 배 끔찍한 지옥이 뭔지 알아?"

모두가 동작을 멈춘다.

"바로 눈앞에서 자식이 죽는 지옥이다."

이모가 숨을 들이켜는 소리가 들린다. 이모는 그날 다섯 살짜리 아들과 남편을 한꺼번에 잃었다. 이모처럼 자식을 잃은 마을 사람들이 무언가를 삼켜 넣는 기운을 목련은 느낀다. 마을 사람들한테 그 질문을 해야만 한다는 압박이 목 끝까지 올라온다. 모두가 목련이 질문하기만을 기다리는 것을 목련은 본다. 목련은 더 참지 못하고 묻는다.

"목련의 엄마는, 무슨 죄를 지었나요?"

법당이 긴장으로 멈춰 선다.

"목련의 엄마는, 살생을 했다."

"정확히 말해. 살인이잖아!"

누군가 뒤에서 울분에 차 외친다.

불상 위의 거미까지도 동작을 멈추고 한여름 백중날의 독회 풍경을 내려다본다. 목련은 이모와 삼촌의 눈을 찾지만 이모도 삼촌도 목련과 눈을 맞추지 않는다. 마을 사람이 다가와 열 살 목련의 머리를 쓸어 넘긴다.

"목련은 모든 지옥을 순례하고 모든 고통을 보아야 한다."

목련은 고개를 움직일 수가 없다.

"그리고 반드시 엄마와 마주해야 한다."

목련의 눈이 닿을 곳을 찾지 못한다.
"그게 목련의 시련이고 목련의 운명이야."
목련은 숨을 멈춘다.

목련은 목발을 세워둔 채 홀로 절 마루에 앉아 있다. 7월 보름 달빛에 밤이 환하다. 어슴푸레하게 언덕의 나무가 건너다보인다. 달빛에 잠긴 능선과 나무와 다래 덩굴. 다래 덩굴에서 반사된 빛이 다시 절 뜰로 고인다. 목련은 다섯 살까지 엄마와 이 절에서 살았다.

목련에게 엄마는 물을 끓이는 주전자이고 김장독을 묻는 삽이고 강아지 집을 수리하는 망치다. 목련의 엉덩이를 찰싹 쳐가며 목욕을 시키는 손이고, 무엇보다 매일 음식을 만드는 사람이다. 노란 장판이 깔린 뜨끈뜨끈한 방구들. 목련은 거기서 태어나고 거기서 기어 다니고 거기서 잠을 잤다. 목련은 절 구석구석을 어디든 걸어다녔다. 4월이 되면 초파일 연등에 붙일 꽃잎 종이를 안고 다니고 7월이 되면 옷을 태우고 남은 재를 후후 불며 휘저었다. 그리고 매일같이 담 한편의 돌탑을 몰래 무너뜨리면서 놀았다.

세포 깊숙이 새겨져 있는 것처럼 목련은 여자들만 있던 절집의 냄새와 풍경을 언제든 떠올릴 수 있다. 새벽이 되면 비구니 스님 둘과 함께 법당에서 예불을 드리던 엄마. 예불이 끝나면 엄마는 찬 새벽 공기를 끌고 들어와 잠든 목련 옆에서 다시 기도를 했다. 밤을 지나온 잠 끝에 눈을 뜨면 목련은 언제나 엄마의 새벽 천수경 소리를 들었다. 아침 공양을 지으러 엄마가 타고 넘어간 문지방 너머로 그 여운이 남아서, 어린 목련은 울먹울먹 입을 삐죽대다 다시 이불을 감고 잠이 들었다.

살이 델 것처럼 뜨거운 방구들엔 엄마의 머리카락이 있었다. 엄마는 항상 소리 없이 움직이고, 소리 없이 일을 하고, 앉았던 자리마다 머리카락이 수북했다. 그렇게 빠지는데도 머리카락은 금세 자라고 금세 풍성해졌다. 목련은 요를 밀어낸 뒤 엄마 머리카락을 한 올 한 올 주워 손가락에 감고 놀았다.

놀다 보면 동지가 되고, 동지가 되면 마을 신도들이 요사채에 모여 새알을 빚었다. 목련은 그해 동짓날 밤을 지금 일처럼 떠올릴 수 있다. 여자 혼자 몸으로, 어떻게 절에 와서 애를 낳을 생각을 해그래. 얼마나 힘들었어. 모여 앉은 마을 여자들은 엄마한테 관심이 많다. 머리부터 발끝까지 엄마를 살펴보고, 엄마를 걱정하고, 엄마한테 질문한다. 목련은 엄마 옆에 붙어서서 새알 반죽을 조물락거린다.

애 아빠하고는 일찌감치 헤어졌고? 엄마는 대꾸 없이 반죽에 힘을 쏟는다. 자네 애 낳던 날, 세상에, 어찌 그리 찢어져라 울부짖는지, 온 동네가 잠을 못 잤잖아. 우리도 다 애 낳아봤지만 그 소리는 어째 그렇게 귀를 후벼그래? 엄마는 말없이 반죽에 물을 더 붓는다.

젊은데 어여 좋은 사람 만나 가야지. 우리 동네가 옛날부터

과부는 없어. 마을 여인들은 새알을 주거니 받거니 쟁반으로 무수하게 던져 넣는다. 남편 없는 젊은 여자가 혼자 돌아다니면 동네 수캐하고도 말이 나는데. 에이, 무슨 말을 그렇게 해. 우리 동네가 그런 동네는 아니지. 뭐가 안 그래, 분위기가 옛날하고는 뭔가 다른데.

쌀가루를 휘저으며 놀던 목련이 엄마 얼굴에 가루를 한 움큼 뿌린다. 얼굴에 하얀 가루를 뒤집어쓴 엄마가 동작을 멈춘다. 엄마는 반죽을 짓이기던 손으로 순식간에 목련의 목을 움켜잡는다. 목련은 비명도 못 지르고 버둥거린다. 엄마는 시뻘겋게 구겨진 얼굴로 목련을 패대기치듯 밀쳐버리고 다시 반죽으로 손을 가져간다. 방 안은 어색한 침묵으로 탁해진다.

장난한 걸 가지고, 왜 애한테 그래. 누군가 먼저 치마를 털며 일어선다. 마을 여인들 뒤에 말없이 앉아 있던 또 다른 마을 여인 이모가 서둘러 새알 쟁반을 정리한다. 마을 여인들이 큼큼거리며 방을 나가자 이모는 엄마의 두 손을 감싸 쥔다. 팥죽 끓일 때 거들러 올게 좀 쉬어. 이모는 방 한구석에서 파랗게 질려 있는 목련의 옷매무새를 만져주고, 목에 들러붙은 반죽 덩어리들을 떼어주고 집으로 돌아간다.

뜨끈뜨끈한 방구들 위에 남은 것은 새알과 쌀가루와 기나긴 11월 밤. 그리고 목련과 엄마.

"나무야."

목련은 나무에 머리를 기댄다.

나무가 가지 하나를 늘어뜨려 목련을 쓰다듬어준다.

"나무야."

응?

"이렇게 넓은 데서 혼자 서 있고. 무섭지 않니?"

나는 괜찮아. 혼자가 아닌걸.

"나무야."

응?

"나한텐 너밖에 없어."

알아.

해가 남은 오후. 이모가 복숭아를 안고 올라온다.

"이모. 나무가 '가지 마' 하는 것 같아."

목련이 복숭아를 받아 안으며 말한다. 열 살이 되었다고 조르는 소리를 하는 것이다. 이모는 목련의 다리가 다 나았는지 두드려보고 얼굴에 상처는 없는지 이마와 코와 뺨을 세심히 살펴본다. 목련은 걱정 말라는 듯이 복숭아를 한입 와삭 깨문다. 얼굴의 반을 가린 복숭아 위로 목련의 눈이 서글서글 웃는다. 이모는 그런 목련의 머리를 넘겨주다가 금세 눈이 글썽글썽해진다. 이모는 언제나 슬픈 사람이다.

"목련아."

"응. 이모."

"사람은 죽으면 강을 건너간대."

나무에 나란히 기대앉은 이모와 목련의 정수리로 햇빛이 따끈따끈하게 내려앉는다. 가지 마 가지 끝에는 낮달이 걸려 있고 하늘은 물결처럼 잔잔하다. 목련은 복숭아에서 기어 나오는 벌레한테 손가락을 대준다.

"사람이 죽어서 길을 떠날 때는 말이야, 혼자서 아득하고 넓은 들판을 헤매게 된다는구나. 앞으로 나아가려고 해도 험난하고, 중간에 머물려고 해도 멈출 만한 곳이 없는 그런 들판 말이야."

목련은 손톱 밑에서 맴도는 복숭아벌레를 바라본다.

"그렇게 들판을 지나고 산을 넘으면서 7일 넘어 헤매다 보면 말이야, 나하라는 강을 만난대. 그 나하의 나루터에 나무가 한 그루 있다는구나."

"나무?"

나무라는 말에 목련의 눈이 빛난다.

"그래. 죄의 무게를 다는 나무라더구나. 나루에 사는 할멈과 할아범이 망자의 옷을 벗겨서 나무에 거는 거야. 죄업이 무거우면 나뭇가지가 많이 휘어지고, 가벼우면 조금 휘어지고. 그거에 따라 망자의 여정이 달라지는 거지. 그 나무 이름이 의령수라는구나."

의령수. 목련은 이모의 말을 스펀지처럼 빨아들인다.

"의령수는 이승에 있는 나무가 아니라 저세상에 있는 나무인 거야. 그렇지만 이승에는, 저세상의 나무와 연결이 된 나무가 있단다."

이모가 가지 마 가지를 올려다본다. 목련도 가지 마 가지를 올려다보다가, 눈을 동그랗게 뜬다.

"우아, 정말이야? 그럼 내 나무랑 연결돼 있다는 게 그 나무야?"

바람이 없는데도 저만치 다래 덩굴이 몸을 떨듯 흔들린다.

"뿌리가 다른 두 나무가 한몸처럼 연결이 되는 거야. 처음에는 가지가 맞닿고, 그다음에는 세포가 엉키고, 나중에는 양분과 수분을 같이 쓰게 돼."

가지 마 가지가 저세상과 연결되어 있다고 말하는 이모. 목련은 무릎을 세우고 귀도 세우고 이모한테 더 바짝 다가간다. 이모는 세상에서 가장 슬픈 사람 같다가도 이야기에 빠져 즐거운 듯 보이다가, 목련의 눈길을 피하려 돌아앉는 듯도 하다. 이모가 언덕의 사방을 가리킨다.

"옛날엔 여기에 나무가 많았어. 그런데 무슨 일인지 다 죽었지. 이 나무가 살아남은 건 나하강의 물길을 빨아들여 양분으로 삼기 때문이야. 해 없는 저승에서 의령수가 죽지 않고 사는 것도…… 이 나무한테서 햇빛을 빨아들이기 때문이고. 둘은 가지가 연결되어 있으니까."

나하강은 삼도천이다. 이모의 말대로라면 목련의 나무는 삼도천의 물길로 사는 나무다. 목련은 고개를 들어 저쪽 세상과 닿아 있다는 가지 마 가지의 끝을 건너다본다. 가지의 끝에는 하늘이 펼쳐져 있다. 시시각각 색을 달리하는 하늘만이 구름도 흠도 없이 펼쳐져 있다. 낮달은 어디론가 물러가고 땅 위를 속속 들추는 여름 해가 가지 마 가지를 지나 능선으로 내려앉는다.

"목련아."

"응. 이모."

이모의 얼굴이 다시 슬픈 선을 드러낸다.

"우리 찬이가 말이야."

찬이라는 말에 목련의 얼굴이 굳는다.

"우리 찬이가, 음식에서 김이 올라오는 걸 그렇게 신기해했어. 찌개를 끓여놔도 들여다보고, 찜을 해서 내놔도 그 위로 손을 막 휘젓고. 연기가 왜 올라와? 연기가 왜 올라와? 손 델 뻔한 게 몇 번인지 몰라."

목련에게 하는 것도 같고 아닌 것도 같은 말을 이모가 이어간다.

"그때마다 찬이한테 일렀어. 김이 올라오는 음식은 만지면 안 된다. 큰일 난다. 그래도 너무 달려들면 내가 그랬지. 그렇게 신기하면 떡은 뜯어 먹어도 된다고. 목아 만나러 절에 가는 날은 떡이 많은 날이니까, 거기 가면 엄마랑 김이 올라오는 백설기를 뜯어 먹어보자. 그렇게 약속을 했어."

이모의 속눈썹 위에서 빛이 흩어진다.

"내가 같이 먹었어야 했어. 그러면 찬이 혼자서 그 넓은 벌판을 헤매지 않아도 됐을 텐데. 그 애 아빠는 한 달을 누워 있다 죽었는데, 찬이 혼자 얼마나 겁이 났겠니. 그 어린 게 혼자서…… 멈출 수도 없는 그런 들판을…… 혼자서 걸어갔을 생각을 하면."

나무도 다래 덩굴도 가슴을 움켜쥔 이모의 등을 본다.

"내가 미친 듯이 물었어. 아프니? 찬아, 왜 그래. 어디 아프니? 애가 아무 말도 못 하고 내 앞섶만 쥐어뜯어. 목이 새빨갛게 끓어오르더니…… 눈이 뒤집어지면서 나만 쥐어뜯어. 지금도, 지금도 쥐어뜯어."

이모가 끄르륵거리며 가슴을 내리친다.

"나는 그것만 생각해 목련아. 죽어가면서 나한테 매달리던 찬이 손힘만 생각해. 그렇게 매달렸는데도 같이 못 죽은 것만 생각한다. 죽을 때까지, 죽을 때까지 이렇게 살겠지. 이렇게 살겠지!"

이모가 목련의 어깨를 움켜쥔다. 이모의 갑작스러운 손힘에 목련의 머리가 덜렁인다. 번뜩이는 이모의 눈을 더 보지 못하고 목련은 고개를 숙인다. 목련은 힘을 빼고 이모한테 몸을 내맡긴다. 어스름에 휩싸인 다래 덩굴이 쇳소리 같은 바람 소리를 내뱉는다.

나무의 윤곽이 묻힐 만큼 어둠이 내린다. 이모가 비틀거리며 마을로 내려간 길도 어둠에 지워져 있다. 몇 점 남아 있던 마을의 불빛이 하나둘 꺼진다. 목련은 능선을 내려가야 한다. 저 마을로 걸어 들어가야 한다. 그래야 할 시간인 것이다.

가지 마 가지를 타면, 여기 아닌 다른 곳으로 갈 수 있을까.

목련은 그런 생각을 하다 발걸음을 뗀다. 순간 언덕 어디쯤에서,

"으— 각— 엉— 윽—"

이상한 소리가 끓겨 나온다. 목련은 반사적으로 발을 멈춘다. 온몸이 소름으로 곤두선다. 목련은 숨을 멈춘 채 뒤를 돌아본다. 서서 잠든 나무와, 희끄무레하게 일렁이는 다래 덩굴이 보인다. 나무가 목련한테 무슨 말인가를 건네는 것일까. 그러나 나무의 말이 귀로 들릴 리가 없다. 노루 소리인가. 멧돼지 소리인가. 정체를 알 수 없는 토막음의 여운이 능선 위에 그대로 떠 있다. 그때 밤바람 한 줄기가 다래 덩굴을 휘돌아 목련한테로 불어온다. 순간 목련은 어딘지 알 수 없는 곳에서부터 뼈를 가르고 올라오는 저릿함을, 그것이 저릿하다는 것조차 알지 못한 채 온몸으로 느낀다. 혹시 가지 마 가지와 연결된 저쪽 세상의 끝에서 누군가 외치는 소리일까. 그런 소리가 정말 들리는 것일까. 목련은 몸을 뒤로 돌린 채 칠흑을 응시한다. 아무것도 보이지 않는 어둠 속을, 눈에 눈물이 차오른 채로 언제까지나.

*

"이상해."

뭐가?

말을 던져놓고 목련은 잠잠하다. 목련은 며칠 동안 생각에만 잠겨 있다. 나무는 여름 바람을 맞으며 그런 목련을 지켜본다.

요사이 마을 사람들이 능선을 오르는 일이 잦아지고 있다. 아니 어쩌면 그들은 목련과 마주치지 않은 것뿐 오래전부터 수시로 능선을 올랐는지도 모른다. 마을 여자들은 나물을 뜯기 위해서, 마을 남자들은 다래 덩굴을 손보기 위해서 언덕을 오르는 걸 목련도 알고 있다.

"덩굴이 요새 이상하게 자꾸 나무 쪽으로 뻗어오는구나. 나무에 엉켜들기 전에 반드시 쳐내야 돼. 저게 맥이 없어 보여도 줄기를 한번 휘감으면 나무를 죽이기도 한다."

능선 중간쯤에서 목련과 마주치면 그들은 그렇게 설명한다. 무언가를 숨겨놓은 게 분명한 지게나 바구니를 들고.

"이상해."

목련은 손안경을 만들어 사방을 훑어본다. 나무도 목련을 흉내 내어 사방을 훑어본다. 나무의 가지 곳곳에는 목도리가 걸려 있다. 목련이 겨울마다 나무한테 둘러준 목도리다. 이모는 해마다 목련의 목도리, 나무 목도리 두 개씩을 떠준다. 가지 마가지에 걸린 건 지난겨울에 짠 목도리다. 지금까지 짠 목도리 중에 가장 긴, 샛노란 털실 목도리다. 목련이 나무한테 둘러준 목도리는 어느새 열 개. 목련은 지금 열다섯 살이다.

목련은 이제 나무 밑에서 소꿉놀이를 하지도, 나무를 타고 올라 이 가지에서 저 가지로 뛰어다니지도 않는다. 나무한테로 뻗어오다 중간에서 잘려나간 다래 덩굴 숲. 목련은 그쪽으로 성큼성큼 걸어간다. 비밀이라도 숨겨놓은 것처럼 뭉텅이로 엉켜 있는 덩굴 더미를 목련은 뚫어져라 쳐다본다. 목련은 덩굴 가닥 하나하나를 만져본다. 누군가 거대한 판때기에 그려서 세워놓은 그림이 아닐까? 그런 생각을 하는 사람처럼. 목련은 언덕에 엎드려 풀잎을 하나하나 파헤친다. 손으로 흙을 비벼보고 코를 킁킁거리며 냄새를 맡는다. 사람들이 진짜 산에서 파다가 심어놓은 가짜 언덕이 아닐까? 그런 생각을 하는 사람처럼.

목련은 손안경을 얼굴에 붙이고 서서 포개진 동산들을 훑는다. 마을을 감싼 꽃잎과 꽃잎 사이에 그림인 듯 세워진 절, 저수지가 차례차례 손안으로 들어온다. 목련은 마을이 들어오도록 손안경의 각도를 조금 내린다. 마을을 훑어가던 원 속으로 순간 날카로운 빛 하나가 들어온다. 목련은 깜짝 놀라 얼굴에서 손을 내린다. 누군가와 눈이 마주친 느낌이다. 손을 풀자 빛은 사방에서 꽂혀온다.

마을 어디에서나 나무와, 나무 아래서 손안경을 하고 선 목련을 보고 있다.

목련은 나무한테로 걸어간다. 나무줄기의 결을 하나하나 만져보고 언제 맡아도 좋은 나무 냄새를 한껏 들이킨다. 이제는 눈을 감고도 그릴 수 있는 가지들이 각각의 굵기와 뻗어나간 방향 그대로 하늘 위에 펼쳐진다. 이렇게 생생한데 가짜일 리가 없어. 목련은 중얼거린다. 나무는 목련의 모든 자취를 담고 있다. 해마다 잰 목련의 키. 철사만 남은 수수깡 목걸이. 수피 사이에 스며든 물감과 가지 마 가지의 손자국. 실이 마모되고 보풀이 인 10년 동안의 목도리들.

"내 아명은 왜 목아였을까? 정말 목아였을까?"

……

"친구들이 있었으면 좋겠어. 저수지 너머에 뭐가 있는지 알려주는 친구들."

심심하니?

"심심해."

너한텐 내가 있잖아.

나무가 몸 전체에 퍼져 있는 가는 가지들을 한꺼번에 움직여 준다. 이파리들이 일제히 흔들리면서 목련의 얼굴 가득 빛이 쏟아져 내린다. 시무룩하던 목련의 얼굴에 더할 수 없이 환한 웃음이 번져나간다. 나무를 올려다보며 웃는 목련의 머리 타래가 바람에 가닥가닥 흔들린다. 정수리에 내려앉았던 여름빛이 머리카락을 타고 미끄러진다. 나무가 가지를 뻗어 목련의 두 뺨을 감싸 쥔다. 목련은 눈을 감는다.

목련은 이 세상의 선 중에서 가장 예쁜 선이다. 목련은 이 세상의 색깔 중에서 가장 예쁜 색깔이다. 목련은 이 세상의 눈 중에서 가장 놀라운 눈이다. 세상을 다 가진 듯 함박웃음을 짓다가도 금세라도 울 것처럼 커다랗게 일렁이고, 모든 것을 빨아들일 듯 호기심에 반짝이다가도 심해 속에 혼자 있는 듯 생각에 잠긴다. 목련은 그런 눈을 갖고 있다.

목련. 너는 열다섯 살이야.

목련은 눈을 뜨고 나무를 올려다본다. 나무를 바라보는 목련의 눈은 사랑에 빠진 눈이다.

"나는 열다섯 살이야. 열다섯은 어떤 나이일까."

열다섯은 길을 떠날 수 있는 나이야.

"길을 떠날 수 있는 나이."

나한테도 친구들이 있었어.

"그래. 이모가 그랬잖아. 예전엔 여기에 나무들이 많았다고. 니 친구들은 다 어디 갔어?"

모두 흩어졌어.

목련은 나무줄기에 뺨을 댄다. 나무가 이야기를 해준다.

내 옆에 있던 친구는 어느 집의 대들보가 되었어. 아이들을 좋아했거든. 그 옆에 있던 친구는 바람을 좋아해서 활이 되었고. 그 옆에 있던 나무는 성질이 불같아서 숯이 되었지. 그 옆에 있던 나무는 불심이 깊어 목탁이 되었고, 그 옆에 있던 나무는 정이 많아 약재가 되었어. 복이 있는 나무는 장롱이 되고, 한이 많은 나무는 칼자루가 되고, 비단결 같던 나무는 바둑판이 되었지.

"너는? 너는 뭐가 되고 싶어?"

나무가 목련을 감싸며 몸을 숙인다.

나는 관이 되고 싶어. 배 모양을 한 관.

"배 모양을 한 관. ……왜?"

사람은 죽으면 누구나 강을 건너가니까.

목련이 줄기를 쓸던 손을 멈추고 나무를 올려다본다. 큰 눈이 금방이라도 넘칠 듯하다. 나무가 그 눈을 들여다본다. 목련을 감싸 안은 나무의 가지들이 목련의 뺨과 목을 지나 가슴과 다리로 파고든다.

가장 빛나는 한 사람을 태운, 그런 관이 될 거야.

목련은 눈을 감고 목을 젖힌다. 나무가 목련을 바싹 당겨 안는다. 가장 부드러운 가지 하나가 목련의 입속으로 들어온다. 목련은 혀로 가지의 잎을 훑는다.

"늦었구나."

"저수지에 갔었어요."

저수지라는 말에 법당 안이 조용해진다. 목련은 저수지에 갔다가 독회 모임에 늦었다. 마을 사람들은 한 사람도 빠짐없이 모여 있다. 오전에 모인 사람들은 오후가 깊도록 목련을 기다렸다. 참사 뒤에 맞는 열번째 백중. 목련이 열다섯 살이 되었기 때문일까. 목련이 백중 모임에 늦었기 때문일까. 목련은 다른 해와는 무언가 다른 공기를 느낀다. 누르고 눌러온 공기, 다지고 다져온 공기, 때를 기다리며 시간을 관리해온 공기. 사람들은 눈 속에 그런 기미를 가득 담고 앉아 있다.

"산에는 가도 저수지에는 가면 안 된다."

독회의 장이 말한다.

"죄송해요. 저수지 물을 만져보러 갔었어요. 언덕에서 보면 저수지가 없어질 때가 있어요. 그래서 저수지가 정말 거기 있는지 만져보러 갔었어요."

10년 동안 사람이 기거하지 않은 절. 장마 끝의 법당엔 곰팡이 냄새가 짙다. 영단 위로 10년 전에 죽은 사람들의 유골함이 늘어서 있다. 그러나 거기에 목련의 엄마는 없다.

"저수지 너머로 가보고 싶었던 건 아니고?"

"……"

마을 사람들이 동시에 목련을 본다. 죽은 가족의 추모를 끝낸 그들에게 오늘은 1년 중 가장 슬픈 날이다.

"넌 목련이다. 그걸 잊어선 안 돼."

"……"

"직접 읽어라."

목련은 「목련경」을 받아 든다. 모두가 목련의 목소리를 기다린다. 목련은 지체 없이 「목련경」 속으로 들어가야 한다.

"세존이시여. 제 어머니가 죄보를 받아 가장 고통스럽다는 아비지옥에 떨어졌습니다. 어떻게 하면 제 어머니를 지옥에서 구할 수 있겠습니까."

자면서도 외울 수 있는 문구들. 누군가 머릿속에 이식해놓은 것처럼 목련의 의식 속에 박혀 있는 구절구절들. 목련존자의 어머니는 붓다의 법력으로 아비지옥을 벗어나 소흑암지옥에 떨어지게 된다. 목련은 읽어나간다. 세존이시여, 어떻게 하면 제 어머니를 흑암지옥에서 구해낼 수 있겠습니까. 붓다는 대답한다. 모든 보살들을 청하여 대승경전을 읽고 외워라. 목련이 모든 보살들을 청하여 대승경전을 읽고 외우자 어머니는 흑암지옥에서 벗어나 아귀로 태어난다. 세존이시여, 어떻게 해야 제 어머니가 아귀의 과보를 면할 수 있겠습니까. 여러 보살들을 청하여 마흔아홉 개의 등에 불을 켜고 뭇 산목숨을 놓아주어라. 목련이 마흔아홉 개의 등에 불을 켜고 뭇 산목숨을 놓아주자 어머니는 아귀를 벗어나 왕사성의 개로 태어난다. 세존이시여, 어떻게 해야 제 어머니가 개의 몸을 벗을 수 있겠습니까. 7월 보름 백중날에 재를 베풀면 개의 몸에서 벗어날 수 있을 것이다. 목련이 7월 보름 백중마다 재를 베풀자 어머니는 모든 고통을 벗고 천상에서 태어나 복락을 누리게 된다. 그리하여 사람들은 7월 보름 백중마다 재를 올리며 지옥을 헤맬지도 모를 부모의 죄업을 빈다.

목련은 읽기를 마치고 고개를 든다.

"넌 목련이다."

"목련존자한텐…… 부처님이 있어요. 신통력도 있고요. 저한텐……, 저한텐 나무밖에 없어요."

"안다니 다행이네."

누군가 뒤에서 뇌까린다.

목련은 입술을 문다. 그래, 나한테는 나무가 있어. 목련한테 모든 것을 줄 수 있는 나무. 목련한테 모든 것인 나무. 목련은 그 나무와 사랑을 확인했다. 목련은 나무의 촉감, 나무의 선, 나무의 냄새를 떠올린다. 나무를 생각하자 목련은 든든한 자신감이 차오른다.

"엄마를 찾고 싶어요."

목련은 말한다. 목련존자의 엄마가 아닌 자신의 엄마 얘기를. 10년 동안 금기나 마찬가지였던 말을 목련은 급기야 내뱉는다. 사람들 표정이 술렁인다. 그들은 그 말을 오랫동안 기다려온 사람들 같기도 하고 감히 그 말을 내뱉는 것에 분노하는 사람들 같기도 하다.

"삼촌이 언젠가 얘기해주셨어요. 우리 엄마는 저수지로 걸어 들어갔다고. 저수지는 흐르지 않으니까, 그 아래에 엄마 뼛조각 하나라도 있을 것 같아요. 저도 제 엄마 뼈를 찾아서 유골함에 넣어놓고 싶어요."

"니 엄마가 어떤 사람인지 알고나 그런 소릴 해?"

누군가 받아친다. 어쩌면 그 말이야말로 목련이 10년 동안 기다려온 말이다.

"전 잘 몰라요. 얘기해주세요."

목련은 애원한다.

"이제 진실을 말해주세요. 제 엄마가 무슨 죄를 지었는지 제발 말씀해주세요."

"이미 짐작할 텐데."

"분명하게 알고 싶어요. 처음부터 끝까지 모든 걸 말씀해주세요."

이모도 삼촌도 굳은 표정으로 목련을 본다. 이모의 얼굴은 며칠 동안 잠을 못 잔 사람처럼 하얗게 떠 있다. 독회의 장이 목련 앞으로 다가온다.

"가장 분명한 게 뭔지 아니? 몇백 년이 지나고 몇천 년이 지나도 절대 변하지 않는 이 이야기의 핵심이 뭔지 알아? 그건 목련의 엄마가 지옥에 빠진다는 거야."

"그러면…… 저도 출가를 해서 부처님의 제자가 되고, 대승경전을 읽고, 7월 보름마다 재를 올리면 엄마를 구할 수 있는 건가요?"

"누구를 구해? 입 닥쳐."

마을 사람 하나가 튀어나와 목련의 멱살을 움켜쥔다.

"의령수라고 들었겠지? 그 의령수 가지가 부러졌을 거다. 니 엄마는 그런 년이야. 그렇게 죄질이 더럽고 죄업이 무거운 년이라고."

"그거 놓고 얘기해요!"

이모가 일어난다.

"마음 약해지지 말라고 몇 번을 말했지!"

누군가 다시 이모한테 소리친다. 핏기가 눈으로만 몰린 이모는 세상에서 가장 불안한 사람처럼 턱을 떨며 눈을 진정시키지 못한다.

"무, 무슨…… 짓이에요. ……이게 다."

"그러게 애초에 그 여자를 들이지 말았어야 했어. 만삭으로 혼자 기어들어올 때부터 알아봤어야 했다고. 어디서 어떻게 굴러먹던 건지도 모르는 걸 들이는 게 아니었다고."

10년 동안 아슬아슬하게 활을 당겨온 사람들이 이제 활시위를 놓기 시작한다.

"작정하고 계획을 했던 거야. 안 그러면 그렇게 죽어나갈 수가 없어."

"그 많은 음식을 혼자 하겠다고 할 때부터 우리가 짐작을 했어야 했어."

"어떻게 짐작을 해. 멀쩡하게 생긴 년이 전병에 비상을 말 줄을 어느 누가 짐작을 해. 냄새도 없고 색깔도 없는 독 덩어리를 빻고, 갈고, 체로 쳐 쪄낼 줄을 어느 누가 짐작을 해!"

사람들은 말끝에 목련을 본다.

"자식 생각하는 년은 그런 짓 못 한다. 니 엄마가 니 생각을 했으면 우리한테 그런 짓 못 해."

마을 사람 한 명이 불단에 기대선 삼촌을 돌려세운다.

"똑바로 얘기해줘. 그 여자가 뭐라고 했는지."

삼촌이 목련을 본다. 삼촌의 얼굴은 무섭도록 차분하다.

"저수지로 들어가는 니 엄마를 내가 끌어냈다."

무겁게 가라앉은 삼촌의 목소리에 법당의 소란이 끊긴다.

"그냥 죽게 둘 수가 없었다. 끌어내서 물었어. 왜 그랬냐고. 왜 그랬는지…… 정말 묻고 싶었다."

"……"

"니 엄마가 그러더구나. 다 죽여버리고 싶었다고. 그 말 한 마디만 했다."

정적 사이로 가는 신음 하나가 흘러나온다. 다 쪼그라든 마을 할머니가 주저앉아서 가슴을 치는 것을 목련은 본다. 소리 내어 울 기운조차 없는지 노인은 가슴을 두드리며 웅크리기만 한다. 가슴을 치는 둔탁한 소리가 북소리처럼 여기저기서 울리기 시작한다. 여름 습기에 침식당한 목조건물이 소리들을 튕겨내지 못하고 그대로 흡수하며 같이 무너져간다. 몇몇은 유골함을 안은 채 흐느끼고 몇몇은 소리 없이 가슴을 찢으며 뒤돌아서고 몇몇은 참을 수 없는 눈빛으로 목련을 본다.

목련은 비로소 깨닫는다. 절규하는 마을 사람들을 보면서 목련은 비로소 경악한다. 엄마가 충동적으로 그랬는지 계획적으로 그랬는지, 10년 전 여름에 엄마한테 무슨 일이 있었는지, 목련은 모른다. 엄마가 어떤 지옥에 어떻게 빠졌는지, 그 지옥에 정말로 방아와 잿물과 화염이 있는지, 목련은 모른다. 사람이 죽으면 그 앞에 어떤 지형이 펼쳐지는지, 죄의 무게를 다는 나무가 정말로 가지를 펼치고 서 있는지, 목련은 모른다. 그러나 이것만은 안다. 엄마가 사람들을 죽였다는 것. 많은 이들이 아무 예고도, 납득할 만한 이유도 없이 죽었다는 것. 분명한 것은 그것뿐이었다.

백설기를 먹은 사람은 죽었고 산자를 먹은 사람은 살았다. 메밀전병을 먹은 사람은 죽었고 호박전을 먹은 사람은 살았다. 약과를 먹으려다가 백설기를 뜯어 먹은 사람은 죽었고 메밀전병을 먹으려다가 두부전을 집어 먹은 사람은 살았다.

눈물범벅이 되어 얼이 나간 듯 서 있던 이모가 가슴에서 찬이의 유골함을 내려놓는다. 그러곤 정신 나간 사람처럼 달려와 목련을 껴안는다. 익숙한 냄새에 목련은 가슴이 내려앉는다. 목련한테 더운 김을 내뿜던 이모가 목련의 무릎에 매달린다.

"목련아. 너도 알지? 오늘은 백중이야. 지옥문이 열리는 날이야. 니가 가서 그 문을 닫아. 응? 니 엄마가 못 나오게, 지옥문을 닫아 걸어줘. 넌 목련이잖아. 너만 할 수 있어."

이모를 신호탄으로 마을 여인들이 허우적거리며 목련한테로 기어온다.

"10년 동안 사는 게 사는 게 아니었다, 목련아. 죽은 애가 구천을 떠돌아. 아직도 편히 쉬지를 못해. 니 엄마가 죽인 내 애가 저렇게 시퍼런데, 니 엄마가 지옥에서 나오면 우린 어떻게 사니. 억울해서 어떻게 사니!"

마을 사람들이 아귀처럼 몰려와 목련의 발밑에 매달리고, 목련의 어깨를 잡아 흔들고, 목련의 턱을 움켜쥔다.

"우린 널 죽일 수도 있었어!"

"그래도 우린 널 거뒀다. 널 먹이고 키웠어. 억울하게 죽은 영혼들을 한 번만, 한 번만 생각해다오, 목련아."

목련은 더 견디지 못하고 밖으로 뛰쳐나간다.

목련은 담 한쪽에 몸을 숨기고 숨을 고른다. 달려들던 사람들의 입김이 그대로 따라붙는 것만 같다. 저만치 언덕이 올려다보인다. 나무와 다래 덩굴이 있는 언덕. 가지 마 가지의 선이 번개처럼 명확하게 허공을 긋고 있다. 목련은 가슴을 누르며 다래 덩굴을 쏘아본다. 이제 어떤 방식으로든 이 마을에 더 머물 수 없다는 것을 목련은 깨닫는다. 목련은 못 견디게 나무를 만지고 싶어진다. 당장 가서 나무를 안을 수만 있다면 무엇이든 할 수 있다고 목련은 생각한다. 목련은 능선으로 달려간다. 뒤따라 나온 이모가 능선 초입쯤에서 목련을 따라잡는다.

"아무 말도 듣지 마 목련아. 여길 떠나."

이모가 나무로 오르는 길을 막아선다.

"여길 떠나! 사람들은 미쳤어. 우린 다 미쳤다고. 제발 여기를 떠나."

목련은 이모를 본다. 이모의 부르튼 입술과 얼룩진 낯빛과 헝클어진 눈빛을 본다.

"그래 이모. 떠날 거야. 엄마를 가두고 올게."

"아니야. 아니야! 저쪽 세상 말고, 다른 마을로 가."

"……"

"떠나. 넌 선택할 수 있어. 사람들한테 보여줘."

목련은 이모를 본다. 아무 말 없이 오랫동안 이모의 붉은 눈을 본다.

한여름 해가 오후의 정점을 지나 내려가기 시작한다.

여름 생물들이 비비적거리며 언덕을 에워싼다.

목련은 이모의 눈만을 바라본다.

"이모…… 우리 엄마를 용서해줄 거야? 내가 엄마를 지옥에 가두면, 지옥에 빠뜨리면, 이제 잠 푹 잘 거야? 저수지가 아니라 저기 있는 게…… 엄마야?"

"떠나!"

이모가 목련의 뺨을 내리친다.

"누구 좋으라고 이모…… 누구 좋으라고."

목련은 이모를 밀치고 뛰어 올라간다. 나무를 향해 언덕을 달려 올라간다. 나무 우듬지가 보인다. 가지가 나타나고 줄기가 나타난다. 나무의 밑동이 보이고 곧이어 언덕 전체가 눈앞에 펼쳐진다. 목련은 달려가 나무를 안는다. 나무와 자신 사이에 한 치의 틈도 생기지 않게 나무를 껴안는다. 나무도 기다렸다는 듯이 목련을 감싸며 몸을 맞춰온다.

끝까지 너와 함께할게. 괜찮아.

나무가 가지 마 가지 위로 목련을 올려준다. 가지 마 가지에는 목련이 지금껏 턱걸이를 해온 반들반들한 손자국이 있다. 마음이 답답하고 무언가가 그리울 때마다 목련은 여기에 매달려 턱걸이를 해왔다. 땅으로 떨어져 내리는 것들과 반대 방향으로 몸을 끌어 올리면서, 온 힘을 다해 땀을 쏟고 나면 몸도 마음도 진정이 됐다. 목련은 가지 마 가지를 잡는다.

하나, 둘…… 목련은 턱걸이를 시작한다. 셋, 넷…… 산과 저수지와 마을의 풍경이 가지 마 가지를 기준으로 올라가고 내려간다. 다섯, 여섯…… 턱걸이를 하는 목련 앞에는 지난겨울에 짠 목도리가 걸려 있다. 그것은 한눈에도 푹신할 것 같은 샛노란 털실 고리다.

눈이 부시게 푸르른 한여름. 목련의 이마에서 땀이 흐른다. 일곱, 여덟…… 마을은 미칠 듯이 조용하다. 점점 거칠어지는 목련의 숨소리만이 공간을 채워간다. 아홉, 열…… 목련의 머리가 가지 마 가지를 지나 위로 올라간다. 셀 수 없이 올라간다. 몇 번째인지 알 수도 없어졌을 즈음, 목련의 눈앞에 마을이 아닌 새로운 풍경이 펼쳐진다. 목련은 모든 근육과 핏대를 팽팽히 당긴 채로 자신의 눈앞에 펼쳐진 두 개의 길을 본다.

이쪽으로 발을 디디면 낭떠러지이고 저쪽으로 발을 디디면 도로다. 목련은 선택할 수 있다. 한쪽은 저수지를 돌아 다른 마을로 흘러가는 강이고 한쪽은 나하강이다. 목련은 눈을 감는다. 다른 마을의 풍경은 쉬이 잡히지 않지만 나하강의 풍경은 목련의 머릿속에 환하게 그려진다. 거기에는 나무 한 그루가 있고, 어느 언덕의 햇빛과 습기를 그대로 머금은 배 한 척이 있다.

목련은 가지 마 가지의 끝을 바라본다. 그 끝과 맞닿은 곳에, 손만 뻗으면 닿을 아주 가까운 곳에, 어떤 고속열차보다 직행으로 도달할 수 있는 다른 세계가 있다.

목련은 서서히 턱을 내린다. 올라갈 때보다 더 많은 힘이 들어가 목련의 몸은 부들부들 떨린다. 그러나 그동안 단련된 목련의 팔 힘은 아직 더 많은 시간을 버틸 수 있다. 털실 고리와 같은 눈높이까지 내려왔을 때 목련은 멈춘다. 반쯤 굽혀진 팔이 걷잡을 수 없이 후들거린다. 한여름 해가 기울어간다. 허공 어디쯤에서 이파리 하나가 떨어져 내린다. 뒤이어 어느 집의 빨래 하나가 떨어져 내리고, 언젠가 목련이 쏘아올린 종이비행기가 떨어져 내린다. 담 위에서 발을 헛디딘 고양이가 떨어져 내리고, 세상의 모든 열매들이 자기 무게만큼의 속도로 떨어져 내리는 것을 목련은 본다.

목련의 팔에 갑자기 엄청난 힘이 들어간다. 그것은 목련이 이 세상에서 내는 마지막 힘이자 자신을 걸고 내는 모든 힘이다. 목련은 젖 먹던 힘까지 끌어올려 가지 마 가지를 잡은 팔을 바꾼다. 심장이 격렬한 박동을 뿜는 동시에 목련의 몸은 바로 거기, 다래 덩굴 쪽으로 돌아간다.

목련은 믿을 수 없을 만큼 침착해지는 자신을 본다. 손에 맞물린 나무의 감촉을 목련은 어느 때보다 실감한다. 나무를 향한 단단한 믿음이 자신을 채우는 것을 목련은 느낀다. 더 필요한 것은 없다. 목련은 목도리의 고리 속으로 머리를 집어넣는다. 더 이상의 망설임 없이, 목련은 가지 마 가지를 잡은 두 손을 놓는다. 땅이 모든 힘을 동원해 목련을 잡아끌고 목련은 자기 무게만큼의 강도로 목도리에 목이 매달린다. 그 강도 그대로 줄이 목련의 대동맥을 누르고, 목련은 급작스러운 뜨거움과 동시에 혀가 빠질 듯한 숨 막힘 속으로 들어간다. 그때 다래 덩굴이 열린다.

다래 덩굴.

그 안에 울부짖는 한 여인이 있다.

덩굴을 몸에 감고 갇혀 있던 여인. 머리채를 잡힌 채 눈앞을 보는 여인. 지금 막 지옥에 빠지는 여인. 복수당하는 여인.

가지 마 가지에 목이 매달린 목련이 허공을 차기 시작한다.

"악— 아— 엉— 윽—"

토막음으로 우는 사람은 손과 입을 결박당한 여인. 10년 동안 언덕에 갇혀 목련을 보아온 여인이다. 두 팔을 휘저으며 헤엄치던 목련의 얼굴이 검붉게 질려간다. 세차게 버둥대던 다리 움직임이 어느 순간 둔해지기 시작한다. 목련의 눈이 하얗게 넘어간다. 여인의 재갈이 풀린다.

"아— 가—, 아— 가아아아아아———!!"

눈앞의 것을 식별할 정도의 빛과 울부짖을 기력을 유지할 정도의 음식. 지난 10년간 그 둘만 제공받아온 여인이 두 눈을 뜨고 울부짖는다. 눈이 넘어간 목련의 몸이 풀어진다. 목련은 나무 막대기처럼 곧게 펴져 경련하기 시작한다. 여름 생물들이 일제히 소리를 멈추고, 결박당한 여인만이 짐승처럼 몸을 뒤틀며 목련을 부른다. 그러나 설골이 부러진 목련의 몸은 이미 마지막 떨림으로 치닫는 중이다.

능선으로 해가 진다. 나무의 그림자가 맞은편 산을 뒤덮는다. 하루의 빛이 사라지기 직전, 모든 것들이 가장 반짝이는 순간. 목련은 드디어 괄약근이 완전히 풀어지면서 움직임이 멎는다. 포개진 꽃잎이 저녁을 준비하는 오후의 막바지. 언덕 아래로 밀잠자리가 걷히고 구름이 새털처럼 풀어지며 하늘을 채운다. 귀를 후비는 괴성만이 능선을 타고 미끄러진다.

마을 어디에서나 나무와, 나무에 매달려 죽은 목련이 보인다.

* 소설 속 「목련경」은 법회연구원에서 번역한 「목련경」(『부모은중경』, 정우서적, 1997)을 참조하였습니다.

근린
近隣

공원에서 사고가 일어난 것은 10월 31일 오전이었다. 날개 폭이 6미터 남짓인 소형 비행체 한 대가 근린공원 체력단련장에서 등산로로 이어지는 중간 지점에 추락했다. 연합뉴스는 이 비행체가 RQ-105 기종의 육군 소속 무인정찰기로, 사고 당시 원격조종을 통한 무인정찰훈련 비행 중이었다고 보도했다. 보도에 따르면 사고를 목격한 주민들은 "하늘에서 오토바이가 지나가는 듯한 소리가 나 쳐다보니 아파트 20층쯤 높이에서 비행체가 날아가고 있었"으며 "어느 순간 보니 이 비행체가 날개를 뒤집은 채 추락하고 있었다"고 말했다. 사고 당일은 근린공원에서 '어르신문화축제'가 열리던 날로 사고 시각인 오전 11시경, 공원 야외공연장과 체력단련장 인근에는 이미 백여 명의 인파가 있었던 것으로 전해졌다. 그중 사망자는 단 한 명이었다. 튀어 날아온 기체 파편에 목이 찔린 사망자는 '대동맥 파열로 인한 과다 출혈'로 현장에서 사망했다. 평소 근린공원에서 사망자를 자주 봐왔다는 한 주민은 '그 여자가 그렇게 죽을 줄은 몰랐다'고 말했다.

1

10월 첫날 아침 근린공원사거리의 도로 상황은 무난했다. 신호대기 중이던 아반떼 승용차를 마을버스가 들이받는 일이 있었지만 출근길 교통 흐름에 지장을 줄 정도는 아니었다. 근린산 위로 떠오른 아침 해는 가을이 시작된 산을 타고 내려와 부채꼴로 펼쳐진 근린공원 초입 광장과 그 앞의 횡단보도까지 고루 비추었다. 하늘은 파랗고 바람은 잔잔했다. 야외 활동을 하기에 더없이 좋은 때가 시작되고 있었다.

출근 차량이 빠지고 도로가 한적해질 무렵, 젊은 여자 한 명이 근린공원 입구에 나타났다. 회색 치마레깅스에 짧은 후드점퍼를 걸친 여자는 잠에서 덜 깬 듯 흐느적거리며 벤치 쪽으로 걸어갔다. 여자는 부채꼴 광장의 왼쪽에 놓인 벤치에 앉더니 고개를 파묻고 움직이지 않았다.

곧이어 늙은 여자 두 명이 걸어가 광장의 오른쪽 벤치에 앉았다. 잠시 뒤 같은 또래로 보이는 여자가 둘을 부르며 건너갔다. 건너간 여자는 숨을 헐떡이더니 자신이 간밤에 똥 싸는 꿈을 꿨다고 말했다. 앉아 있던 여자 중 한 명이 만 원짜리 세 장을 꺼내 그 꿈을 샀다.

서쪽 방면에서 오던 차가 사거리 북서 방향의 주유소로 들어갔다. 북동쪽에서 내려온 바람이 여자들의 등을 훑고 사거리 교차점을 지났다. 벤치에 나란히 앉은 늙은 여자 셋은 그들의 대각선 맞은편, 사거리 남서 방향에서 무언가가 움직이는 것을 보았다.

"우리 저기나 한번 가볼까?"

꿈을 산 여자가 말했다.

"원장이 꽤 용하다던데."

가운데에 앉은 여자가 말했다. 꿈을 판 여자는 아무 말도 하지 않았다. 사거리 남서쪽 건물 안에 있는 것은 휴대폰 대리점과 편의점, 독서실과 피시방, 학원들과 노인요양원이었다. 그 옆으로 새로운 건물이 올라가 있었다. 건물 외벽을 덮은 현수막에 '관절' '척추' '통증' 같은 글자가 보였다. 건물 앞에서 움직이며 그들의 시선을 끈 것은 키다리 허수아비 풍선이었다. '만성 통증 조기 치료'라는 여덟 글자를 몸에 새긴 허수아비가 양팔을 펼친 채 흔들거리고 있었다.

"옆에 있는 건물이 죽네……"

어쩐지 힘이 빠진 듯한 목소리로 꿈을 판 여자가 한마디 했다. 나머지 두 여자가 웃긴다는 표정으로 꿈을 판 여자를 보더니 대꾸를 하지 않았다. 일교차가 점점 벌어져 그들 중 한 명이 머플러를 풀었을 무렵 중년 여자 한 명이 애완견과 자루를 안고 산에서 내려왔다.

"밤 많이 떨어졌어요?"

가운데 여자가 물었다.

"할머니들이 새벽같이 올라가서 얼마나 주워가는지 벌써 빈 껍데기가 수두룩해요. 좋은 델 잘 찾아야 돼요."

"어디가 좋아요?"

중년 여자의 팔에서 내려온 시추가 벤치를 맴돌며 짖었다.

"명당이 하나 있어요. 밤나무하고 참나무가 얼마나 큰지……"

"알알 알알."

시추가 말을 끊으며 뛰어갔다. 동쪽에서 온 차들이 남쪽으로 좌회전을 시작하자 사거리 남동 방향의 아파트 단지에서 빛 무리가 흘러나왔다.

"알알 알알."

보행 신호와 함께 부채꼴 광장으로 쏟아져 들어온 건 연두색 단체복을 입은 유치원생들이었다. 아이들은 시추에게 달려들기도 하고 공원 조형물에 올라타기도 하면서 흩어졌다 모였다 했다. 사각 정자가 있는 부채꼴 꼭짓점에서 다시 줄을 선 아이들은 잠자리채를 높이 쳐들었다. 아이들은 교사의 손짓에 맞춰 합창을 시작했다. 잠자리 꽁꽁, 꼼자리 꽁꽁. 이리 와라 꽁꽁,

저리 가라 꽁꽁. 이리 오면 살고, 저리 가면 죽는다.

유치원 아이들이 휩쓸고 간 부채꼴 광장의 사각 정자 위에는 언제부터 거기 있었는지 모를 여자아이 한 명이 앉아 있었다. 아이는 숲 체험을 떠난 유치원생들과 같은 또래로 보였다. 아이 앞에는 스케치북이 펼쳐져 있었다. 아이는 빨간색 크레파스를 꺼내더니 흰 종이 위에 제일 먼저 해를 그렸다. 아이의 엄마로 보이는 여자가 그 앞에 앉아 아이의 정수리를 내려다보았다.

"다음엔 누가 커피 좀 타와."

꿈을 산 여자가 말했다. 점심때가 되자 여자아이와 엄마는 횡단보도를 건너 아파트 단지 후문으로 사라졌다. 사거리 남쪽 방향에서 온 맥도날드 오토바이가 그들을 따라 아파트 단지로 들어갔다. 레깅스 여자가 벤치에서 몸을 일으켰을 때에는 키다리 허수아비 풍선의 팔 한쪽이 직각으로 꺾여 있었다.

2

꿈을 판 여자는 꿈을 팔 생각이 없었다. 깨고 나서도 흥분이 가시지 않아 누군가에게 말하고 싶었을 뿐이었다. 3만 원을 얼떨결에 받아드는 게 아니었다고 여자는 후회했다. 무언가 중요한 것을 빼앗겼다는 생각을 지울 수 없었다.

여자가 볼일을 본 곳은 모래알과 조약돌이 들여다보이는 맑은 물웅덩이였다. 분홍빛 대변이 여자의 몸에서 끝도 없이 빠져나왔다. 변은 물속에서부터 똬리를 틀며 올라왔다. 물에서도 절대 흐트러지지 않는 실한 변이었다. 여자가 꿈에서 깬 것은 그 변이 몸속으로 다시 들어왔을 때였다. 기다랗고 굵고 단단한 것이 몸을 밀고 들어오는 순간 여자는 눈을 떴다. 뭐라 말할 수 없는 허전함과 슬픔이 밀려왔다. 여자는 꿈 생각에 아침도 제대로 먹지 못했다. 그래서 그런 실수를 한 것이었다. 그날 아침의 모든 행동과 언행이 평소의 자신답지 않았다고 여자는 생각했다. 자신은 성급하고 수다스러운 편이 아니었다. 조용하고 온화하게 늙었다는 말을 듣고 사는 쪽이었다. 육십대 중반이었지만 아직 환갑 전으로 보는 사람도 있을 만큼 피부도 괜찮았다.

여자는 화장대에 앉아 거울을 보았다. 꿈을 팔고 난 뒤 지난 며칠은 무얼 해도 예전 같지가 않았다. 밥맛도 없었고 무릎도 더 시렸다. 누가 말을 하면 서운한 생각부터 들었고 까닭도 없이 눈물이 돌았다. 여자가 한숨을 내쉬며 거울에서 고개를 돌렸을 때였다. 전화벨이 울렸다. 며칠간 구부정했던 여자의 등이 전화를 받는 동안 점점 펴졌다. 여자는 두 번 연속으로 감사하다는 말을 하고 전화를 끊었다. 꿈을 판 여자는 꿈 따위는 잊어버린 듯 흥얼거리기 시작했다. 여자는 물을 끓여 보온병에 넣고는 커피 몇 봉지를 챙겨 현관문을 나섰다.

같은 시간에 꿈을 산 여자도 전화를 받았다. 근린공원 부채꼴 광장에서였다. 전화를 끊고 난 여자는 벤치에 앉아 있는 레깅스 여자를 보면서 얼굴을 찌푸렸다. 한동안 부채꼴 광장의 왼쪽 벤치에 앉던 레깅스 여자는 며칠 전부터 오른쪽 벤치를 차지하고 앉더니 오늘은 다시 왼쪽 벤치에 앉아 있었다.

"젊은 여자가 일관성이 없어."

가운데 여자가 오자 꿈을 산 여자는 레깅스 여자에 대한 험담을 시작했다. 박스를 찾으러 갔더니 엉덩이 한 번 들지 않고 쳐다만 보더라. 옷 입은 것도 볼썽사납다. 어깨 벌어진 것 좀 봐라. 굼뜬 애들은 질색이다. 꿈을 산 여자는 화풀이를 하듯 중얼거렸다.

"며느리로 저런 것들이 들어올까 봐 내가 요새 잠이 안 와."

보행 신호가 떨어지자 아파트 단지 쪽에서 여자아이와 엄마가 걸어왔다. 간격을 두고 꿈을 판 여자가 뒤따라왔다. 꿈을 판 여자를 보자마자 여자 둘이 벤치에서 일어났다.

"자긴 뭐 됐어?"

"실버댄스스포츠."

꿈을 판 여자의 말에 잠시 정적이 흘렀다. 세 여자는 모두 10월 말일에 있을 어르신문화축제에 참가할 예정이었다. 경쟁률이 가장 높았던 실버댄스스포츠에 꿈을 판 여자만 선정이 된 것이었다. 나머지 두 여자가 전화로 권유받은 공연은 똑같은 한복을 입고 줄 맞춰 서서 어깨춤을 추는 '노부(老婦)는 골드스타일'이었다. 댄스스포츠와는 비교가 될 수 없었다. 실버댄스에 참가하는 여자들은 모두 빨간 원피스를 입었다. 빨간 구두를 신고, 머리에는 빨간 꽃을 꽂고, 역시나 높은 경쟁률을 뚫고 선정된 남자 노인들과 탱고를 추는 것이었다. 실버댄스는 어르신문화축제의 꽃이었다.

꿈을 판 여자가 한턱내겠다는 듯 커피를 타서 돌렸다. 꿈을 팔기 전으로 시간이 되돌려진 듯 꿈을 판 여자는 혈색이 살아나 있었다.

"커피 맛이 왜 이래."

꿈을 산 여자가 한 모금 마시자마자 인상을 썼다.

"내가 김태희 말고 이나영 있는 걸로 사라고 했잖아!"

꿈을 산 여자가 순식간에 팔을 젖혀 벤치 뒤 회양목 위로 커피를 뿌렸다. 김이 올라오는 뜨거운 커피였다. 운동기구 위에 올라가 있던 중년 여자가 비명을 지르며 뛰어왔다.

"알알, 알."

회양목 뒤에 앉아서 놀고 있던 것은 여자아이와 시추였다. 시추의 크림색 니트 위에 커피 얼룩이 점점이 져 있었다. 아이와 시추가 화상을 입을 수도 있었던 상황이었다. 중년 여자가 달려오는 동안에도 아이 엄마는 정자 기둥에 멍하니 기대앉아 있었다. 가장 먼저 달려온 것은 뜻밖에도 레깅스 여자였다. 레깅스 여자는 아이와 개가 무사한 것을 확인하고는 꿈을 산 여자를 한 번 쳐다본 뒤 벤치로 돌아갔다. 어른들의 큰 소리에 겁을 먹은 여자아이가 엄마가 있는 정자 쪽으로 달려갔다. 시추가 종종거리며 여자아이를 따라 뛰었다. 달려오는 아이와 시추를 발견한 엄마가 "저리 가!" 낮게 소리를 질렀다. 그 소리에 아이와 개 모두 멈칫했지만, 아이는 엄마한테로 시추는 주인한테로 돌아갔다.

해는 정오를 향해 조금씩 이동해갔다. 단풍이 펼쳐진 근린산에서 간간이 사격 소리가 들렸다. 사거리 서쪽 방면에서 달려온 맥도날드 오토바이가 공원 입구에 멈춰 섰다. 맥도날드 라이더는 오토바이에서 내리며 휴대폰을 꺼냈다. 라이더는 휴대폰 카메라로 깨진 보도블록을 촬영했다. 라이더는 다시 몇 걸음을 옮겨 전신주를 찍었다. 관절척추병원에서 나온 팔 골절 환자가 키다리 허수아비 풍선 옆에 서서 담배를 피우며 웃었다. 신호 대기 중이던 마을버스 기사가 '아반떼 씨발놈'이라며 삿대질을 했다. 맥도날드 라이더가 휴대폰을 이동해 마을버스 기사를 찍었다.

"저 영감이 지금 누구한테 욕을 하는 거야?"

꿈을 산 여자가 벤치에서 일어났다.

"방금 씨발년이라고 하는 거 들었어? 지금 나한테 욕한 거 아니야?"

"아니야."

가운데 여자가 꿈을 산 여자를 끌어 앉혔다.

"그러니까 그 요양원 커플 말이야."

가운데 여자가 말을 이었다.

"요양원에서 눈 맞은 게 문제가 아니야. 그 둘이 글쎄 합방을 요구했대. 요양원 측에 정식으로 요청을 했다는 거야."

"세상에, 정신은 멀쩡한가 보네."

"그게 어떻게 멀쩡한 거야. 노망이지."

"남자는 그 뭐지, 뇌경색인지 뇌졸중인지로 쓰러져서 들어갔다던데. 몸 반쪽은 아예 굳어버렸대."

"여자는?"

"뭐라더라. 바람만 불어도 아픈 그런 병으로 시작을 해서 콩팥이고 뭐고 다 망가졌다던데."

"통풍?"

"그래 통풍. 안 겪어본 사람은 절대 모른다더구먼. 바람만 스쳐도 그렇게 아프대."

늙은 여자 셋은 문득 말을 멈추고 대각선 맞은편을 보았다. 왼쪽으로 몸을 꺾었던 키다리 허수아비 풍선이 다시 오른쪽으로 몸을 꺾었다. 규칙적으로 움직이던 풍선은 갑자기 고개를 접더니 다시 두 팔을 펼치며 손을 흔들었다. 그들은 풍선의 움직임만으로도 바람의 세기를 알 수 있게 된 것에 불현듯 공포를 느꼈다. 바람이 자면 풍선은 절도 있게 움직였다. 바람이 세면 풍선은 몸을 꺾으며 펄럭였다. 바람이 아주 세면 풍선은 요동을 치며 춤을 추었다.

운동기구 위에서 어깨돌리기를 하던 중년 여자도 동작을 멈추고 대각선 맞은편을 보았다. 관절척추병원보다 한 톤 어두운 오래된 빌딩. 노랗게 물든 은행나무 위로 수학전문학원 간판이 보이고 그 위층으로 요양원 창문이 보였다. 그 안에 중년 여자의 노모가 있었다. 여자가 짬을 내 부채꼴 광장에서 시간을 보내는 것은 노모의 침대가에서 공원이 내려다보이기 때문이었다.

네 방향으로 뻗은 가로수들이 정오 직전의 빛을 흩뿌렸다. 시추와 여자아이가 그늘과 양지를 오가며 뛰어다녔다. 아이가 낙엽을 모아 공중에 뿌리면 시추가 하나라도 잡으려고 뛰어올랐다. 시추가 커다란 가로수 잎을 물어오면 아이가 나뭇잎으로 시추를 간질였다. 광장을 둘러싼 나무에서 도토리가 떨어져 내렸다. 잠자리들이 꼬리에 빛을 매달고 쑥부쟁이 사이를 날아다녔다. 가을빛이 잠깐씩 풍경을 정지시키는 마법 속에서 사람들은 가을 열매가 터지는 소리를 듣고 있었다.

"이거……"

레깅스 여자는 아이 목소리에 고개를 들었다. 아이가 내민 양손 위에 밤 하나, 도토리 하나가 놓여 있었다.

"엄마 몰래 주웠어요."

아이는 부끄러운 듯 눈을 떨구었다. 용기를 내서 온 듯했다.

"유치원 가고 싶지 않니?"

레깅스 여자가 아이에게 물었다.

"우리 엄마가…… 엄마 마음에 드는 유치원이 없어요."

레깅스 여자는 정자 쪽을 보았다. 아이의 엄마는 멀리서 보기에도 격앙된 손짓으로 휴대폰을 두드리고 있었다.

"우리 엄마는 아빠랑 문자로 싸워요."

"그렇구나."

"아빠는 엄마 문자 때문에 미치겠대요."

"그렇구나."

"우리 엄마는 힘들어요."

"……"

"나 때문에."

"……"

몇 초였다. 레깅스 여자는 아이의 검은 눈동자에서 일렁이다 사라진 무언가를 보았다. 여자가 미처 뭐라고 하기도 전에 "이리 와!" 아이 엄마가 아이를 불렀다. 아이는 엄마한테로 뛰어갔다.

3

맥도날드 라이더는 엘리베이터 11층 버튼을 눌렀다. 2주 넘게 매일 배달 주문을 하는 집이었다. 주문 시간은 낮 12시 30분, 메뉴는 항상 같았다. 주중 점심시간에 하루도 거르지 않고 주문을 하는 집은 처음이었다. 3주째가 되자 라이더는 특이한 집이라는 생각이 들었고, 그래서 잠깐씩 여자의 인상이나 거실 풍경을 훑어보게 되었다.

티브이, 소파, 책장, 잘 정돈된 아이 장난감들. 거실 좌탁에 앉아 그림을 그리던 아이가 반가움과 실망감이 교차하는 눈빛으로 뒤를 돌아보는 게 다였다. 특이한 점은 없었다. 정상적인 여자라면 아이에게 패스트푸드를 매일 먹이진 않을 것이다. 그렇다면 여자가 먹는 것일까? 어떻게 똑같은 햄버거를 매일 먹을 수 있을까?

라이더는 촉이 좋은 형사라도 된 듯한 긴장을 느끼며 마을파수관 배지를 만지작거렸다. 마을파수관은 시에서 성실한 배달 청년들에게 준 직책이었다. 파수관의 임무는 '여성 폭력 현장 감시 및 신고'와 '공공시설물 파손 등 생활 안전 위해 요소 신고'였다. 배달 중 그런 현장을 발견하면 스마트폰으로 촬영해 신고를 하는 것이었다. 라이더는 실제로 시시티브이를 파손하며 다닌 한 사십대 남자를 신고해 우수 파수관으로 선발된 적이 있었다. 라이더는 그때의 뿌듯함을 잊지 않았다.

엘리베이터를 타고 내려오면서 라이더는 배달 첫날을 되짚어보았다. 여자는 분명 라이더의 왼쪽 가슴에 달린 마을파수관 배지를 유심히 보았다. 다시 생각해보니 그때의 여자 표정이 마음에 걸렸다. 파수관을 계속 부르는 건 누군가에게 하고 싶은 말이 있어서일 수도 있다. 집에서 혹시 폭력과 파손의 현장이 펼쳐지고 있는 걸까. 이상한 놈이라도 숨어들어가 있는 걸까. 협박을 받고 있다면 햄버거 값을 건네는 동안 어떤 식으로

든 알릴 수 있지 않을까. 생각을 이어가던 라이더는 정신이 돌아온 듯 피식 웃었다. 도움이 필요해서 배달을 시킨다니, 그런 건 영화에서나 일어날 법한 일이었다.

이런저런 생각 끝에 라이더가 내린 결론은 '그 여자가 나한테 관심이 있다'였다. 아무래도 그게 제일 현실성이 있었다. 아파트 단지를 빠져나오면서 라이더는 여자의 머리부터 발끝까지를 다시 그려보았다. 얼핏 보기로도 여자는 예쁘장한 인상이었다. 신호를 기다리는 동안 라이더는 규칙적인 성생활을 하는 능숙한 주부와의 한번을 상상했다. 기분이 좋아진 라이더는 흥얼거리면서 근린공원사거리를 통과했다.

짧은 가을을 누리러 나온 사람들이 사거리와 공원 곳곳을 걸어 다니고 있었다. 공원 야외공연장과 다목적광장에서는 어르신문화축제 준비가 한창이었다. 공연 연습을 하던 노인들이 삼삼오오 흩어져 열매를 줍고 과일 씨앗을 뱉었다. 요양원 커플에 대한 얘기가 정자와 벤치와 광장을 오가며 신화처럼 떠돌았다.

중년 여자는 시추를 데리고 근린산을 올랐다. 여자는 매해 단풍철이 되면 전국의 산을 찾아다니는 게 낙이었지만 올해는 딸이 장기 출장을 가면서 맡긴 시추 때문에 동네를 떠나지 않았다. 노모의 건강도 문제였다. 아쉬운 대로 근린산을 찾았지만 마음에 차지는 않았다. 근린산에는 저고도 방어 임무를 수행하는 육군수도방위사령부 예하 부대가 주둔하고 있었다. 등산로는 거의 철책과 함께 이어져 있었고 철책에는 꼭 개구멍들이 있어서 시추를 잃어버릴까 신경이 쓰였다. 산을 타는가 싶으면 민간인은 우회하라는 군 작전 지역 팻말을 만났고 나무가 우거진다 싶으면 콘크리트 임도가 나타나 풍경을 끊어놓았다.

여자가 발견한 명당은 의외로 근린공원 근처였다. 다목적광장 오른편으로 지세가 높아지는 곳에 체력단련장이 있었고, 명당은 체력단련장과 본격적인 등산로 중간 지점에 있었다. 이정표가 가리키지 않는 오솔길을 50여 미터만 따라 돌아가면 밤나무와 참나무가 둥그렇게 우거진 숲이 나왔다. 제일 큰 참나무 밑에 사각 정자 하나가 숨어 있었고, 울창한 나무들이 몇 개의 독립적인 공간을 만들며 겹겹이 이어져 있었다. 무덤 터처럼 고요한 곳이었다. 밤과 도토리가 지천이었고 낙엽밭이 꽃길처럼 펼쳐져 있었다. 마을에 오래 산 연인들에게는 공공연히 알려진 장소였지만 중년 여자는 아직 거기서 누구와도 마주치지 않았다. 체력단련장 부근에만 가도 시추는 벌써 오솔길을 헤치며 명당 쪽으로 내달렸다.

산에서 내려오자 부채꼴 광장에는 여자들이 앉아 있었다. 중년 여자는 그들이 조금 이상한 여자들이라고 생각했다. 레깅스 여자는 집에 들어가서 편히 자지 않고 왜 공원에 나와서 자는지 이해가 안 됐다. 아이 엄마는 얼굴에 이미 우울증 중증 상태가 나타나 있었다. 바깥에 꼬박꼬박 나오는 걸 보면 어떻게든 버텨보려는 생각이 있는 것도 같았지만 또래 아이들이 나오는 오후가 되면 여자는 아이를 데리고 사라졌다. 나란히 앉아 있는 여자 노인 셋은 한 계절씩 돌아가면서 서로를 따돌리는 사이였다. 그러면서도 늘 셋이 같이 어울렸다.

"그게 다 밤이에요?"

가운데 여자가 중년 여자의 등산가방을 보며 물었다. 가운데 여자는 중년 여자를 볼 때마다 자신도 밤을 좀더 주워야 한다는 생각에 사로잡혔다. 딸네 집에도 줘야 했고 다음 달에 약식도 만들어야 했다. 중년 여자의 등산화를 보며 가운데 여자는 다리를 두드렸다.

"무릎이 성하니 얼마나 좋아그래."

그때 꿈을 판 여자의 문자 수신음이 울렸다. 실버댄스 파트너 노인이었다. 축제일이 가까워올수록 꿈을 판 여자는 마음이 점점 뜨거워졌다. 특히 합방을 요구한 요양원 커플 얘기는 여자에게 감동과 충격을 함께 주었다. 10월 첫날 꾸었던 꿈도 여전히 여자의 몸 위를 기어 다니고 있었다. 가을빛, 빨간 원피스, 파트너 노인의 홀쭉한 배와 기다란 손가락. 그런 것들이 한꺼번에 여자의 가슴을 두드렸다.

꿈을 판 여자의 얼굴이 달아오를 때마다 꿈을 산 여자는 초조해졌다. 꿈을 산 여자는 분홍빛 대변과 3만 원을 생각했다. 꿈 얘기를 듣는 순간 여자는 그게 보통 꿈이 아님을 확신했다. 그런 확신은 지금껏 틀린 적이 없었다. 자신이 산 꿈의 효과가 언제 나타날 것인지, 꿈을 산 여자는 목을 감싸며 하늘을 올려다보았다. 순간 저고도에서 매 같은 것이 나타났다 사라졌다.

"저거 봤어?"

꿈을 산 여자가 물었지만 봤다는 사람은 아무도 없었다.

"비 온다던데. 좀더 주워놔야겠어."

가운데 여자가 먼저 자리를 뜨고 시추는 여자아이가 그림을 그리고 있는 사각 정자를 맴돌았다. 여자아이는 그날따라 시추와 놀지 않고 정자에 앉아 그림만을 그리고 있었다. 레깅스 여자는 밤과 도토리에 대한 보답으로 막대사탕 하나를 가져왔지만 아이 엄마와 아이의 분위기가 심상치 않아 망설이고 있었다. 아이가 그림을 두어 장쯤 더 그렸을 시간이 지났다. 아이 엄마가 갑자기 아이를 정자 밖으로 끌어냈다. 여자는 아이의 어깨를 거칠게 밀치며 해를 가리켰다.

"잘 봐. 니 눈엔 저게 빨간색으로 보이니?"

아이가 휘청거리며 하늘을 올려다보았다. 아이는 무방비 상태로 해를 보았다. 저렇게 보면 눈이 부실 텐데, 레깅스 여자가 생각하는 순간 아이가 눈을 껌벅이더니 눈물을 흘렸다. 아이는 소매로 눈물을 쓱 닦아냈다.

"다시 말해봐. 해가 무슨 색이야?"

"……"

"대답 안 해? 해는 노란색이잖아. 그래 안 그래!"

아이 엄마가 정자로 저벅저벅 걸어가 노란색 크레파스를 꺼냈다. 그때 숲 체험을 마친 유치원 아이들이 공원 안쪽에서 나타났다. 아이들은 속삭이듯 노래를 불렀다. 잠자리 꽁꽁, 꼼자리 꽁꽁. 이리 와라 꽁꽁, 저리 가라 꽁꽁. 이리 오면 살고, 저리 가면 죽는다.

여자아이는 정자와 아이들 중간에 서 있었다. 아이는 어디로도 선뜻 움직이지 못했다. 울 듯이 선 아이의 두 눈동자에 가을 구름이 몰려와 있었다. 아이가 공원에 마지막으로 서 있던 날 정오의 풍경이었다.

4

10월 하순 이틀 동안 비가 내렸다. 하루는 강풍을 동반한 비가 내렸고 하루는 비안개가 근린산을 뒤덮었다. 이틀 동안 어르신문화축제 공연 연습은 중단되었고 누구도 근린공원에 나오지 않았다. 이틀 동안 근린공원사거리를 통과한 차량은 18만 대, 사거리 횡단보도를 오간 사람은 920명이었다. 강수량은 70밀리미터, 체감온도는 0도, 해와 달은 뜨지 않았다. 북동쪽에서 남서쪽으로 초속 17미터의 바람이 불어오던 그날 밤, 부둥켜안은 두 형상이 남서쪽 건물에서 나왔다. 그들은 바람을 거슬러 북동쪽 산으로 올라갔다. 그들 뒤로 비안개에 휩싸인 아파트 단지의 불빛이 펼쳐졌다. 총 24개 동 2천 세대의 불빛이 풍등처럼 떠오르다 허공 속에서 점멸했다. 그중 서른일곱 집의 여자들이 아이를 보며 말했다. "우리…… 같이 죽을까?"

그날 밤 한 집에서 그 말을 행동으로 옮겼다. 나무들이 한 방향으로 출렁이며 밤새 낙엽을 쏟아냈다. 날이 밝을 때까지 키다리 허수아비 풍선은 춤을 추었다.

5

비가 그친 뒤 기온은 큰 폭으로 떨어졌다. 하늘은 개었지만 벤치에는 아직도 이틀간의 습기가 남아 있었다. 박스를 깔고 앉아 있던 늙은 여자 셋은 중년 여자와 경찰이 건너오자 자리에서 일어났다.

"이를 어째."

가운데 여자가 얼굴이 하얗게 굳은 중년 여자의 손을 잡았다.

"이게 한꺼번에 무슨 일이야."

꿈을 산 여자가 정자에 탈진 상태로 앉아 있는 아이 엄마를 보며 말했다. 꿈을 판 여자는 흥분을 누르며 파트너 노인한테 문자를 보냈다. '그 둘이 요양원을 탈출했대요!'

경찰은 중년 여자에게 근린산 수색 일정을 말한 뒤 아이 엄마한테로 걸어갔다. 아이 엄마는 3일 꼬박 곡을 한 상주 같은 모습이었다. 여자는 쉰 목소리로 흐느끼며 자기를 죽여달라고 말했다. 경찰은 아이 엄마에게 몇 가지 정황을 묻는 듯 보였지만 여자는 얘기를 할 수 있는 정신이 아닌 듯했다.

"속이 속일까, 그 예쁜 애를 어쩌다가."

"애가 없어져서 온 산을 헤매고 다녔나 보더라고."

"아침에 체력단련장 쪽에 쓰러져 있었다던데."

"그런데 애가 설마 산으로 갔을까. 주택가 쪽에서 찾아야 되는 거 아니야?"

"경찰이 어련히 알아서 찾으려고."

"알알, 알알알, 알, 알알."

시추가 부채꼴 광장을 어지럽게 돌았다. 형제들과 통화를 하는 듯하던 중년 여자가 시추를 안아 들고 길을 건넜다. 꿈을 산 여자가 낮게 혀를 찼다.

"그 여자가 저 여자 엄마인 줄은 몰랐네."

꿈을 산 여자는 중년 여자한테서 시선을 거두다 아이 엄마를 보고 있는 레깅스 여자를 보았다. 레깅스 여자는 잠시도 눈을 떼지 않고 아이 엄마를 보고 있었다. 주머니에 든 밤과 도토리와 막대사탕을 만지면서 레깅스 여자는 아이 엄마의 말을 곱씹는 중이었다. 아이를 잃어버린 여자는 아이를 찾으려고 하지 죽으려고 하지 않는다. 하지만 아이 엄마가 흐느끼며 하는 말은 진심처럼 들렸다. 아이를 잃어버린 죄책감으로 하는 말이 아니라 여자는 정말로 죽고 싶은 것 같았다.

"아무래도 수상해……"

꿈을 산 여자는 아이 엄마와 레깅스 여자를 번갈아 보며 고개를 갸웃거렸다. 빤한 동네에서 아이가 어디를 갔을까. 그 또래 아이들은 대개 부모의 휴대폰 번호나 집 동호수 정도는 외우고 있다. 단순 실종일까. 혹시 면식범의 유괴는 아닐까. 꿈을 산 여자는 그간의 몇 장면을 떠올렸다. 자신이 커피를 쏟았을 때 달려와 아이의 환심을 사던 레깅스 여자의 모습, 아이와 말을 트며 경계심을 풀던 레깅스 여자의 모습, 자신을 주책없는 노인네쯤으로 쳐다보던 레깅스 여자의 모습.

"내일이 벌써 마지막 날이네."

"마지막 날? 어디 죽으러 가나 보네."

"아니, 10월의 마지막 날."

꿈을 판 여자와 가운데 여자가 가로수를 쳐다보았다. 꿈을 산 여자는 휴대폰을 들고 한적한 곳으로 이동했다. 꿈을 산 여자는 중대 기밀을 얘기하는 듯한 목소리로 어디론가 전화를 걸었다. 그로부터 다섯 시간 뒤, 레깅스 여자는 경찰서에서 이틀간의 알리바이를 대야 했다.

"제보가 들어와서 간단한 조사가 필요했습니다. 돌아가셔도 됩니다."

경찰서에서 나온 레깅스 여자는 하늘을 보며 숨을 몰아쉬었다. 목이 막힌 듯한 답답함과 분노가 가슴을 치고 나왔다. 레깅스 여자는 주머니에 다시 손을 넣었다. 아이가 건네준 도토리는 너무도 작고 동그랬다. 그날 정오의 아이 모습이 잊히지가 않았다. 레깅스 여자는 근린공원으로 향했다. 날이 저무는 중이었다. 사람들은 하나둘 집으로 돌아가고 아이 엄마만이 정자에 쓰러질 듯 기대 산을 보고 있었다. 그런 아이 엄마를 한 남자가 휴대폰으로 찍고 있었다. 남자 옆으로 눈에 익은 오토바이가 보였다. 네모난 배달통과 빨간 헬멧. 레깅스 여자는 남자의 목덜미를 낚아채 나무에 밀쳐 세웠다.

"너 뭐야."

레깅스 여자는 삼두근으로 라이더의 쇄골과 목울대 사이를 압박했다.

"너 저번 달부터 공원에서 사람들 찍고 다녔지. 너 변태야?"

"저, 전, 마을파수관인데요."

"그게 뭔데."

"이것 좀…… 풀어주세요, ……누나."

"죽을래? 내가 왜 니 누나야."

라이더는 숨을 컥컥거렸다.

"너 저 여자 왜 찍었어. 저 여자 알아? 너도 저 여자가 이상하다고 생각해?"

비가 오던 날부터 11층 여자는 배달 주문을 하지 않았다. 라이더는 공원을 지나다 며칠 만에 여자를 보고는 자기도 모르게 다가간 것이었다. 라이더는 자신이 정말 변태인지도 모른다는 생각이 들었다. 레깅스 여자는 라이더에게 하루치 시급의 두 배를 주겠다고 제안했다. 레깅스 여자는 라이더의 휴대폰 번호를 묻고는 임무 하나를 준 다음에야 팔을 풀어주었다.

라이더는 집으로 돌아가 그동안 찍은 휴대폰 속 사진들을 넘겨보았다. 그중에는 비안개에 잠긴 근린공원사거리의 가로등 사진도 있었다. 새벽 배달을 마치고 돌아가던 중에 고장이 의심돼 찍은 것이었다. 가로등 너머로는 흐리게 흔들리는 점 하나가 같이 찍혀 있었다. 웬만해서는 알아볼 수 없게 찍힌 그것은 팔이 늘어진 아이를 업고 공원 위쪽으로 올라가는 한 여자의 뒷모습이었다.

6

여자는 낙엽밭에 아이를 눕혔다. 아이 몸에는 아직도 체온이 남아 있는 것 같았다. 곧 따라갈게, 여자는 중얼거렸다. 비에 젖은 낙엽들은 여자가 아이를 위해 만들었던 배냇이불 같았다. 여자는 아이의 몸 위에 한 겹 한 겹 이불을 덮어주었다. 다 덮고 나면 아이 옆 참나무 가지에 목을 맬 생각이었다. 그러면 모든 게 끝나는 것이었다.

여자가 지금껏 죽지 못한 것은 아이 때문이었다. 엄마 없는 세상에 홀로 남겨질 아이의 일상과 일생에 대해서 여자는 하루에도 몇 번씩 생각했다. 아이에게는 자살한 여자의 딸이라는 오명과 상처가 평생 따라다닐 것이다. 친척집을 전전하며 천덕꾸러기처럼 크다가 남자 사촌이나 삼촌 들한테 몹쓸 짓을 당할 수도 있었다. 여자가 아는 세상은 그랬다. 여자는 자신 외에는 누구도 믿을 수 없었다. 제대로 된 교육과 보살핌을 받지 못한 아이는 그저 그런 남자를 만나 결혼을 할 것이고, 아이를 낳으면 자신과 똑같은 방식으로 양육할 가능성이 컸다. 자신이 겪은 고통이 아이에게로, 다시 그 아이의 아이에게로 전해지는 것이다. 그 대물림과 반복의 고리를 자신의 손으로 끊어야 했다. 그게 모두를 위한 길이라고 여자는 생각했다.

여자는 나무줄기에 등을 기댔다. 땀과 습기로 후줄근해진 여자의 몸에서 김이 올라왔다. 여자는 배란기 때마다 몸을 자해해왔다. 그 끔찍한 몸의 작용들을 이제 나무가 거두어줄 것이다. 겹을 이룬 나무줄기들 사이로 비안개가 자욱이 들어찼다. 층층이 쌓인 젖은 낙엽이 산의 소음을 흡수해갔다. 이상하게도 마음이 편해지는 곳이었다. 아이가 아기였을 적, 유모차에 태워도 내내 울던 아이는 오솔길을 따라 이곳으로만 들어오면 울음을 그치곤 했다.

여자는 비틀거리며 몸을 일으켰다. 그때 숲 저쪽으로 무언가 거뭇한 것이 스쳐갔다. 여자는 순간 멧돼지일지도 모른다는 생각이 들었다. 멧돼지라면 아이의 시신을 파헤칠 수도 있었다. 여자는 두려움과 적개심으로 몸을 떨면서 알 수 없는 힘에 이끌려 나무줄기를 헤쳐갔다.

그곳엔 숲에서 제일 큰 나무가 있었다. 나무는 가지를 늘어뜨려 작은 집 한 채를 감싸고 있었다. 지붕과 기둥만 있는 그 집은 사각 정자였다. 살아 있는 두 형체가 정자 위에서 움직이고 있었다. 여자는 그게 교미의 현장임을 직감적으로 알아챘다. 산에 고라니나 노루 같은 게 살고 있는지도 몰랐다. 두 형체는 한참을 버르적거리면서도 좀체 맞물리지 못하고 미끄러져 나가기를 반복했다. 머리와 머리가, 목과 목이 고통스럽게 뒤틀리다 다시 엉켜들었다. 그러던 어느 한 순간 끙 소리와 함께 두 형체는 사지를 떨었다. 움직임이 멈춘 뒤 모습을 드러낸 것은 사람의 엉덩이였다.

그것은 분명히 사람이었다. 두 형체가 사람임을 안 순간 여자는 토하기 시작했다. 목구멍으로 덩어리가 계속 밀려 올라왔다. 여자는 터져 나오는 토사물을 손으로 막으며 아무 곳으로나 기어갔다. 몸을 일으켜 내달리던 여자는 허리를 꺾으며 다시 토했다. 역하고 쓴 물이 온몸에서 역류했다. 여자는 내장이 뒤집힐 때까지 토하고 또 토하다 실신했다. 깨어났을 때는 날이 밝은 뒤였다. 누군가 괜찮냐고 묻자 여자는 미친 듯이 고개를 저었다.

"아이가 없어요. 아가, 내 아가. 저를 죽여주세요. 저를 죽여주세요."

7

10월의 마지막 날은 완연한 가을 날씨로 시작됐다. 근린공원 부채꼴 광장에는 어르신문화축제 체험마당 부스들이 세워졌다. 노인들은 구 보건소에서 나온 이동식 건강검진 버스 앞에서 무료로 혈당검사를 받았다. 오후에 있을 어르신문화공연의 리허설을 위해 야외공연장에는 사물놀이팀과 부채춤팀이 속속 도착했다.

오전 10시 반, 꿈을 산 여자는 '노부는 골드스타일' 팀의 연락을 받고 근린공원에 나와 있었다. 그동안 연습에 자주 빠졌던 사람들은 한 시간 일찍 모이라는 전갈이었다. 가운데 여자 또한 같은 연락을 받고 근린공원사거리에서 막 길을 건너는 중이었다. 가운데 여자가 건넌 다음 신호로 꿈을 판 여자도 길을 건넜다. 꿈을 판 여자는 코트를 목 끝까지 여몄지만 속에는 빨간 원피스를 입고 있었다. 실버댄스 복장을 다 갖춰 입고 파트너 노인과 따로 만나기로 한 것이다. 체력단련장에 도착하면 전화를 하라는 파트너 노인의 문자를 확인하며 꿈을 판 여자는 걸음을 서둘렀다.

부채꼴 광장은 아침부터 북적였다. 아이 엄마가 앉아 있는 정자에는 다른 노인들이 몇 명 더 걸터앉아 있었다. 전통차 시음 부스의 온수통에서 따뜻한 김이 새어 나왔다. 손녀의 손을 잡고 나온 할머니들이 단청 목걸이를 만들어 아이들 목에 걸어 주었다. 맥도날드 라이더는 이른 아침부터 아이 엄마의 행동을 지켜보고 있었다. 여자가 산으로 가면 반드시 뒤를 밟아라, 레깅스 여자가 한 말이었다. 두 시간 가까이 정자에 앉아만 있던 여자는 10시 30분경, 무언가에 홀린 듯 공원 위쪽으로 올라가기 시작했다.

같은 시간에 근린경찰서로 전화 한 통이 걸려왔다. 육군수도방위사령부 예하 부대에서 온 전화였다. 요양원을 탈출한 두 노인이 발견된 곳은 근린산 봉우리의 군 참호 안이었다. 두 노인은 요양원 기저귀를 찬 채 구덩이 속에서 나란히 숨져 있었다. 경찰서의 연락을 받은 중년 여자는 부채꼴 광장에 주저앉았다. 노모가 발견됐다는 말을 듣고서야 여자는 노모의 행동을 실감한 듯했다.

"왜 그랬어 엄마아."

중년 여자는 어린아이처럼 소매로 눈가를 훔쳤다.

"바람이 그렇게 불었는데 왜 나갔어 엄마아아."

중년 여자는 산을 보면서 계속 엄마를 불렀다. 시추가 여자의 무릎을 핥다가 여자의 바지 자락을 잡아끌었다. 연습팀을 찾아 체력단련장 쪽으로 올라가던 가운데 여자는 울면서 올라오는 중년 여자를 보았다.

"애 좀 데리고 있어주세요."

중년 여자는 등산로 쪽으로 정신없이 올라갔다. 엄마를 찾았나 보구나, 착잡해하며 가운데 여자는 체력단련장 벤치에 걸터앉았다. 그때 시추가 오솔길 쪽으로 내달렸다.

"애, 어디 가니."

가운데 여자는 시추를 쫓아갔다. 다 도착했다던 가운데 여자가 오지 않자 꿈을 산 여자는 체력단련장 쪽으로 나왔다. 어떤 흥도 나지 않는 날이었다. 나뭇가지를 분지르며 나오다가 꿈을 산 여자는 꿈을 판 여자를 보았다. 꿈을 판 여자는 통화를 하면서 오솔길로 접어드는 중이었다. 여자의 빨간 구두가 젖은 낙엽 속으로 푹푹 빠져드는 게 보였다. 꿈을 산 여자는 꿈을 판 여자를 뒤따라갔다.

그 시간 근린공원사거리 남서쪽 횡단보도에 서 있던 레깅스 여자는 라이더의 문자를 받았다.

'체력단련장 4시 방향 오솔길. 50미터 참나무 숲. 제일 안쪽 나무 밑. 여자가 땅을 두드리며 통곡함. 낙엽 더미를 쓰다듬으며 아가를 부름. 10. 31. AM 10:47.'

레깅스 여자는 주먹을 쥐고 심호흡을 했다. 옆에 서 있던 키다리 허수아비 풍선이 몸 하단을 꺾으며 땅 위로 엎드렸다. 풍선은 모든 대기를 끌어모은 듯 서서히, 팽팽히 부풀며 아래에서부터 허리를 펴 올라왔다. 풍선이 몸을 활짝 펼친 것을 신호탄으로 레깅스 여자는 달리기 시작했다. 레깅스 여자는 사거리를 전속력으로 가로질렀다. 여자는 번개와 같은 속도로 부채꼴광장을 지나고, 야외공연장과 다목적광장을 넘어서, 체력단련장으로 뛰어 올라갔다. 북동풍이 근린산 정상에서부터 산을 흔들며 내려왔다. 맨가지와 낙엽 들이 원래 한몸이었던 걸 아는 것처럼 동시에 휘날렸다. 레깅스 여자가 오솔길을 타고 들어갔을 때, 공원 곳곳에서 사람들이 고개를 들기 시작했다.

"공원에 오토바이가 들어왔나?"

누군가 어리둥절해하며 말했다.

"하늘에서 나는 소리 같은데?"

누군가 숲 위를 가리켰다.

"저게 새야 비행기야?"

체력단련장에서 4시 방향, 50미터 안쪽에 흩어져 있던 여자들은 갑작스러운 굉음에 동작을 멈췄다. 연인과 만나기 직전인 여자, 빨간 구두를 뒤쫓던 여자, 빈 밤 껍데기를 뒤집던 여자, 숲 이쪽 끝에서 저쪽 끝을 찾아가던 여자, 숲 저쪽 끝에서 울고 있던 여자. 그들은 약속이라도 한 것처럼 자신의 머리 위를 올려다보았다. 시추만이 어떤 소리도 안 들리는 듯 낙엽이 수북이 덮인 그곳으로 달려갔다.

"알알, 알알알알알, 알알알알알알알알알알알알."

시추는 낙엽 더미 옆에서 겅중겅중 뛰기 시작했다. 풍속이 최고치를 기록한 추락 3초 전, 머리 위에 있는 물체가 곧 떨어질 거라는 걸 모든 여자들이 예감했을 때, 비행체는 추락하기 시작했다. 누군가는 바닥에 엎드렸고 누군가는 눈을 질끈 감았으며 누군가는 나무를 붙잡았다.

"알알알알알알알, 알알알알, 알알, 알, 알, 알, 알알."

움직이는 것은 시추뿐이었다. 시추는 낙엽들을 한 겹 한 겹 물어 옮겼다. 3초 후에도 30초 후에도 300초 후에도 시추는 낙엽 놀이를 계속했다.

8

무인정찰기 RQ-105는 추락 직전 마지막 영상을 송신했다. 군 지휘소 지상 통제 장비 모니터에는 60도 각도로 기울어진 낙엽밭이 담겨 있었다. 낙엽밭과 사선으로 맞닿은 하늘은 구름 한 점 없이 깨끗했다. 잎을 다 떨군 맨가지만이 하늘 안으로 실금처럼 뻗어나가 있었다. 어디선가 빛이 새어 들어와 밭과 하늘에 물방울무늬를 만들었다. 기울어진 풍경 한쪽에 빈 벤치가 있었다. 아직 누구도 앉았다 간 적이 없는 벤치는 누군가를 기다리는 듯, 산을 보며 놓여 있었다. 얼마인지 모를 시간이 지난 뒤 그 위로 커다란 참나무 잎 하나가 날아와 앉았다. 나뭇잎은 다시 바람에 실려 사각 정자 위로 내려앉았다. 둥근 해가 여러 번 뜨고 졌다. 가을이 가고 겨울이 오자 낙엽밭 위로는 눈이 내렸다.

나리 이야기

나리가 나오는 이야기를 들어봤니?

나리요?

그래, 나리.

강 건너 마을에 살았다는 나리 나리 개나리 말인가요?

그래, 개나리 말이다.

듣고 싶어요.

정말?

들려주세요.

그럼 마음의 준비를 하거라.

……

준비되었니?

그런 것 같아요.

옛날 옛날 아주 먼 옛날, 강 건너 마을에 나리라는 여자아이가 살았단다.

이야기는 그렇게 시작되었습니다.

어느 여름날이었단다. 뜰마다 사라꽃이 피어나고 때 없이 소나기가 왔다 가는 그런 여름날이었지. 아들만 셋이던 모퉁이 집에 여자아이가 태어났단다. 아이는 태어나자마자 온 식구의 사랑을 받았지. 아버지 어머니 오빠들 모두 아이가 예쁘고 귀해 어쩔 줄을 몰라 했어.

그 아이가 나리인가요?

그래. 우리의 주인공 나리 나리 개나리란다. 나리가 태어나고 한 해가 지났을 때였다. 집안의 제일 어른이던 여인이 나리의 목에 실타래를 걸어주었단다.

왜요?

오래 살라는 뜻이었지.

나리는 오래 살았나요?

글쎄다. 나리의 죽음에 대해서는 여러 설이 있다. 나리가 세 살이 되던 무렵에 어느 거지 여인이 이런 말을 했다고 들었다. 나리는 살다가, 죽을 땐 녹슨 쇠못에 찔려 열이 펄펄 끓게 될 거라고. 다섯 살이 되던 무렵에는 지나가던 탁발승이 그랬다지. 나리는 살 만큼 살다가 그냥 늙어 죽게 될 것이라고. 일곱 살이 되던 무렵에는 마을에 살던 미친 여인한테 이런 말을 들었다더구나. 나리는 살다가, 죽을 땐 거센 물살에 휩쓸려가게 될 것이라고.

무서워요, 아줌마.

벌써 무서우면 안 된다.

……

나리는 몸도 마음도 건강한 아이로 자라났다. 나리는 숨바꼭질을 좋아했지. 술래잡기도 좋아했단다.

저도 좋아해요.

그러니?

숨바꼭질과 술래잡기라면 석 달 열흘도 할 수 있어요.

나리는 청개구리 얘기도 좋아했단다. 비가 와서 강물이 불어나는 대목을 특히 슬퍼했지. 사실 나리는 어려서부터 개구리와 인연이 깊었다. 나리의 어미가 나리의 젖을 뗄 때였단다. 쓴 약도 발라보고 천으로 싸매도 봤지만 나리는 엄마 젖을 더 먹겠다고 몇 날 며칠 울기만 했어. 그러던 나리가 언제 울음을 그쳤는지 아니?

언제 그쳤는데요?

밖에서 개구리가 운다, 이 한마디에 조용해졌다는구나. 그길로 젖도 떼고 말이다. 사람들은 말했지. 우리 나리가 이담에 커서 개구리눈을 한 신랑을 만나려나 보구나. 젖 뗐으니 얼른 커서 개구리 신랑한테 시집가야 되겠네.

나리는 개구리 신랑을 만났나요?

쌍꺼풀이 짙은 남자는 못쓴다.

왜요?

나는 쌍꺼풀에 눈이 툭 튀어나온 남자는 그냥 싫더구나.

네에…… 그래서 절 싫어하시나요?

나는 너를 싫어하지 않아.

고맙습니다, 아줌마.

나리네 마을이 있는 도성은 살기 좋은 곳이었단다. 땅에선 따뜻한 물이 솟고 계절마다 향기로운 꽃이 피었지. 동쪽으로는 영험한 산이 솟아 있고 남쪽으로는 대나무 숲에 둘러싸인 사원이 있었단다. 도성 옆으로는 큰 강이 흘렀고.

강이요?

모래알과 홍수림이 있는 강이었지. 그런데 어느 날부터인가 말이다, 그 강물을 타고 이상한 소문이 들려왔어.

소문이요?

어린아이들을 잡아간다는 야차녀에 대한 소문이었다. 이름이 하리티였지. 하리티는 자기 자식이 1만 명이나 되는데도 쥐도 새도 모르게 나타나 아이들을 잡아갔단다. 잡아가서 어떻게 했는지 아니?

어떻게 했는데요?

먹었단다. 주로 탕으로 만들어 먹었지. 아이를 가진 부모라면 누구든지 하리티를 두려워했다. 강 건너 하리티의 소굴에서는 이런 노래가 들려왔어.

어떤 노래요?

꼭꼭 씹어라 머리카락 보일라. 꼭꼭 씹어라 머리카락 보일라.

……

우니?

아니요. 아줌마는 하리티를 본 적이 있으신가요?

있다.

하리티는 괴물같이 무섭게 생겼나요?

무슨. 애를 1만 명이나 낳았지만 괴물까지는 아니었고, 그냥 아줌마였다.

아줌마처럼요?

어떻게 나랑 비교를 하겠니. 나보다 백만 배는 심했다. 가슴과 엉덩이는 늙은 호박처럼 크고, 매일 어린애를 씹어 먹으니 살은 피둥피둥하게 오르고, 성질은 흉폭하기가 이를 데 없었다. 1만 명이나 되는 자기 자식들을 먹여살리려고 술수도 많이 부렸지. 이건 세상에 안 알려진 애긴데 말이다, 하리티는 그림이 좋은 화공들을 잡아다 두고는 그림을 그리게 했단다. 그 그림들을 웃돈을 받고 병자들 집에 팔아넘겼지.

어떤 그림이었는데요?

극락 그림이었다.

극락이요?

그래, 극락.

아줌마는 극락을 본 적이 있으신가요?

아가, 극락은 여기에서 서쪽으로 10만억 세계를 지난 곳에 있단다. 꽤 먼 곳이지.

그럼 극락을 본 적이 없으세요?

글쎄다. 극락을 그린 그림은 본 적이 있구나.

갑자기 어두워졌어요. 밤이 온 건가요?

밤이 먼저 올지 비가 먼저 올지는 모르겠구나.

……

밥을 가져다주련?

아니요. 시간이 얼마나 지났나요?

여자는 이틀이 지났다고 말해주었습니다. 여자는 아이에게 밥 대신 복숭아를 가져다주었지요. 아이는 복숭아 두 쪽을 오물오물 정성스레 먹었습니다. 이야기는 계속되었습니다. 아이가 큰 눈을 끔벅이며 물었지요.

하리티는 언제 착해지나요?

하리티가 착해진다는 건 어떻게 알았니?

몰랐어요. 착해졌으면 좋겠다고 생각했을 뿐이에요.

하리티는 착해지게 된다.

어떻게요?

아가, 착해진다는 건 입장 바꿔 생각할 줄 알게 된다는 거다. 입장 바꿔 생각할 줄을 알면 말이다, 세상에는 안 되는 일이 없단다.

네에…… 아줌마도 제 입장을 생각하고 계신가요?

말이라고.

고맙습니다.

어두운데도 네 목걸이는 빛이 나는구나.

엄마가 전해주신 거예요.

작고 단단하고 뾰족해 보이는구나.

만져보시겠어요?

아니다.

……

나중에 말이다, 부처님이 하리티의 만행을 알게 된단다.

어떻게요?

세간에는 아이의 부모들이 부처님께 도움을 요청한 것으로 알려져 있지만 말이다.

네.

내가 듣기론 어느 한 아이의 어미가 혼자서 목숨을 걸고 부처님께 알리러 갔다더구나. 하리티의 악행을 알게 된 부처님은 하리티를 교화시키기로 결심하지. 부처님은 하리티가 가장 사랑하는 막내아들을 납치한단다.

어떻게요?

숨바꼭질을 하자고 하지 않았겠니? 부처님은 발우 속에 7일 동안 하리티의 아이를 숨겨놓는단다. 하리티는 미친 듯이 아이를 찾아다니지. 찾아다니는 동안 하리티는 아이를 잃은 부모의 마음을 알게 된단다. 하리티는 그때부터 아이들을 잡아먹지 않게 돼. 삼보에 귀의하고 오계를 받아 불제자가 되지. 아이들을 지키는 수호신이자 출산과 양육의 신이 된단다. 그렇게 잊기 힘들다는 인육의 맛을 어떻게 잊었는지는 모르겠다만.

정말인 거죠 아줌마? 하리티는 정말 아이들을 지켜주는 어머니신이 되는 거죠?

그런데 아가. 나리의 이야기는 하리티가 착해지기 전의 이야기란다. 수많은 아이들이 잡혀가던 때의 이야기.

나리가 하리티한테 잡혀가는 이야기는 싫어요.

걱정 말아라. 나리는 다 자라기 전에는 누구한테도 잡혀가지 않아. 나리한테는 건장한 오빠가 셋이나 있잖니. 나리는 밝고 영특한 처녀로 자라났다. 손끝이 야물고 잘 웃었지. 나리에게는 별처럼 빛나고 꽃처럼 환한 보조개가 있었어. 어디서 물결이 번져온다 싶어 돌아보면 저 멀리서 나리가 웃는 것이었지. 비가 오면 나리의 보조개에 빗물이 고여, 찰랑대는 소리가 10리 밖까지 들렸다는구나. 지나가던 바람도 나리의 보조개에서는 쉬어갔지. 누구라도 나리가 웃는 모습을 보면 좋아하지 않을 수 없었단다. 그런 나리에게 재주가 하나 있었어. 재주가 승하면 삶이 평탄치 않다고들 했다. 나리의 어미가 남몰래 눈물을 지을 만큼 눈에 띄는 재주였단다.

어떤 재주였는데요?

그림을 그리는 재주였다.

나리는 무엇을 그렸나요?

나리는 구름을 그렸다. 사람들이 나무를 그리고 꽃을 그리고 불보살을 그릴 때도 나리는 구름만을 그렸어. 산 이쪽 봉우리와 저쪽 봉우리를 이어주는 구름. 강 이쪽 나무와 저쪽 나무를 이어주는 구름. 세상 어딘가에 떠서 이쪽과 저쪽을 만나게 해주는 모든 종류의 구름.

꼭 다리 얘기 같아요.

아가, 나리가 그리는 구름이 곧 다리였단다. 다리이고 마법이었지.

구름다리요?

구름다리, 아름다운 말이구나.

구름다리.

나리가 그리는 구름은 특별했단다. 8만 4천 개의 얼음 알갱이 하나하나가 햇빛을 통과시키는 것처럼 반짝였어. 필선은 섬세하게 겹을 이루고 안료는 곱디곱게 배어났지. 유명한 화공이 그린 어떤 오색금탑보다도 빛이 났다. 나리의 구름이 있는 곳에서 공간은 깊어졌고, 나리의 구름을 타고 시간은 이동했단다. 당시에는 말이다, 죽어가는 병자가 있는 집에선 병자의 머리맡에 극락도(極樂圖)를 걸어두었단다. 병자가 죽어서 극락정

토에 왕생하길 바라면서 말이야. ……아가.

네.

극락을 그린 그림을 본 적이 있니?

모르겠어요.

너는 본 적이 있을 것이다.

……

눈을 감고 마음을 가라앉혀보렴.

……

그리고 읽어보렴. 니가 자라면서 한 번쯤은 보았을지도 모를 극락의 그림을.

……

……

그곳엔……

그래 그곳엔.

연못이 있어요.

그래 연못.

연못 옆에는 전단향나무가 있고…… 나뭇가지 사이사이마다 진주 영락이 드리워져 있어요.

……

백학과 공작새와 부리가 긴 극락조들이 나무에서 날아오르고 하늘에서는……

그래 하늘에서는.

만다라 꽃비가 흩날립니다. 칠보로 장엄된 전각 위에선 주악 천인들이 연주를 하고……

연주를 하고.

길과 길은 수정과 금실로 이어져 있으며, 보배 그물로 뒤덮인 동산에서는 기린과 사슴과 코끼리가 뛰어놀고, 깊이가 백천 유순인 연못엔……

연못엔.

5백 송이의 보배 연꽃이 떠 있습니다. 한 송이 연꽃마다 백천억 개의 꽃잎이 백천억 개의 잎맥을 피우고 어디선가 환한……

환한.

……빛이 비치는 곳에서 아미타부처님이, 관세음보살님이, 왕생자를 맞으러 옵니다. 구름을 타고 옵니다. 8만 4천 개의 얼음 알갱이로 반짝이는 구름을. 오색금탑보다도 빛나는 구름을. 나리의……

나리의 구름을.

……

그것이다. 죽어가던 사람들은 임종의 순간에 나리의 구름이 그려진 극락도를 보고 싶어 했다. 이쪽 세상에서 저쪽 세상으로 건너갈 때 나리의 구름을 타고 가길 바라게 된 거야.

……

소문은 강 건너 하리티에게까지 닿았어. 하리티는 나리의 구름이 돈이 되겠다 싶었겠지. 하리티는 시주자의 이름을 팔아

나리를 꾀어냈단다. 나리가 강가에 이르렀을 때 하리티의 부하들이 달려들어 나리의 팔을 묶고 눈을 가렸어.

나리가 하리티의 소굴로 끌려가게 된 건가요?

그렇단다. 배에 실려 가면서 나리는 거센 강물 소리를 들었어. 나리는 시간이 지난 뒤에도 그때 들은 강물 소리를 잊지 못하게 된단다. 자신이 그 강을 얼마나 더 오가게 될지, 나리는 몰랐을 것이다. 나리는 커다란 전각에 있는 1층 독방에 갇혔어. 창문 하나밖에 없는 방이었다. 그곳에서 하루에 수십 장씩 극락도를 그리라는 것이었지. 하리티는 나리에게 두 가지를 명했어. 극락의 도상(圖像)을 조금이라도 어기면 안 된다는 것과 그림을 그리는 동안 팔계(八戒)를 지키라는 것.

팔계요?

살생을 하지 말고, 남의 것을 훔치지 말며, 음행하지 말고, 거짓말하지 말고, 술을 먹지 말고, 높고 화려한 평상에 앉지 말고, 향을 바르거나 춤추고 노래하지 말며, 때가 아니면 먹지 말라. 여덟 가지 계율이었지.

독방에 갇힌 신세라면 지키지 않을 수 없을 것 같은데요?

글쎄다. 잡혀 온 지 열흘이 되었을 때였다. 나리는 누군가의 울음소리를 들었어. 언젠가 들어본 적이 있는 것 같은, 그 소리에 마음이 흔들린 적이 있는 것 같은 울음소리였지. 잡혀 온 지 스무 날이 되었을 때에는 더 멀리서 여인들의 소리가 들렸어. 한 달이 되었을 때에야 나리에겐 산책이 허락되었단다.

나리는 산책을 했나요?

산책이라고 해봤자 방 앞의 뜰을 거닐 수 있는 정도였다. 방 밖으로 나왔을 때 나리는 그곳이 어디서 많이 보던 곳이라고 생각했어. 뜰에는 커다란 연못이 있었단다. 연못 옆에는 전단향나무, 그 옆으론 화려한 전각과 동산.

그곳은 극락이었나요?

그곳은 하리티의 집이었다.

……

듣고 있니?

네.

어쩌면 당시엔 극락 인테리어 같은 게 유행하고 있었는지도 모르겠구나. 하리티의 집엔 일하는 권속들도 어마어마했다. 아이 1만 명을 돌보는 보모와 요리사와 정원사와 조련사 들. 그런데 말이다.

네.

하리티의 연못에는 5백 송이의 보배 연꽃 대신 다른 것이 있었어.

무엇이 있었는데요?

5백 마리의 개구리들이 헤엄을 치고 있었지.

개구리요?

어느 밤이었다. 연못 속 개구리들이 한꺼번에 울기 시작했어. 나리는 개구리 울음소리가 하도 구슬퍼서 잠을 이룰 수 없었단다. 나리는 방문을 열고 뜰로 나왔어. 연못 위로 달빛이 내려오고 있었지. 그런데 세상에. 밤에 보니 연못에서 헤엄을 치는 건 개구리가 아니라 갓난아기였단다.

아기요?

사과만 하기도 하고 닭만 하기도 한 아기들이 연못에 가득 떠서는 허우적허우적, 헤엄을 치고 있었어. 그때였다. 뜰채를 든 옥졸 하나가 연못으로 걸어왔어. 옥졸을 본 아기들은 펄떡대는 물고기처럼 우왕좌왕 요동을 치기 시작했지. 옥졸은 뜰채로 아기 하나를 뜨더니 주방 건물로 들어갔단다.

아줌마.

응?

옥졸은 보통 지옥에서 근무하지 않나요?

지금 그게 중요한 게 아니다.

……

나리가 얼마나 놀랐겠니. 두 눈으로 보고서도 믿기 힘들지 않았겠니? 개구리들은 밤새 울었어. 개구리 울음소리가 높아질수록 몇 겹 너머에서 여인들의 울음소리도 높아졌지.

그 여인들이 혹시 아기 엄마들이었나요?

그래. 그런데 정확히 말하면 말이다. 연못에 있는 아기들은 갓난아기가 아니었어. 연못에 있는 건 태중에 있던 아기들이었단다.

그래서 사과만 하기도 하고 닭만 하기도 했던 것인가요?

그래. 외양은 갓난아기와 같아도 아직 덜 여문 태아들이었지. 태중의 아기를 빼앗긴 여인들이 피로 물든 속고쟁이를 입고서 둘레가 8천 리인 하리티의 담에 매달려 매일 밤 울부짖었단다. 나리는 깊이 잠들 수 있는 밤이 없었어. 어느 날 밤 나리는 뜰채로 태아를 떠가는 옥졸의 뒤를 밟았단다. 주방에는 드넓은 도마가 있었어. 요리사가 옥졸에게 아기를 받아 도마 위에 올리는 게 보였다. 요리사는 구슬땀을 흘리며 아기의 배를 가르더니 내장을 다 긁어냈어. 들통에 받아놓은 술냄새가 나리한테까지 번져왔지. 요리사가 손질을 끝낸 아기를 술통에 담갔어. 한참이 지나자 아기의 똥구멍에서 태반 찌꺼기와 남은 분비물들이 빠져나왔지. 요리사는 흐르는 물에 아기를 깨끗이 헹구고는 아기의 배 속에 찹쌀 한 줌, 수삼 반 뿌리, 당귀와 곽향, 생강과 육쪽마늘 반 통을 넣고 다시 꿰맸다. 양팔과 양다리를 모아 묶고는 펄펄 끓는 육수 속에 아기를 넣었지. 하리티의 주방엔 그런 육수통 수십 개가 끓고 있었어.

……

춥니?

네.

담요를 덮어주마.

날이 밝았나요?

어둡구나. 잠을 좀 자두렴. 이야기를 이어가려면 말이야.

밖에선 아무 소식이 없나요?

아직이구나.

아이는 잠들기 전 두어 번을 더 물었습니다. 며칠이 흘렀는지, 무슨 일이 일어나고 있는지. 사흘째 날이 밝았습니다. 아이는 깨어나자마자 나리의 얘기를 궁금해했습니다. 이야기는 계속되었지요. 아이는 나리가 거기서 그림을 그렸는지 물었습니다.

그림을 그렸지. 그림이 나오지 않으면 식사도 산책도 없었기 때문에 어떻게든 그려야 했다. 하지만 태아탕이 끓고 있는 전각 한쪽, 거기 갇혀서 그리는 구름이 예전 같을 수가 없었지. 그림이 시원치 않을수록 하리티는 재촉을 하고, 그럴수록 나리는 판에 박힌 구름만을 찍어낼 수밖에 없었어.

그때 그린 나리의 그림들은 어디에 있나요?

나리가 머물던 방에 있단다. 나리의 방으로는 달빛이 곧잘 들어왔지. 사방이 촉촉하던 어느 밤이었다. 별도 달도 개구리도 잠든 것 같은 고요한 밤이었어. 나리는 산책을 하다 하늘을 올려다보았단다. 얼음 알갱이로 된 털층구름이 어둠 어딘가에서 느껴졌어. 나리는 걸음을 멈추고 눈을 감았단다. 숨을 한 번 들이쉬고, 다시 한 번 내쉬고. 나리는 서서히 눈을 뜨며 고개를 들었지. 그때 나리는 보았단다. 가늘고 작은 빙정들이 사라천처럼 엷게 밤하늘을 채우고 있었어. 그리고 달이, 그 너머에서 달빛이 말이다. 얼음 알갱이에 부딪쳐서는 퍼져나가고, 부딪쳐서는 퍼져나가고. 구름에 반사된 빛들이 둥글게 띠를 이루는 걸 나리는 바라보았단다. 달무리였지. 달무리가 지고 있었어. 어쩌면 비가 올지도 모르겠구나, 생각하면서 나리가 걸음을 옮길 때였다. 나리한테로 커다란 개구리 한 마리가 뛰어들어왔어. 아가씨, 저를 숨겨주세요. 개구리는 숨을 헐떡이며 나리의 다리에 매달렸단다. 아가씨, 저를 구해주세요. 개구리는 절박한 목소리로 나리의 발등에 엎드렸어. 저쪽으로 옥졸이 지나가는 것이 보였다. 나리는 개구리를 얼른 치마 속에 숨겼지.

개나리가 개구리를 만났네요.

개구리를 만나려고 개나리였나 보지.

개구리와 개나리는 함께 지냈나요?

함께 지냈지. 개구리는 등 돌기가 철갑처럼 단단한 건장한 수컷이었다. 다문 입은 다부졌고 허벅지의 무늬는 날카로웠지. 그러면서도 눈은 소처럼 맑았단다. 쌍꺼풀이 짙은 크고 깊은 눈이었어. 목소리도 멋있었지. 나리가 그림을 그릴 때면 개구리는 울음주머니를 부풀려 나리만 들을 수 있게 노래를 불러주었단다. 중저음의 부드러운 목소리로 말이야. 하리티의 소굴로 잡혀 오고 처음으로 나리의 입가에 미소가 떠올랐어. 하루가 지나고 또 하루가 지나고, 나리의 볼에서는 다시 꽃이 피기 시작했단다.

개구리 때문에요?

그래, 개구리 때문에. 치마폭으로 뛰어들어온 한 마리 개구리 때문에.

……

개구리는 나리의 볼웃음을 좋아했단다. 빛이 터지듯이 웃는 나리. 소리 없이 사방을 물들이는 나리. 개구리는 나리의 웃음에 갇히고 싶어 매일 노래했지. 그런데 말이다, 아가.

네.

그렇게 건장하던 개구리가 시간이 갈수록 시름시름 앓기 시작하는 거야. 울음주머니도 부풀리지 못하고 숨도 제대로 못 쉬면서.

왜요?

나리도 물었단다. 왜 그러니, 어디 아프니? 그러면서 개구리의 등을 쓸었어. 개구리의 살갗은 물기 없이 말라 있었단다. 개구리는 피부가 촉촉해야 숨을 쉬는데 수분이 부족했던 것이지.

그러면 어떻게 되는데요?

피부가 마르면 개구리는 위독해질 수도 있단다. 나리는 안타까웠지. 나리는 개구리를 두 손 위에 올려놓고 물어보았어. 개구리는 고개를 저었단다. 이곳에서 말라 죽는 한이 있어도 연못으로는 돌아가지 않겠다고. 나리는 손을 올려 눈높이를 맞췄어. 그러고는 개구리의 눈을 바라보았지. 개구리도 나리의 눈을 바라보았어. 얼마나 지났을까. 개구리가 갑자기 긴 혀를 나리한테로 뻗었어. 무슨 일이 일어났는지 모를 정도로 순식간에, 개구리의 혀가 나리의 입속으로 들어왔단다. 수분을 얻기 위한 본능적인 행동이었지. 입과 입이 연결된 채로 둘은 한동안 움직이지 못했어. 그런 채로 나리는 보았단다. 개구리의 커다란 눈에 물기가 차오르는 걸. 눈에서 시작된 수분이 개구리의 피부로 번져나갔지.

그래서요?

나리는 개구리를 살릴 방법을 알게 된 거야. 나리는 하루에 한 번씩 개구리를 자기 입속에 넣어주었단다. 피부 습기가 살아나면 개구리는 입에서 나와 노래를 부르고, 피부가 마르면 나리 입속으로 다시 들어가고. 그러다 옥졸이 지나가면 나리는 개구리를 치마 속에 숨겼지. 개구리는 나리의 아홉 폭 치마 속에서 잠을 자고 눈을 뜨는 일이 많아졌단다. 그러다 알게 되었지. 나리의 치마 속에는 나리의 입속보다 몇 배는 많은 수분을 간직한 곳이 있다는 것을.

그래서요?

개구리는 이제 나리의 입속으로 들어가지 않았어. 그렇다고 다른 곳으로 움직이지도 않았지. 개구리는 다시 앓기 시작했단다. 대답도 노래도 없이 앓기만 했지. 나리는 슬펐단다. 왜 그러니, 괜찮니? 개구리는 나리의 치마 속에서 전보다 더 말라갔어. 호흡도 움직임도 사그라지기만 했지. 개구리는 자신의 몸에 벌을 주고 있었어. 숨이 바닥을 치고 몸이 말라비틀어질 때까지. 그러다 더는 견딜 수 없게 되었을 때, 간절함이 절정에 달했을 때, 개구리는 마침내 긴 혀를 뻗었지. 마지막 한 방울의 호흡을 짜내서 죽을 듯이, 극진히, 개구리는 나리의 몸을 열기 시작했어.

그래서요?

나리는 개구리와 사랑에 빠지고 말았단다. 다음 날부터 나리는 배가 불러오기 시작했어.

어떡해요.

이제 개나리와 개구리에게 하루는 그냥 하루가 아니었다.

어떤 하루였는데요?

아기의 몸이 한 군데씩 생겨나는 하루였지. 팔다리가 생기는 하루, 꼬리뼈가 자라는 하루, 콩팥이 익는 하루. 아가, 그건 무엇과도 바꿀 수 없는 하루하루란다.

……

이제 둘에겐 하리티의 소굴에서 하루빨리 나가야만 하는 분명한 이유가 생겼어. 배 속의 아기를 옥졸의 뜰채에 내줄 수는 없었으니까. 둘은 함께 탈출 계획을 세우기 시작했단다.

개나리와 개구리는 하리티의 집을 탈출했나요?

어느 저녁이었다. 연못에서 헤엄치던 아기들이 투레질을 시작했어. 아기들이 투루루루루, 입술을 떨며 뽀글거리자 연못에서 거품이 일었지. 큰비가 올 징조였단다. 아가씨, 곧 엄청난 비가 쏟아질 거예요. 물이 불기 전에 강을 건너야 해요. 개구리와 개나리는 그날 밤 하리티의 담을 넘기로 했단다. 밤이 깊어지기까지 몇 시간이 남아 있었지. 그 몇 시간 동안이었다. 나리는 그 방에서 마지막 극락도를 그렸어. 팔계를 어기고 아이를 가진 재가 여인, 우리의 나리. 그 그림은 생사를 건 탈출을 앞두고 두려움과 희망 속에서 그린 나리의 마지막 그림이었다.

나리가 그린 마지막 극락도는 어디에 있나요?

나리가 머물던 방에 있다.

밤이 깊어졌나요?

깊어졌다. 개나리와 개구리는 하리티의 담 밑까지 왔어. 담 바깥에서는 여인들이 울면서 벽을 긁고 있었다. 개구리가 말했어. 제가 저 여인들을 유인하겠습니다. 그 틈을 타 강나루 쪽으로 뛰어가세요. 제 친구들이 만든 뗏목이 있을 거예요. 나리는 개구리의 앞다리를 잡았어. 같이 가자, 혼자는 못 가. 개구리는 나리의 볼을 쓸었어. 곧 뒤따라갈게요. 우리의 아이를 지켜주세요. 나리가 계속 고개를 저으며 울자 개구리는 정표로 자신의 이빨 하나를 뽑아주었단다. 그러고는 나리를 안고 훌쩍 담을 넘었지. 얼굴에 피딱지를 매달고 머리를 미역처럼 풀어 헤친 여인들이 내 아기 내놔, 내 아기 내놔, 둘에게 달려들었어. 개구리는 담 저쪽으로 뛰어가며 입으로 독을 내뿜었단다. 여인들은 꿈쩍 않고 개구리한테 달려들었어. 나리가 강나루로 뛰어가면서 마지막으로 본 것은 여인들이 개구리의 네 다리를 하나씩 잡고 잡아당기는 모습이었다. 뒤집힌 채로 고개를 젖힌 개구리의 눈이 나리에게 어서 가라고, 어서 가라고 말했지. 비가 쏟아지기 시작했어.

……

듣고 있니?

듣고 있어요.

궁금한 것이 있으면 물어보렴.

개구리는…… 살았나요?

원한 있는 여자들한테 사지가 잡혔는데 어찌 무사할 수 있었겠니.

……

아가, 계속 듣겠니?

듣고 싶어요.

괜찮겠니?

괜찮아요.

나리는 강을 무사히 건넜단다. 건너갈 때는 혼자였지만 건너올 때는 배 속에 아이가 있었지. 나리는 부모와 세 오빠가 있는 집으로 달려갔어. 하지만 나리를 마음껏 반겨주는 사람은 없었다. 처녀가 정체 모를 애를 배서 왔다고 쉬쉬했지. 엄마와 막내 오빠가 마을 한쪽에 나리의 거처를 따로 마련해주었을 뿐이었단다. 나리는 거기서 아이를 낳아 홀로 키웠어. 마을 사람들의 수군거림과 손가락질을 받으면서도 나리는 사랑만으로 아이를 키웠단다. 말을 배우자 아이가 나리에게 물었어. 어머니, 제 아버지는 누구인가요? 저는 왜 이렇게 이상하게 생겼나요? 나리는 대답했지. 아가, 너는 아버지 없이 하늘의 기운을 받아 태어났단다.

아이는 그 말을 믿었나요?

너 같으면 믿었겠니?

……

마을은 갈수록 흉흉해졌단다. 하리티의 악행은 계속되었고 부모들의 불안은 심해갔지. 아기탕의 육수 냄새가 강을 타고 건너와 마을 곳곳에 스며들었단다. 마을 사람들은 모여서 회의를 했어. 이대로 당하고만 있을 수는 없습니다. 대책을 세웁시다.

어떤 대책이요?

그들은 일단 하리티를 달래자고 생각했어. 정기적으로 뭔가를 갖다 바치면 그동안에는 자신들이 불안에 떨지 않아도 될 것이라 생각했지. 그들은 제물을 고르기 시작했단다.

……

부모 없이 혼자인 아이, 몸이 불편한 아이, 돈이 필요한 아이. 그런 아이들이 제물 후보가 되었지. 그중에서도 하리티의 소굴에서 수태되어 온 아이, 마을에 부정한 기운을 몰고 온다고 소문난 나리의 아이가 첫번째 후보가 된 거야.

……

그리하여 나리의 아이는 다시 강을 건너게 되었단다. 아버지의 목숨을 대가로 생사를 걸고 건너왔던 그 길을 다시 가게 된 거야. 이 아이를 먹을 동안은 우리 아이를 해치지 마십시오. 마을 사람들은 그렇게 애원하면서 하리티에게 나리의 아이를 갖다 바쳤단다.

아줌마.

응?

아줌마는 나리를 본 적이 있으신가요?

강 건너 마을에 사는 나리 나리 개나리 말이냐?

네, 개나리요. 아이를 구하려고 혼자 길을 떠난 개나리요. 부처님께 도움을 청하러 떠난 개나리요.

낮인데도 네 목걸이는 빛이 나는구나.

……

시간이 꽤 지났구나. 나는 일이 많단다.

가지 마세요.

날씨가 심상치 않구나.

저를 두고 가지 마세요.

아가.

네.

나리의 방에 가보겠니?

나리가 그림을 그리던 방 말인가요?

그래.

개나리와 개구리가 머물던 방이요?

그래.

……

저기 연못 건너, 전단향나무를 돌아 두번째 방이란다. 보이니?

보여요.

아가, 부처님이 하리티의 막내아들을 잡아두는 게 며칠 동안이었는지 기억하고 있니?

7일이라고 하셨어요.

그래, 7일. 그중에서 나흘이 지났다. 조금만 더 기다리면 된다. 하리티는 아들을 찾으러 나갔고, 나리는 너를 구하러 오고 있단다.

아까부터 개구리 울음소리가 그치지 않아요.

그렇구나.

큰비가 올 것 같아요. 그때처럼.

……

강물이 불어서 엄마가 나를 만나러 오지 못하면 어쩌죠?

아가, 3일만 있으면 하리티는 착해진단다.

3일은 긴 시간인가요, 짧은 시간인가요?

아가.

……

무섭니?

……

무서울 땐 눈을 감고 그곳을 그려보렴. 해보겠니?

아이는 눈을 감았습니다.

여자는 무엇이 보이는지 물었지요.

아이는 서서히 꿈을 꾸는 듯한 얼굴이 되었습니다.

모래알을 따라 한참을 내려갔어요. 물 위로 줄기를 내놓고 나무들이 강에 서 있습니다. 강 이쪽 나무와 저쪽 나무 사이에 누군가 다리를 놓고 있어요. 무지개처럼 예쁘고 폭신한 다리예요. 다리 이쪽에 한 여인이 있습니다. 꽃을 담은 소쿠리를 팔에 걸고, 여인이 구름 위로 막 발을 내디뎌요. 저쪽 끝에서 누군가 여인을 기다리는 게 틀림없어요. 신발코는 들려 있고요, 치맛자락이 설레듯 흩날리거든요. 여인의 볼에서부터 퍼져나온 무늬가 구름에 결을 만들어요. 여인이 웃고 있기 때문이에요. 여인이 웃으면서 걸어가요. 구름 위를 걸어서 저쪽으로 가요. 자꾸 저쪽으로 가요.

아이는 손을 뻗다가 눈을 떴습니다.

아줌마.

……

가셨나요?

……

들리는 것은 빗소리뿐이었습니다. 여자의 방석이 둥글게 꺼져 있는 것을 보고 아이는 밖으로 뛰어나갔습니다. 보이는 것은 빗줄기뿐이었지요.

아이는 전단향나무를 돌아 두번째 방으로 걸어갔습니다. 문고리에서도 문턱에서도 나리의 냄새가 났어요. 태어나면서부터 아이에겐 세상 전체의 냄새였던 나리의 냄새가요. 방에는 낱장의 구름 그림들이 흩어져 있었습니다. 아이는 방을 천천히 돌았습니다. 그러다 구름이 그려져 있지 않은 그림 한 장을 발견했지요. 아이는 조용히 빛을 발하고 있는 그림을 집어 들었습니다.

그림 안에는 연못도 전각도 없었습니다. 극락조도 꽃비도 보이지 않았지요. 그림 안에는 달이 있었습니다. 달 주위로는 둥글고 엷게 빛의 띠가 퍼져나가고 있었어요. 나리가 마지막으로 그린 건 달무리가 진 밤하늘이었습니다.

아이는 그림을 오래 바라보았습니다. 쌍꺼풀이 짙은 크고 깊은 눈으로요. 그림 어디에서도 구름이 보이지 않았지만, 그림 안에는 구름이 있었습니다. 아이는 알 수 있었어요. 나리의 마음을 흔든 것은 달이 아니라 달무리였습니다. 달무리로밖에는 모습을 드러낼 수 없는 구름이었습니다. 아이는 방문을 열고 뜰로 나왔습니다. 세상의 구름들이 한꺼번에 우는 것처럼 비가 쏟아졌어요. 아이는 손을 뻗어 빗물을 만져보았지요. 어머니,

강을 건너셨나요? 아이는 빗속으로 달려 나갔습니다.

시간은 흐르고 또 흘렀습니다.

사람들은 여전히 임종 때가 되면 서쪽으로 누워 극락도를 바라보았습니다. 화공들은 불보살과 연못과 구름을 그렸지요. 그러나 나리의 구름을 기억하는 사람은 없었습니다. 나리가 그렸던 그림들이 극락도였다고 말하는 사람도 없었지요. 어느 외진 사원의 먼지 쌓인 불단 뒤에 개구리들이 머물다 갈 뿐이었습니다. 달무리가 지는 밤에 개구리가 울면 8만 4천 명 중에 한 명은 기도를 한다지요. 강물이 불지 않게 해달라고요. 개구리가 오래 울면 나리가 슬퍼할 테니까요.

* 소설 속 극락 묘사는 불전간행회에서 펴낸 『정토삼부경』(한보광 옮김, 민족사, 2002)을 참조하였습니다.

겨울 고원

곧 해가 뜰 시간이었다. 새벽어둠 속에서 검은 선으로 서 있던 나무들이 하나둘 모습을 드러냈다. 해발 1,458미터, 기상 실황판에 나타난 기온은 영하 20도였지만 체감온도는 그보다 한참 아래였다. 제욱은 아래를 내려다보았다. 발밑에서 시작해 시야 끝인 하늘과의 경계선까지, 파도처럼 펼쳐진 겨울 산맥들이 흰빛으로 덮여 있었다. 밤새 영하의 골짜기를 떠돌던 물 입자들이 나뭇가지에 얼어붙으면서 피운 상고대였다.

시야가 맑은 날은 동쪽 바다까지도 내다보이는 곳이었다. 운무가 자욱한 날은 봉우리들이 섬처럼 떠다녔다. 제욱은 발왕산 정상에 서 있었다. 멀리 선자령의 풍력발전기와 넓게 펼쳐진 목초지가 보였다. 목초지를 시작으로 조금씩 색깔을 달리하며 평탄면이 이어졌다. 그 고지대 벌판은 더 높은 산들에 둘러싸인 분지형 고원이었다.

제욱은 고원을 내려다보며 자리에 섰다. 제욱이 걸어 내려가려는 곳은 발왕산의 북쪽 사면이었다. 용평스키장의 총 28면 슬로프가 펼쳐져 있는 곳이었다. 곤돌라와 리프트가 운행을 시작하려면 한 시간가량이 남아 있었다. 산 정상에는 제욱밖에 없었다. 가파른 비탈 앞에 서자 제욱은 그대로 활강을 시작하고 싶은 유혹을 느꼈다. 그러나 아직은 아니었다. 제욱은 아이젠에 의지해 슬로프를 한 발 한 발 걸어 내려가기 시작했다. 정상에서 스타트 지점까지 2백 걸음, 스타트 지점에서 레인보우 삼거리까지가 5백 걸음. 제욱은 삼거리에서 레인보우1 슬로프로 접어들었다. 스키를 타면 3분이 안 걸리는 곳이었지만 걸어서 내려가자 경사마저도 더 가파르게 느껴졌다. 해발 1,500미터에서 몰아치는 바람이 눈보라를 일으키며 시야를 가렸다. 제욱은 휘청거리며 곡선 코스로 걸어갔다. 레인보우1 슬로프만의 속도가 시작되는 곳이었다. 안전펜스에 걸려 있는 위치표시막이 보였다. '현재 위치 RR-10 레인보우1. SOS : 패트롤실 033-330-7362.'

제욱은 그곳에서 멈춰 섰다. 사고 지점이었다. 몇 번을 올라와 확인한 곳이었지만 거기엔 사고를 일으킬 만한 것이 아무것도 없었다. 보이는 것은 안전펜스 밖으로 늘어선 주목 군락뿐이었다. 제욱은 겨울 산에 포위된 듯 서서 사방을 둘러보았다.

나무에 맺힌 얼음꽃들이 가까이에 다가와 있었다. 제욱은 심호흡을 하며 눈을 감았다. 속눈썹 끝으로 다른 기운이 새어드는 게 느껴졌다. 제욱은 알 수 없는 안타까움 속에서 눈을 떴다. 멀리 고원 끝에서, 미처 어찌할 새도 없이 해가 떠오르고 있었다.

*

"원래 이쪽 지역분이시오?"

명함을 건네자 노인이 물었다. 제욱은 아니라고 대답했다. 노인은 뒤이어 레인보우1을 타본 적이 있느냐고 물었다. 대답이 바로 나오지 않자 노인은 자신이 실수를 했다는 듯 조금 웃었다.

"아니지. 이렇게 물어보는 게 낫겠군. 레인보우1을 좋아하시오?"

노인은 소주 한 병을 반 넘게 비운 뒤였다. 제욱보다 한참 전에 와서 제욱을 기다린 듯했다.

"그런 편입니다."

노인은 제욱 앞으로 황탯국을 하나 시켜주더니 잠시 후에 소주 한 병을 더 시켰다. 식당의 통유리 바깥으로 송천교가 내다보였다. 송천 건너로 그리 크지 않은 규모의 황태 덕장이 보였다. 덕장 너머로는 제욱이 발왕산 정상에 갈 때마다 내려다보던 고원이 펼쳐져 있을 것이다.

"옛날에는 저 횡계고원이 다 황태밭이었지. 그때만 해도 동해에서 명태가 꽤 잡혔는데 말이야. 속초에서 명태를 싣고 와서는 여기 송천에서 일일이 씻고, 꿰고, 통나무 덕에 걸어 말렸지."

노인은 황탯국 뚝배기를 제욱 쪽으로 더 밀었다.

"들게. 식기 전에 어서 들어. 국물 한 방울도 남기지 말게. 명태가 황태 되는 게 얼마나 힘든 일인 줄 아나? 하늘이 도와야 나오는 게 이 황태야. 황태 남기면 벌받네. 빨리 먹어."

길게 썬 두부 사이로 뭉툭하게 찢어 넣은 황태가 보였다. 감자도 투박한 모양으로 들어가 있었다. 리조트 직원 식당에서 나오는 황탯국보다도 초라해 보였다. 그러나 제욱은 마지못해 숟가락을 들었다가 한 그릇을 금세 비우고 말았다. 그동안 왜 이 집을 몰랐을까 싶을 만큼 국물 맛이 진했다. 땀을 닦으며 고개를 드니 노인은 제욱의 명함을 다시 들여다보고 있었다.

"지역민은 아니고, 스키는 꽤 타시고, 스키가 좋아서 아르바이트로 왔다가 어찌어찌 눌러앉은 게로군. 나이로 보나 직급으로 보나 발왕산에 들어와 산 지는 낼모레면 10년이겠고. 안 그렇소, 용평리조트 총무과 윤제욱 대리님?"

제욱은 그제야 노인의 얼굴을 뜯어보았다. 오랫동안 찬 바람과 땡볕 속에서 일을 해온 자의 피부 결이었다. 얼굴도 손도 거칠었다. 눈동자가 누르스름해 지병이 있는 듯도 보였지만 눈빛은 차고 묵직했다.

"나도 여기 사람은 아니었지. 영동고속도로 뚫릴 때 공사 인부로 평창에 처음 들어왔네. 용평스키장 개장 공사 때 여기 발왕산에서 막일도 좀 하고. 덕장도 기웃거리고. 그러다 눌러앉았지. 자네처럼. 흐흐."

스키장 개장 공사 때라면 1970년대 초중반일 것이다.

"하긴, 자네가 궁금한 건 40년 전 얘기가 아니겠지. 지푸라기라도 잡고 싶은 심정으로 바쁜 시간 쪼개서 나온 걸 테니."

노인은 소주 한 잔을 들이켜더니 긴장한 사람처럼 침을 삼켰다.

"혹시 말이네. 스키 타다 사고당했다는 사람들 말이야. 넘어질 때 뭔가를 보지 못했다던가?"

제욱은 마시던 물컵을 내려놨다.

"무엇을…… 말입니까?"

노인은 얼굴을 풀며 맥없이 웃었다.

"그러게. 그게 뭘까. 뭐냔 말이지. 이게 뭐냔 말이야."

제욱도 답답한 마음에 술을 들이켰다. 레인보우1 슬로프는 용평스키장 슬로프 중에서 경사도가 가장 높은 최상급자 코스였다. 난이도가 있는 만큼 중환자도 종종 생기는 곳이었지만 이번처럼 사고가 한 지점에서만 일어났던 적은 없었다. 레인보우1 슬로프는 구성과 설질 면에서 최고 레벨로 꼽히는 곳이었고 크고 작은 대회도 여러 번 치러낸 곳이었다. 까다로운 절차를 거쳐 국제경기용 슬로프로 공인을 받은 지 오래였다.

초중급자가 레벨에 맞지 않게 상급자 코스로 가서 생긴 사고가 아니었다. 사고자들은 모두 최상급자들이었다. 안전시설물 이상도 아니었다. 첫번째 사고 이후 바로 설질 검사와 슬로프 보수를 했지만 사고는 같은 장소에서만 일어났다. 리조트 쪽은 긴장할 수밖에 없었다. 제욱은 패트롤들이 찍은 현장 사진과 사고 보고서를 몇 번이나 들여다봤지만 감을 잡을 수 없었다. 임원들 입에서는 그 자리에 수맥을 짚어봐야 하는 게 아니냐는 말까지 나왔다. 노인이 연락을 해온 것은 그때였다. 노인은 사고에 대해 하고 싶은 말이 있다며 담당 실무자를 만나고 싶어 했다.

"나는 사람을 하나 찾고 있네."

노인이 입을 뗐다.

"실은 40년째 찾고 있지. 그 사람이 여기 있을 것 같네. 살아 있다면 틀림없이 여기 있을 거야."

"여기라면."

"발왕산 말이네."

"지금 하시는 얘기가 사고와 관련이 있다는 말씀인가요?"

"있을 것만 같네. ……없을 수도 있겠지만."

노인은 피로한 얼굴로 등을 기댔다. 제욱은 송천을 내다보았다. 차를 타고 지나다니기만 했던 곳이었다. 앉아서 건너다보니 송천은 생각했던 것보다 폭이 넓고 잔잔했다.

"오늘은 이쯤 하지. 난 요새 저녁마다 여기에 있네. 수십 년

된 단골집이지. 퇴근하고 시간이 되거든 언제라도 들르게."

노인은 외투를 집어 들며 자리에서 일어났다.

"내 이름은 김필상이네. 난 자네가 마음에 들어. 따지고 보면 우리 다 발왕산에 뭐 하나씩 묶인 사람들 아닌가. 자네도, 나도, 그 사람도."

노인은 출입문을 열고 나가 송천교를 건넜다. 어두워진 천변 위로 덕장 불빛이 어른거렸다. 그 사람이라. 사고 업무로 녹초가 되어버린 제욱은 멍하니 중얼거리다 몸을 일으켰다.

*

며칠간 내린 비로 눈 상태가 좋지 않았다. 용평스키장 전 슬로프에서 보강 제설이 이어졌다. 겨울 시즌 행사 준비와 사고 처리로 제욱은 야근이 잦았다. 사무실에서 밤을 보낼 때도 있었다. 담배를 피우러 사무실 발코니로 나가면 자동제설기가 뿜어내는 눈가루가 야간 조명 위로 날아오르는 게 보였다. 제설기들은 슬로프 능선 곳곳에 서서 쉬지 않고 눈을 뿜어 올렸다. 흰 가루들은 밤새 발왕산을 안개처럼 채우다 흩어졌다. 발왕산 정상에서 시작되는 가장 고지대의 슬로프, 레인보우에도 제설기가 돌고 있을 것이었다.

야간 작업을 마친 제설 팀이 퇴근하는 것을 보면서 제욱은 병원으로 출발했다. 한 명은 무릎 십자인대 파열, 한 명은 어깨와 팔 골절, 또 한 명은 하반신 마비라는 큰 부상을 입었다. 보험 처리를 위해 사고자들을 만나고 돌아오니 어느새 늦은 저녁이었다. 사고자들은 사고의 순간을 잘 설명하지 못했다. 제욱은 노인의 말이 걸려 혹시 시야 장애가 있지는 않았는지 물었지만 사고자들은 고개를 저었다. 그들은 갑자기 중심을 잃었다고만 했다. 그냥 갑자기, 순식간에 넘어졌다고. 잡생각이 떠올라 집중도가 떨어진 건 아니었는지 묻고 싶었지만 쓸모 있는 질문은 아닌 듯했다. 잠깐 사이에도 수만 가지 생각이 스쳐 가는 게 사람 머릿속이었다. 그걸 알아채고 다시 설명할 수 있는 사람이 많지는 않을 듯했다.

제욱은 어두워진 횡계로터리에서 신호를 기다리다가 직원 아파트가 아닌 송천변으로 차를 몰았다. 김필상 노인은 그 자리에 앉아 있었다.

"뭐 좀 알아냈나?"

"우연일 수도 있지 않습니까? 세 사고가 원인이 꼭 같으란 법은 없잖습니까."

제욱은 자리에 앉자마자 필상에게 항의하듯 말했다.

"그걸 왜 나한테 묻나. 어떻게든 사고 원인을 꿰어서 해결책 내놓고, 보고서 쓰고, 빨리 마무리 지으려는 건 자네 아닌가?"

필상은 제욱의 표정을 훑었다.

"혹시 네번째 사고를 기다리나?"

"그런 말씀 마십시오."

"미안하네."

시끌벅적했던 테이블이 하나둘 비어갔다. 둘은 말없이 술을 마셨다. 서너 잔이 더 들어갔을 때 필상이 말을 꺼냈다.

"자네 봉산리에 들어가봤나?"

"진부 봉산리 말씀입니까?"

"그래. 사람들이 곤돌라 타고 올라가서 다 같이 내려다보는 여기, 횡계리 용산리 일대 말고. 그 반대쪽, 산 너머 산에 숨어 있는 마을 말이네."

봉산리라면 발왕산 남쪽 기슭에 있는 마을이었다. 등산 중에 초입까지 가본 적은 있지만 마을로 들어가본 적은 없었다. 오래전에 폐허가 된 마을이었다.

"지금이야 신기리 쪽으로 길이 뚫렸지만 옛날엔 이쪽 용산리에서 봉산리로 가려면 천 미터가 넘는 발왕재를 넘어야 했네. 겨울에 눈이 쌓이면 거기 사람들은 몇 달 동안 아예 바깥마을로 나오질 못했다더군."

한파가 다시 오려는지 통유리 안으로 새어드는 웃풍이 만만치 않았다. 며칠 내로 폭설이 온다는 예보도 있었다. 다들 제설기가 뿜어내는 인공설이 아니라 자연설을 기다리고 있었다. 리조트에는 좋은 소식이었다.

"자네 말이네."

필상이 잠긴 목소리로 말했다.

"천 미터가 넘는 고개에 대해서 생각해본 적이 있나? 그 고개를 넘는다는 것에 대해서 말이야."

제욱은 송천을 내다보던 시선을 돌려 필상을 보았다.

"40년 전에 말이야, 내가 한 사내를 만났네. 천 미터 너머 봉산리에서 온 사내였지. 이 횡계고원에서, 그 사내랑 딱 겨울 한 철을 같이 보냈네."

웃풍이 찬데도 식당 구들은 뜨거웠다. 황탯국 때문인지 소주 때문인지 제욱은 배꼽 밑에서부터 더운 기운이 올라오는 걸 느꼈다.

"그 봉산리 사내랑 석 달을 같이 있었는데, 사내가 자기 얘길 해준 건 하룻밤뿐이었네. 그날 말이야, 새벽이 오고 해가 뜨는 걸 둘이 같이 봤지. 사내가 해준 얘기를 40년 동안 곱씹다 보니 말일세, 그 사람 인상이랑 얘기들이 뒤범벅이 돼서 나만 아는 이야기가 되어버렸어. 이제는 진짜 그 사내가 해준 얘긴지 헷갈릴 정도라네."

제욱은 붉게 달아오른 필상의 얼굴이 뜻밖이라 한참 쳐다보았다. 창밖 바람 소리가 거셀수록 안쪽 취기가 따뜻하게 느껴졌다. 봉산리 사람이라면 발왕산에서 태어나고 자란 사람일 것이다. 제욱은 자기도 모르는 새 한 사내의 얘기에 발을 들여놓고 있었다. 요 며칠 필상의 얼굴에서 느껴진 기대와 회한 같은 감정들이 새삼 도드라져 보였다. 필상은 젊은 시절 한 사내와 보낸 석 달을 잊지 못해 여지껏 헤매고 있다는 얘길 시작했다.

*

필상이 봉산리 사내를 처음 본 곳은 지금의 실버 슬로프 자리쯤이었다. 발왕산에 벌목이 끝나고 슬로프 자리에 흙 성토 작업이 한창일 때였다. 현장 소장이 몸집이 작은 사내 하나를 밖으로 패대기쳤다. 사람들이 끌어내는데도 사내는 공사가 한창인 산속으로 계속 들어가려고 했다. 사내는 뾰족하고 기다란 꼬챙이 하나를 들고서 흙 성토가 끝난 자리 여기저기를 찌르고 다녔다. 기껏 다져놓은 곳을 망치는 격이니 다들 미친놈이라면서 욕을 했다.

필상 또한 웃기는 놈이라고 생각했지만 금세 잊었다. 스키장 공사가 끝나고 이듬해 봄부터 가을까지 필상은 대화에 있는 감자 원종장에서 막일을 했다. 겨울이 되었을 때 필상은 원종장에서 알게 된 사람의 소개로 횡계고원에 있는 황태 덕장에 가게 되었다. 덕대를 세우거나 황태를 거는 일을 하게 될 거라고 마음을 단단히 먹고 갔지만 필상이 갔을 때는 그런 작업이 모두 끝난 뒤였다. 필상이 덕장주를 따라 올라가서 본 것은 드넓은 대지 위에 빽빽하게 걸려 있는 수백만 마리의 황태였다.

통나무 덕대 아래서 황태들이 눈을 맞고 있던 풍경이 필상은 아직도 생생했다. 하늘로 벌어진 황태 입마다 눈이 수북이 쌓여 그대로 얼어붙고 있었다. 필상이 물고기 떼를 그야말로 떼로 본

건 그때가 처음이었다. 필상이 할 일은 봄바람이 불 때까지 서너 달 동안 황태들을 지키는 일이었다. 일거리 없이 겨울을 흘려보내는 것보다야 낫겠다 싶어 온 것이었지만 고원을 둘러싼 산들을 보니 필상은 겁부터 났다. 잘못하면 황태 옆에서 얼어 죽을 수도 있을 것 같았다. 산짐승들이 황태 냄새를 맡고 어슬렁거리면서 내려올 생각을 하니 잘못 왔다는 생각도 들었다.

덕주는 필상을 황태밭 한쪽으로 데리고 갔다. 거기에 산막이 하나 있었고 산막 앞에 한 사내가 서 있었다. 둘이 낮과 밤을 번갈아가면서 황태를 지키라는 것이었다. 필상이 그 일을 하기로 한 건 자신이 낮 임무를 맡았기 때문이었다.

필상은 처음에는 사내를 몰라봤다. 그러나 사내가 보물처럼 지니고 다니는 꼬챙이를 보고는 벌목된 산에 들어가려다 얻어맞던 작고 까만 남자를 기억해냈다. 그러나 그뿐, 사내는 필상과 말을 섞고 싶은 생각이 없는 것 같았다. 교대할 때 외에는 얼굴을 볼 일도 많지 않았다. 필상은 마을에서 아침과 저녁을 해결하고 잠도 마을에 내려가 잤지만 사내는 아침이 되어 교대를 해도 덕주 집에서 자는 것 같진 않았다. 낮 동안 어디를 헤매다 돌아오는지 모를 일이었다.

고원의 한겨울 바람은 상상을 초월했다. 방한 비닐을 두른 산막이라고 해도 추위를 피할 수는 없었다. 추위에 떠는 필상과 달리 사내는 겨울 산에서 나서 겨울만 살아온 사람 같았다. 눈이 반들반들한 게 민첩했고 손재주도 좋았다. 어디서 구해

왔는지 찬바람이 숭숭 들어오던 산막을 나무로 괴고, 비닐로 두르고, 못으로 박고 해서 꽤 지낼 만하게 해놓았다.

황태를 지킬 시간이 되면 필상은 마을에서 고원으로 올라갔지만 사내는 산에서 고원으로 내려왔다. 손에는 청설모나 메토끼 같은 게 들려 있었다. 사내는 얼어 있는 송천 물을 깨고는 토끼털을 뽑고 살을 발라내 칼집을 냈다. 잘라낸 드럼통에 장작을 때려 넣고 불을 피워서 그 위에 토끼 고기를 구웠다. 필상이 밤이 되어서도 마을로 내려가지 않고 산막에서 눈을 붙이게 된 건 사내가 기가 막히게 구워내는 토끼 때문이었다.

어느 순간 보니 둘은 드럼통 장작불 옆에 마주 앉아서 고기를 뜯어 먹고 있었다. 그들은 고원 너머로 해가 지는 저녁이 되면 말 한마디 없이 수그리고 앉아서 그렇게 고기만 뜯어 먹었다. 사내 둘이 가까워지는 데에 다른 절차는 필요 없었다.

"돼지고기, 소고기하고는 비교가 안 되네."

필상이 토끼 다리뼈를 알뜰하게 빨아 먹으면서 말했다.

"난 돼지랑 소 맛은 몰라. 토끼랑 닭 맛은 알지만."

봉산리 사내의 말이었다. 얼핏 보면 사내애인지 성인 남자인지 구별이 안 되는 앳된 얼굴이었다. 둘 다 이십대 중반을 넘지 않았을 때니 어리고 젊었다. 필상은 마을에서 강냉이 막걸리를 공수해오고 파랑새 담배도 몇 보루 가져다 산막 안에 쌓아놓았다. 그들은 얼음이 버석버석한 술을 녹여 마시고 곱은 손으로 담배를 피워가며 고원의 추위를 견뎠다.

해는 빨리 떨어졌다. 산막 안에서 몸을 녹이다 설핏 잠이 들면 봉산리 사내가 덕장 저쪽에서 양철통을 두드리는 소리가 들렸다. 짐승들을 쫓는 소리였다. 겨울 산에서는 멧돼지나 삵 같은 것들이 틈만 나면 내려왔다. 몇 해 전만 해도 호랑이가 출몰했다는 산이었다. 둘은 밤마다 컴컴한 산을 향해 전짓불을 휘두르며 덕장을 돌았다. 산짐승들은 어둠 속에서 두 눈만 빛내며 소리 없이 덕장으로 접근했다. 컴컴한 산에 떠다니는 야광 눈빛을 보면 필상은 괴성인지 비명인지 모를 소리를 내면서 전짓불을 들고 겅중겅중 뛰었다. 반면에 봉산리 사내의 전짓불은 조용히 움직이다가 순식간에 산 전체를 휘저어놓았다. 사내가 산으로 보내는 불빛을 보고 있으면 짐승들을 쫓는 건지 불러들이는 건지 헷갈릴 때가 많았다. 사내는 티가 안 날 만큼만 황태들을 떼어서 산 밑에 둘러놓기도 했다. 산토끼에 대한 보답이려니, 필상은 생각했다.

영하 2, 30도를 맴도는 고지대의 추위는 황태가 마르기에 최적의 조건이었다. 밤새 칼바람에 꽁꽁 언 황태들이 낮이 되면 겨울 햇빛에 조금씩 녹았다. 그렇게 얼고 녹기를 반복하면서 황태들의 속살은 노랗게 부풀어갔다. 필상과 사내가 같이 보낸 시간은 명태가 황태가 되던 시간이었다.

필상은 제욱에게 말했다. 그해 겨울에 횡계고원에는 수백만 마리의 황태와 사람 둘, 바람과 햇빛이 있었다고.

*

심야 스키가 시작될 시간이었다. 제욱은 혼자 리프트에 앉아 있었다. 머릿속엔 레인보우와 주목, 봉산리, 벌목 같은 단어들이 뒤섞여 있었다.

겨울이 되면 제욱은 약속도 잡지 않고 술도 마시지 않았다. 그런 건 봄부터 가을까지 충분히 할 수 있는 것들이었다. 겨울 중 근무가 없는 시간엔 주간이든 야간이든 제욱은 스키만 탔다. 제욱에게 겨울은 산속에만 있기에도 하루하루가 아깝고 귀중한 시간이었다. 지난 며칠처럼 낯선 사람과 술잔을 앞에 두고 한참씩 앉아 있었던 적은 처음이었다.

제욱과는 관계가 없는 사람일 수 있었다. 어쩌면 레인보우 슬로프 사고와도 상관없을지 몰랐다. 그런데도 제욱은 필상에게 봉산리 사내 얘기를 들은 뒤 하루도 그를 생각하지 않은 날이 없었다. 제욱은 스키 장비 없이 리프트만 타고 어두운 산에 올라가고 있었다. 뭘 보러 가는 걸까. 나무를 보겠다는 건가?

리프트 아래로 심야 스키를 타는 스키어와 보더 들이 쉭쉭 소리를 내며 지나갔다. 그들은 금세 리조트의 야경 속으로 빨려들어갔다. 겨울에는 낮보다 밤이 더 밝은 곳이었다. 콘도와 베이스의 불빛, 슬로프를 따라 이어진 라이트타워 행렬들. 리프트에서 내려다보면 야간 조명에 둘러싸인 겨울 발왕산은 거대한 환영 같았다. 금세 흩어져버리는 제설기의 눈구름을 볼 때, 어두컴컴하게 입을 벌리고 있는 골짜기와 라이트타워의 불빛을 번갈아 내려다볼 때, 제욱은 비눗방울 속에 들어와 있는 느낌이 들었다. 모든 게 펑 터져서 사라져버릴 것 같았다.

산의 실체가 느껴질 때는 오직 심야 스키를 탈 때뿐이었다. 한밤에 산을 활강해 내려오다 보면 겨울 산의 컴컴한 여백들이 제욱만을 감싸며 달려드는 듯했다. 어둠 때문에 시야가 좁아지는 대신 산 전체의 바람을 혼자서 누리는 짜릿한 순간이 오는 것이다. 겨울에 맛보는 몇 번의 심야 활강을 위해 제욱은 봄과 여름과 가을을 이 산골짜기에서 견디고 있는지도 몰랐다. 떠나고 싶어서 몸을 비틀 때쯤 겨울은 다시 왔다. 아이를 어르는 얼음 마녀의 주문처럼 겨울은 정말 매년 왔다. 스키를 실컷 탈 생각에 스키 패트롤로 처음 용평에 올 때만 해도 제욱은 자신이 10년 가까운 시간 동안 발왕산을 못 떠나게 될 줄은 몰랐다.

리프트는 제욱을 산속에 내려주었다. 제욱은 자신이 딛고 선 비탈을 발로 눌러보았다. 이곳 또한 아주 오래전 봉산리 소년의 탐침봉이 지나간 자리일지 몰랐다. 시야 멀리로 횡계의 불빛이 내려다보였다. 두 사내가 머물던 40년 전의 산막 터가 저 고원 어디쯤 묻혀 있을 것이었다.

"주목을 봤겠지, 자네는?"

송천변 황탯집에서 필상은 어느 날부터인가 황태 얘기보다 나무 얘기를 더 많이 했다.

"주목나무 말씀입니까?"

"그래. 주목나무."

주목은 고산지대에서만 살았다. 발왕산에서는 누구나 주목을 볼 수 있었다. 곤돌라를 타고 발왕산 정상에 올라온 관광객들은 대부분 주목을 배경으로 사진을 찍었다. 주목한테는 '살아서 천년, 죽어서 천년'이라는 수식어가 따라다녔다. 그만큼 주목은 고사목이 되어서도 오랜 시간을 서 있었다.

"죽어서 천년을 서 있는 나무한테서 말이야."

필상은 눈을 한번 감았다 떴다.

"무슨 일이 일어날지 생각해본 적이 있나 자네?"

그러면서 필상은 탐침봉 얘기를 시작했다.

봉산리 사내는 잘 때도 탐침봉이라 부르는 꼬챙이를 옆에 두고 잤다고 했다. 땅이 내내 얼어 있었기 때문에 사내는 연습을 하는 것처럼 탐침봉으로 허공을 찌르며 시간을 보냈다. 필상은 황태에 붙은 눈을 털어내다가 사내한테 멱살이 잡히기도 했다. 탐침봉으로 털었기 때문이었다.

"대관절 뭐에 쓰는 물건인데 그렇게 어머니 모시듯 해?"

필상이 열을 내자 사내는 고원 한쪽에 솟아 있는 산을 가리켰다. 사내가 가리킨 곳은 발왕산의 맨 꼭대기였다. 눈으로 뒤덮인 발왕산 봉우리는 다른 세상에서 솟아오른 것처럼 까마득했다.

"저기 맨 꼭대기에서 몇백 걸음만 내려가면 돼. 거기에 내가 봐둔 나무가 있어. 땅이 녹으면 거기에 올라갈 거야."

보물 탐사라도 앞두고 있는 것처럼 봉산리 사내는 눈을 번득였다. 봉산리가 있는 발왕산 남쪽은 스키장이 있는 발왕산 북쪽보다 산이 험했다. 봉산리는 그야말로 첩첩산중 속의 산간마을이었다. 집들도 이웃집이라고 하기에는 먼 거리에 띄엄띄엄 들어서 있었다. 한 집에서 살인이 일어나도 웬만해선 알기 힘든 곳이었다.

사내는 열 살이 되기 전부터 지게를 지고 산에 나무를 하러 다녔다. 형과 누나도 있었지만 아버지는 유독 사내에게만 나무해 오는 일을 시켰다. 아직 키가 다 자라지 않은 봉산리 아이는 자기 키보다 높이 올려 쌓은 나뭇단을 지고 저녁이 되어서야 산에서 내려왔다. 그렇게 해야만 아버지는 일을 제대로 한 것으로 쳐주었다. 아침에 나간 아이가 저녁이 될 때까지 먹는 것은 감자밥 한두 덩이와 굳어서 꾸덕꾸덕해진 옥수수범벅이 다였다. 저녁 무렵이 되면 어머니는 하루 종일 산을 탄 아이가 안쓰러워서 산 초입까지 와서 서성이고는 했다. 아이가 길을 헤매다 깜깜해져서 내려오는 날은 뱀에게 물리지는 않았는지, 공비라도 만난 건 아닌지 몸 여기저기를 살피며 눈물을 글썽였다.

아이가 감기를 앓거나 배탈이 나면 어머니는 아버지 몰래 아이를 방에 뉘어놓았다. 그런 날은 아버지가 어머니를 마당으로 데리고 나갔다. 아버지는 어머니를 때리지는 않았다. 어머니 얼굴을 흙바닥에 문대고는 발로 어머니의 뒷목을 밟아 눌렀다.

아버지는 어머니의 숨이 언제 끊어질지 정확히 아는 사람 같았다. 항상 그 직전에 발을 뗐기 때문이었다.

아이는 자신이 산에 있는 게 식구 모두에게 좋다는 것을 알게 되었다. 한 살 두 살 더 먹을수록 집보다는 산이 편해졌다. 아이는 수염이 거뭇하게 돋아나는 소년이 될 때까지 발왕산 구석구석을 누볐다. 뱀 자루를 들고 다니는 땅꾼들도 만났고 산나물을 뜯으러 다니는 아낙들도 만났다. 그중에서도 계절을 가리지 않고 가장 많이 만나게 되는 것은 약초꾼들이었다.

어느 날 봉산리 소년은 뾰족한 탐침봉으로 땅을 찌르며 다니는 약초꾼들을 보게 되었다. 그들은 죽은 나무만을 찾아다니고 있었다. 약초꾼들은 고사목을 찾아 그 땅속뿌리 쪽으로 탐침봉을 찔러 넣었다. 대개는 허탕을 치는 듯했지만 환호성이 들려서 가보면 약초꾼들이 나무 밑에서 커다란 혹 덩어리를 캐내 배낭에 넣는 것을 볼 수 있었다. 그들은 그 덩어리를 부령(腐苓)이라고 불렀다.

소년은 나무를 하는 틈틈이 약초꾼들 주위를 서성였다. 약초꾼들은 까무잡잡한 사내애가 지게를 지고 기웃대는 게 신기했는지 주먹밥도 나누어 주고 이런저런 약초 얘기도 해주었다. 그들이 하는 얘기는 거의 부령에 관한 것이었다. 부령을 캐러 가다 절벽에서 굴렀던 얘기, 부령 판 돈으로 노름을 하다 거덜이 난 얘기, 사냥꾼과 약초꾼 들이 한판 떴던 산속 결투 얘기.

나무가 죽으면 수액이 썩어서 그루터기로 내려간다고 했다.

거기서 번식한 균핵 덩어리가 부령이었다. 약초꾼들은 침엽수 중에서도, 죽고 나서도 오래 서 있는 주목의 부령이 최고라고 했다. 삼대가 복을 받아도 캐기 힘들다는 귀한 약재라 진부 약시장에 내다 팔면 부르는 게 값이라고 했다.

소년은 본능적으로 알아챘다. 자신을 봉산리 골짜기에서 벗어나게 해줄 것은 공부도 아니고 산판일이나 감자 농사도 아닌, 죽은 나무에서 번식한 부령 덩어리라는 것을. 소년은 집에서 새벽같이 나와 나무를 미리 해놓고는 하루 종일 약초꾼들을 따라다녔다. 그로부터 2년 뒤에 소년은 자신의 탐침봉을 갖게 되었다.

자신만의 탐침봉이 생기던 때를 얘기해주면서 봉산리 사내는 필상에게 말했다. 탐침봉으로 처음 부령을 찔렀을 때의 느낌을 잊을 수가 없다고. 필상은 사내가 이야기하는 동안 검게 그은 드럼통 안에 장작을 여러 번 던져 넣었다. 달빛도 있었고 장작 불빛도 있었지만 부령 얘기를 할 때만은 봉산리 사내의 눈빛이 가장 밝았다.

무른 땅을 찌를 때와는 전혀 다른 느낌이라고 했다. 탐침봉이 땅속으로 찐득하게 들어가면서 '이게 바로 부령이다' 하는 특유의 손맛이 왔다. 탐침봉에 진액이나 흰 가루가 묻어 나오는 것까지 확인하면 그곳을 파기만 하면 됐다. 부령의 크기에 따라 탐침봉이 들어가는 깊이도 달랐다. 소년은 부령이 있을 만한 나무와 그 나무의 위치를 찾아내는 감각이 뛰어났다. 양지바른 비탈, 유난히 붉은빛을 띠면서 거죽이 숯처럼 갈라진 주목을 찾아가면 거기에 부령이 있었다. 땅을 수천 번 찔러야 부령 하나를 만날까 말까 했지만 소년은 그 손맛을 한 번 더, 한 번만 더 느끼기 위해 밤늦게까지 산을 헤매고 다녔다.

아버지에게 탐침봉을 들킨 건 소년이 부령을 두번째로 찾아낸 뒤였다. 아버지는 소년을 밭에 있는 감자 구덩이에 가두었다. 구덩이로 내려보내는 건 아버지가 아이들에게 내리는 가장 큰 벌이었다. 감자 백 가마니는 넉넉히 들어가는 넓은 구덩이였다. 성인 남자도 사다리를 걸어야 오르내릴 수 있을 만큼 깊었다. 사람 몸 하나 크기의 출입구가 천장 어귀에 매달려 있을 뿐 그곳은 완벽히 땅속이었다.

소년은 거기서 생감자만 씹어 먹으면서 낮인지 밤인지 모르는 시간을 보냈다. 감자를 먹고 나면 푸르죽죽한 설사가 나왔다. 소년은 설사를 흙으로 덮고 그 옆에서 다시 감자를 먹고, 그 옆에서 빈 가마니를 깔고 잤다. 자신을 꺼내려던 어머니가 아버지한테 밟혀 죽었을지도 모른다는 생각이 간간이 떠올랐지만 대개는 부령 생각뿐이었다. 거기에서 나가 한 번만 더 부령이 있는 주목 그루터기를 찔러볼 수 있다면 그 후에는 영원히 죽어도 좋을 것 같았다.

소년은 감자 구덩이 안에서 상상의 탐침봉을 만들었다. 부령을 찔렀을 때의 느낌을 되살리려고 노력하면서 소년은 눈을 감고 허공을 찔렀다. 시간이 지나자 소년은 허공 대신 구덩이 벽을 찔렀다. 천장을 찔러보려고 제자리뛰기를 했다. 뛸 기력이 없어지자 소년은 다시 벽에 붙었다. 소년은 열 손가락으로 굴을 파듯 벽을 찔렀다. 찌르고 또 찔렀다. 기력은 갈수록 사라졌다. 소년은 감자 가마 옆에 쓰러지듯 누웠다. 왜 손이 아플까 생각하면서 보니 손마디가 다 뭉개져 있었다. 잠이 들면 구덩이 천장으로 누군가의 탐침봉이 들어오는 꿈을 꿨다. 단꿈처럼, 탐침봉이 뚫어놓은 구멍 속으로 산바람과 햇빛이 들어왔다. 그런 구멍 수천 개가 뚫리는 꿈에 소년은 필사적으로 매달렸다.

아버지는 감자 구덩이에 사람이 얼마 동안 갇혀 있어야 죽는지도 잘 아는 것 같았다. 소년이 이제 죽겠구나 싶었을 때 아버지는 소년을 꺼내주었다. 소년은 한 달을 앓았다. 기력을 찾고 보니 한겨울이었다. 어느 날 밤 소년은 탐침봉 하나만을 들고 눈이 허리까지 빠지는 발왕재를 넘었다. 다시는 넘어온 쪽으로 돌아가지 않겠다고 소년은 이를 악물었다.

소년은 약초꾼들을 따라 태백산과 오대산, 가리왕산의 주목을 찾아다녔다. 땅을 찌르는 힘도, 속도도, 산과 나무를 보는 눈빛도, 소년의 모든 것이 그전과 달랐다. 약초꾼들은 그간 무슨 일이 있었기에 눈에 광기가 서렸느냐며 소년을 놀려댔다. 다른 산을 헤매는 중에도 소년은 발왕산만을 생각했다. 자신이 정상께에 봐두고 온 주목 밑에는 틀림없이 거대한 부령이 있었다. 캐지만 않았을 뿐 탐침봉으로 확인도 끝낸 상태였다.

입대를 하면서도 소년은 의심하지 않았다. 부령이 사라진다면 그건 눈 밝은 약초꾼 때문이지 다른 어떤 것 때문도 될 수 없었다. 그러나 봉산리 사내가 제대 후 발왕산에 도착해서 본 것은 바리캉이 지나간 것 같은 슬로프 공사터였다. 사내는 미친 사람처럼 흙 성토 작업이 한창인 공사터로 뛰어들었다.

"그래도 말이야."

필상이 제욱의 빈 잔에 술을 따라주며 말했다.

"그때까지도 사내가 봐둔 주목은 그대로 있었어. 우리가 횡계고원에 있을 때까지도 말이야."

스키장 개장 때인 1970년대 중반에는 발왕산 정상에 슬로프가 없었다. 레인보우 슬로프는 한참 뒤에 추가로 생긴 슬로프였다.

"봄이 돼서 황태 지키는 일이 끝나면 부령을 캐러 올라가려고 했던 거군요."

"그래서 겨우내 발왕산 꼭대기만 보고 있었던 게지. 어쨌든 그때까진 캐지 않고 아껴두고 있는 것 같았네. 시간이 지날수록 부령은 더 커질 테니까."

그 무렵 부령은 봉산리를 벗어나기 위한 수단이 아니라 그 자체로 사내의 모든 것이 되어 있었다. 사내의 목소리와 눈빛에서 필상은 알 수 있었다.

사내가 필상에게 부령 얘기를 해주던 밤에는 고원을 둘러싼 산 중턱에 찬 안개가 떠다녔다. 안개는 바람을 타고 산을 떠돌다 나뭇가지에 닿는 순간 그대로 얼어버렸다. 드럼통의 장작불이 사위어갈 무렵, 필상과 사내는 새벽어둠이 한밤의 어둠을 밀어내는 것을 보았다. 산들이 푸르스름한 흰빛을 내보내면서 고원 가까이 다가왔다. 밤새 피어난 상고대가 모습을 드러내려고 뒤척이는 것이 대기 가득 느껴졌다. 여명이 밝고부터 해가 뜨기 전까지의 시간, 그들은 마침내 사방에 피어난 얼음꽃을 보았다. 차고 시린 결정이 가지가지마다 매달려 능선을 덮고 있었다. 겨울 새벽에만 볼 수 있는 꽃이었다. 얼마나 지났을까. 둘은 머리를 기대고 앉아 잠깐 잠이 들었다. 눈을 뜨니 발왕산 왼쪽 등성이로 해가 들고 있었다. 햇빛으로 덮인 산등성이 쪽 나무들이 미세하게 몸을 떨기 시작했다.

"산이 왜 저렇게 반짝이지."

필상이 넋을 놓고 중얼거렸다.

"꽃이 녹느라 그래."

불쏘시개로 드럼통 안의 숯 덩어리를 뒤적이며 사내가 말했다. 겨울 산속에 있다 보면 죽은 나무에도 꽃이 피는 것을 보게 된다고. 해가 뜨자마자 그 꽃이 거짓말처럼 사라지는 것도 보게 된다고. 햇빛이 서서히 산 아래쪽으로 밀고 내려왔다. 물이 번지듯이 꽃이 지는 믿을 수 없는 풍경을 보면서 필상은 고백하듯이 사내에게 말했다.

"나랑 같이 인제에 가자."

필상은 자기 목소리에 당황한 사람처럼 조금 허둥댔다.

"거기가 덕장 터로 그만이라는 애길 들었어. 둘이 같이 모으면 서른 넘어서 덕장 하나 차릴 수 있을 거야. 부령 캐는 거보다 많이 벌걸?"

태백산맥 너머에서 누그러진 바람이 불어오면 금세 봄이었다. 그러면 둘은 고원을 내려가야 했다. 필상은 사내를 발왕산에서 데리고 나가고 싶었다.

산을 다 차지한 아침 볕이 고원으로 내려왔다. 언 황태가 해 아래에서 녹을 차례였다. 사내는 대답 없이 덕대 쪽으로 걸어가더니 황태 한 마리를 떼어 왔다. 사내는 황태 머리통을 뜯어내고는 몸을 반으로 찢어 필상에게 주었다. 중간에 한번 떼어 보았을 때와는 냄새도 무게도 달랐다. 그새 고소하고 노랗게 잘 말라 있었다. 둘은 황태살을 씹어 먹으면서 새삼스러운 기분으로 황태밭을 바라보았다. 필상과 사내가 한 건 황태 옆에서 석 달을 머문 것밖에 없었다. 명태를 잡아 올린 것도 아니고 그렇게 힘들다는 덕대 작업을 한 것도 아니었다. 바람과 햇빛은 땅과 하늘이 준 것이었다. 그런데도 황태가 잘 마른 것이 그들은 너무도 뿌듯하고 자랑스러웠다.

추위는 여전했지만 바람이 볼에 닿는 느낌은 하루하루 달라졌다. 영원히 겨울일 것 같았던 횡계고원에도 봄기운이 올라오고 있었다. 오전 내내 해가 좋던 날이었다. 필상과 사내는 점심을 먹고 산막에 앉아 발톱을 깎았다. 힘을 줘야 겨우 잘려나갈 만큼 겨우내 자란 발톱은 억셌다. 처음엔 발톱이 잘려 나가는 소리라고 생각했다. 드문드문 이어지던 소리는 그러나 금세 커지며 작은 산막 전체를 때리기 시작했다. 필상과 사내는 맨발인 채 밖으로 뛰어나왔다. 놀랍게도 덕장 위로 비가 쏟아지고 있었다. 아무런 예보도 전조도 없던 일이었다. 어디에 숨어 있었는지 두꺼운 구름이 이미 고원 위로 몰려와 있었다. 둘은 3초 정도 어찌할 바를 모르고 서 있었다. 그러다 누가 먼저랄 것도 없이 비상용으로 쌓아놓은 방수포 쪽으로 뛰어갔다. 필상은 머릿속이 하얘졌다. 황태들한테는 늦겨울에 내리는 비가 춥지 않은 겨울보다 몇 배는 안 좋았다. 겨우내 아무리 잘 말라도 비를 한번 맞으면 그해 황태는 끝이었다.

비는 점점 굵게 쏟아졌다. 둘은 방수포를 한 더미씩 안고 각자 반대쪽에서부터 황태를 덮어왔다. 그러나 그 많은 황태를 씌우기에는 역부족이었다. 방수포도 금세 동이 났다. 황태 수백만 마리가 속수무책으로 젖고 있었다. 필상은 사내 쪽으로 뛰어갔다. 사내는 비에 흠뻑 젖은 채 어떻게든 방수포를 덕대 위로 올리려고 애를 쓰고 있었다. 사내는 울고 있었다. 가까이 다가가보니 엉엉 소리를 내면서 울고 있었다. 사내는 팔뚝으로 얼굴을 훔쳐가며 계속 방수포를 끌어 올렸다. 필상은 방수포를 잡아채다가 그대로 사내와 엉겨버렸다. 둘은 덕주가 욕을 하면서 뛰어 올라올 때까지 방수포를 붙잡고 계속 울었다.

필상과 봉산리 사내는 약속한 돈의 반만 받은 채 쫓겨나다시피 고원을 내려왔다. 그들은 망가진 황태 때문에 마음이 아파서 내려오는 동안 서로 얼굴도 쳐다보지 않았다. 고원 밑에는 봄이 완연했다. 송천을 덮고 있던 얼음도 어느새 녹고 천변가로는 꽃다지 꽃이 노랗게 피어 있었다. 그들은 송천교에 서서 주위를 둘러보다가 그 옆에 있는 황탯집으로 들어갔다.

"하이고, 산적들이 따로 없네."

주인아주머니가 뜨거운 물을 내오면서 말했다.

"공비라고 안 해주니 고맙네요."

필상이 웃었다.

그들은 황탯집 한쪽 방에서 며칠 머물면서 겨우내 입었던 옷을 빨아 널었다. 해가 좋은 시간엔 냇가 바위에 앉아 햇빛을 쬐었다. 얼마 전 콘크리트 다리로 바뀐 송천교가 저쪽 위로 올려다보였다.

"다리가 새거네."

봉산리 사내는 그렇게 말하더니 물가로 걸어가 웃통을 벗고 엎드렸다. 필상은 바가지에 송천 물을 담아 사내의 등에 천천히 부어 내렸다.

"좀 문질러봐."

봉산리 사내가 엎드린 채로 말했다. 필상은 손바닥으로 사내의 등뼈를 천천히 쓸어내렸다. 남자 몸이 어쩌면 이렇게 야위었을까 싶었다. 사내의 허리에서부터 척추를 따라 목으로 흘러가는 송천의 물줄기를 보면서 필상은 마지막으로 물었다. 같이 인제에 가지 않겠느냐고.

봉산리 사내는 필상보다 하루 먼저 황탯집을 떠났다.

겨울 점퍼를 허리에 둘러 묶고 배낭을 멘 채 사내는 그들이 건너왔던 송천교를 혼자 건넜다. 다리를 지나 걸어가는 사내 옆으로 고원으로 올라가는 샛길이 보였다. 발왕산 쪽 길로 접어들면서 사내는 뒤를 돌아 손을 한번 흔들었다. 배낭 위로 솟아오른 탐침봉에 햇빛이 쨍 박히고는 곧 흩어졌다.

필상은 메토끼 귀를 잡고 산에서 덜렁덜렁 내려오던 그의 모습을 떠올렸다. 산막 앞으로 순간순간 스쳐가던 전짓불 빛과 흙바닥에 엎드려 어린 아들의 신발께를 보았을 그의 어머니. 같이 인제에 가자, 했을 때 강돌을 손에 쥐고 몸을 일으키던 모습과 꾹 다문 입으로 한참 동안 물수제비를 뜨던 그의 벗은 등을 생각했다.

*

제욱은 오후 4시에 곤돌라를 탔다. 4시 곤돌라를 끝으로 레인보우 슬로프는 주간 일정이 끝났다. 야간과 심야에는 개장되지 않는 슬로프였다. 발왕산 정상 헬리콥터장 부근에는 겨울 야영객들이 꽤 있었다. 제욱은 야영지 한쪽에 텐트를 치고 밤이 되기를 기다렸다. 스키 장비를 다시 점검하면서 제욱은 봉산리 사내의 행방을 생각해보았다. 필상은 송천변에서 사내와 헤어지고 다시는 그를 만나지 못했다고 했다.

"나는 내가 어디에 살든 발왕산에만 오면 그를 만날 수 있다고 생각했던 것 같네. 그런데 어디서도 그 사람 흔적을 찾을 수가 없었어. 약초꾼들을 수소문해도 소용없었지. 여기에도 안 들린 것 같고."

식당 한쪽에서는 허리가 꼬부라진 할머니가 수저를 들고 황태에 보푸라기를 내고 있었다.

"그러다 보니 발왕산 정상에 레인보우인가 뭔가가 생기더구먼. 그때 공사를 했던 인부들한테 물어도 별다른 말이 없었지. 모르겠네. 그 사람이 부령을 캤는지 어쨌는지. 나무가 있다던 자리가 분명히 레인보우 어디쯤일 텐데 말이야."

그 나무가 레인보우 공사 때 벌목이 된 것인지, 아니면 아직 슬로프 옆 어딘가에 서 있는 건지 알고 있는 사람이 없었다.

"인제에는…… 혼자 가신 겁니까?"

제욱이 물었다.

"혼자 갔지. 한 10년 죽을 듯이 벌어서 덕장을 열었어. 내 이름으로 된 덕장이 생기니까 그 사람 생각이 더 간절했다네. 나중에 황태 붐이 일면서 덕장 하던 사람들이 돈 좀 만졌지. 조합도 생기고, 포장법도 조리법도 나날이 좋아지고. 나도 황태 덕에 결혼도 하고 애들 대학도 보내고, 할 거 다 하면서 살았어. 지금은 아들놈한테 넘겨주고 이렇게 술이나 마시고 있지만."

필상이 숨을 가볍게 내뿜었다. 할머니가 깨소금을 친 황태

보푸라기를 내왔다.

"젊은 애랑 있으니 상늙은이가 따로 없네."

"상늙은이면 중늙은이보단 높은 거지요?"

필상이 허허 웃었다.

"당분간 여기 계십니까?"

"아니, 나는 산으로 가네."

"산이라면……"

"주목이야 높은 산에 있겠지. 곧 벌목이 시작되는 곳이 있네."

"봉산리 그분을 산에서 만날 거라고 믿고 계세요?"

"글쎄…… 그냥 나는…… 주목 하나가 쓰러질 때마다 그 사람이 괴성을 지르면서 미친 척 나타나줬으면 좋겠어. 40년 전 그때처럼."

필상은 카운터로 가서 메모지와 펜을 가져왔다.

"부탁이 있네. 자네야 매일 발왕산에 있는 사람 아닌가. 딱 이만한 길이네. 이렇게 생긴 거. 이런 꼬챙이를 들고 다니는 작고 늙은 사내를 보거든 나한테 꼭 연락을 주게."

필상은 인제의 덕장 주소와 전화번호를 꾹꾹 눌러 적었다.

"그리고 말이야, 스키 사고가 거기서 또 나거든 그때도 연락을 주었으면 좋겠네."

노인은 택시를 불러 타고 송천변을 떠났다.

제욱은 스키복 바지에서 노인이 준 메모지를 꺼냈다. 랜턴을 비추자 노인이 정성스럽게 눌러쓴 '봉산덕장'이라는 글씨가 들어왔다. 이 쪽지를 봉산리 사내에게 건네줄 수 있는 날이 올까. 제욱은 종이를 접어 넣고 레인보우 스타트 지점으로 갔다.

스키 장비를 갖추고 정상에 서자 제욱은 가슴이 두근거렸다. 한밤 레인보우에 서본 게 얼마 만인가. 야간 개장이 없는 레인보우에는 라이트타워가 아예 설치돼 있지 않았다. 눈이 되쏘는 빛에만 의지해 감으로 내려가야 했다. 위험하다면 위험할 수 있는 일이었지만 제욱은 패트롤 일을 할 때부터 컴컴한 레인보우를 종종 탔다. 눈을 감고도 내려갈 수 있는 곳이었다.

제욱은 고글을 쓰고 심호흡을 한 뒤 스타트 지점에서 출발했다. 스키 폴을 접고 몸을 낮추며 속도를 내기 시작했다. 제욱은 순식간에 레인보우삼거리를 지나 레인보우1로 접어들었다. 속도가 붙기 시작하자 그동안 잊고 있었던 몸의 감각들이 한꺼번에 살아났다. 이것이었다. 그래, 이것이었어. 제욱이 살아 있다고 느낄 때는 오직 이 순간이었다. 위성사진으로 보면 바리캉이 지나간 것처럼 보이는 이 산이 제욱에게는 모든 것이었다.

제욱은 RR-6 지점을 지났다. RR-8을 지나자 속도가 정점을 향해 올라갔다. 곧 있으면 사고 지점이다. 제욱은 집중력을 잃지 않으려고 애쓰면서 침을 삼켰다. 걸리는 것은 없다. 그대로 미끄러져 가는 것이다. 오직 발과 몸의 중심력만으로 간다. 제욱은 정신을 바짝 차렸다. 안전펜스 밖으로 주목나무들이 빠르게 스쳐갔다. RR-10, 드디어 곡선 코스를 도는 찰나였다. 주목나무 가지 사이였다. 야광 눈빛 두 개가 제욱을 보고 있었다. 짧은 순간이었지만 제욱은 알 수 있었다. 눈빛이 떠 있는 높이가 네발짐승의 눈높이가 아니었다. 그건 두발짐승의 눈빛이었다. 뒤를 돌아보면 안 돼, 망상이야, 중심을 잃을 거야. 제욱은 눈빛을 보는 동시에 그렇게 생각했지만 갑자기 몸이 떠올랐고, 동시에 산비탈이 달려들었다.

야광 눈빛이 다시 보였던 걸 보면 뒤를 돌아봤던 것도 같았다. 이건 제욱이 RR-10 근처에 누워서 한 생각이었다. 달빛도 없어서 하늘은 암흑처럼 검었다. 멀리서 야영객들의 소리가 들렸다. 비상용으로 챙겨왔던 무전기가 작게 삐삐거리는 소리도 들렸다. 그러나 그것들은 멀리 있었고 제욱은 몸을 조금도 움직일 수 없었다. 그때 위쪽에서 눈이 밟히는 소리가 들렸다. 제욱은 입술을 물며 눈을 감았다. 소리는 점점 가까이 다가왔다. 다시 눈을 떴을 때 제욱은 검은 허공에 뚫려 있는 두 개의 야광빛을 보았다. 누군가 제욱을 내려다보고 있었다. 눈이 마주쳤을 때 제욱이 느낀 것은 두려움도 반가움도 아니었다. 살았다는 안도감이었다. 살았다, 중얼거리면서 제욱은 정신을 잃었다.

백 일 동안

마을로 들어서면 여섯 개의 산봉우리가 보였다. 산들은 골짜기와 골짜기 사이에서 솟아나 마을을 둥글게 에워싸고 있었다. 봉우리들은 해발 5백 미터가 조금 넘었다. 공기도 구름도 그 위로 잘 넘어다니지 못했다. 마을은 바람이 없고 안개가 많았다. 산 경사면에서 미끄러진 공기가 밤새 마을을 떠돌다 아침이면 산허리에 하얗게 차올랐다.

제이봉은 마을 제일 안쪽에 있었다. 다른 봉들과 달리 삼부 능선쯤에 구릉지가 있었는데 산은 거기서부터 방향을 틀면서 동물의 꼬리처럼 휘어져 내려와 제이봉 안쪽에 또 다른 공간을 만들었다. 제이봉이 감싸고 있는 그곳은 분지 속의 분지, 골짜기 마을에서도 가장 깊은 골짜기라고 할 수 있었다. 거기 제이골에 그의 땅이 있었다.

제이골 인근에 사는 마을 아이들은 땅이 풀리기 시작하면 이런 노래를 불렀다.

> 아침 먹고 땡. 점심 먹고 땡. 저녁 먹고 땡.
> 창문을 열었더니 비가 오더라.
> 지렁이 두 마리가 기어가더라.
> 아이고 무서워. 해골바가지.

아이들은 땅바닥에 수그리고 앉아서 노래를 불렀고 다 부르고 나면 땅 위에 두개골 하나가 그려졌다.

부슬비가 내리기 시작했다. 그는 우산을 펼쳐 들었다. 마을에서 제이골까지 그는 매번 걸어서 갔다. 제이골에 땅을 사기 전에도 그는 달에 한 번은 내려와 이 길을 걸었다. 걸으면서 언젠가는 꼭 저 땅을 사리라, 마음먹었다. 어쩌면 사는 게 아니라 되찾는 거라고 생각했는지도 모른다.

마을 중앙에서 시작된 길은 과수원을 끼고 길게 이어지다 제이봉의 구릉지 밑을 돌면서 한적해졌다. 독미나리가 우거진 진입로를 돌아 들어가면 제이골이었다. 진입로 앞에 이르면 그는 항상 바위에 앉아 쉬었다. 땀을 닦으며 바라보는 제이봉의 선과 구릉지에서 불어오는 바람, 흙냄새, 이 모든 것을 음미하며 제이골에 이르는 3, 40분의 시간을 그는 좋아했다.

그가 제이골에 땅을 샀던 15년 전에 비해 마을엔 들고 나는 사람들이 늘었다. 외진 분지 마을이었지만 마을 사람들 대부분이 매달리는 과일 농사는 해마다 풍년이었다. 먹으러 오는 사람, 쉬러 오는 사람, 살러 오는 사람이 골짜기마다 소리 없이 찾아들었고 등산객들도 여섯 개의 봉우리를 계절마다 찾아왔다. 그때마다 여러 이야기들이 골짜기를 떠돌았다.

어느 가을에는 사십대 남자가 제삼봉으로 들어와 죽은 일이 있었다. 어느 봄에는 오십대 등산객이 제육봉에서 철쭉을 뜯어 먹고 목에 마비가 와 헬기로 이송되기도 했다. 철쭉이라도 뜯어 먹지 않으면 밀려오는 봄을 어쩌지 못하는, 누군가에게 오십은 그런 나이였다. 그는 그 나이들을 모두 지나 이제 예순이 되었다.

그의 이름은 강상기. 그는 60년 전에 한 여인의 아이로 태어나 백일 뒤 그 여인을 여의었다. 스물여섯 되던 해에 군청 공무원으로 직장 생활을 시작해 지방 서기관으로 정년퇴임을 했다. 3년 전에 아내와 사별했고, 슬하에 지난 3년간 한 번도 얼굴을 보지 못한 딸 하나가 있다. 총 재산 3억. 총 콜레스테롤 2백. 공복혈당 99. 최고혈압 160.

그는 이제 남모르게 죽고 싶지도, 철쭉을 뜯어 먹고 싶지도 않았다. 그가 하고 싶은 것은 하나였다. 제이골 그의 땅에 집 한 채를 짓는 것. 그는 그 일을 위해 60년을 기다린 것만 같았다.

*

정년퇴임식을 앞두고 그는 아파트를 팔았다. 아내와 딸과 함께 20년 가까이 살던 집이었다. 아내가 죽은 뒤 그 혼자서 3년을 버틴 집이기도 했다. 집 판 돈은 그날로 사위한테 보냈다. 제이골 집터 옆에 컨테이너를 올리고 짐은 이미 옮겨놓은 상태였다. 퇴임식만 끝나면 뒤돌아보지 않고 제이골로 들어갈 생각이었다. 건축사무소에서는 장마가 시작되기 전에 집이 올라갈 거라고 했다. 곧 땅이 풀리고 터다지기가 시작될 것이다. 그는 몇 달이 걸리건 집 짓는 현장을 지킬 생각이었다.

가슴에 양란 코르사주를 꽂고 퇴임식 송사를 들으면서 강상기는 집 이름을 자미재로 해야겠다고 생각했다. 자미재. 그는 늙은 형사처럼 미간을 모으고 앉아 집 이름을 중얼거렸다. 청사 근처의 중식당에서 열린 퇴임식 뒤풀이에는 직원들 대부분이 참석했다. 여러 인사들이 얼굴을 비추러 왔고 자리는 어느 해보다도 시끄러웠다. 군의원 출마를 앞두고 명예퇴임을 하는 이도 있었고 정년에 맞춰 수필집을 출간한 이도 있었다. 그가 앉은 테이블에는 주로 젊은 직원들이 모여 있었다. 그들 눈에는 미련도 명예도 없이 시골로 들어가는 강상기가 제일 고고해 보이는 듯했다. 은퇴하면 고향에 내려가 집 한 채 짓고 사는 게 최고죠. 저는 나중에 아내랑 펜션 차리려고요. 저는 언덕 위에

황토집을 짓고 송아지 한 마리를 키울 거예요. 그래도 전원집으로는 한옥만 한 게 없죠. 그렇죠 국장님, 집 다 지어지면 저희 꼭 초대하셔야 돼요. 그러나 그들 중에 강상기 국장이 제이골에 집을 짓고 무엇을 하려는지 아는 사람은 아무도 없었다.

강상기는 감정이 드러나지 않은 표정으로 홀을 훑다가 다시 자미재 생각에 빠져들었다. 아내가 죽은 뒤 그는 오랫동안 꿈꾸던 계획을 하나씩 실행해나갔다. 한옥 전문 건축사무소를 소개받고, 도면을 수정해가고, 소장과 함께 태백산맥 곳곳의 산판을 돌며 나무를 보러 다녔다. 주말이면 제이골에 내려가 터다질 곳의 땅을 꼼꼼히 열어보았다.

햇빛이 좋은 산에서 자란 잘 마른 육송으로 지은 집. 모두에게 존경받는 솜씨 좋은 목수를 모셔와 기둥 하나, 보 하나도 정성스럽게 올린 집. 군더더기를 걷어낸 민도리 맞배집에 장식이 없는 세살문을 달 것이다. 대청에 앉으면 제이봉의 팔부 능선쯤이 보이도록 서까래의 처마를 잡고 마당에는 백토를 깔아야지. 산돌을 박은 낮은 담으로 마당을 포근히 감싸고, 그는 그 마당에 단 한 그루의 나무만을 심을 생각이었다.

잘 마른 나무집에서 살아갈 생각에 빠져 있는 60세 남자 강상기. 그는 어떻게 보면 그가 꿈꾸는 나무만큼이나 잘 마른 사람이었다. 그는 각질은 있어 보여도 기름기는 느껴지지 않는 몸을 갖고 있었다. 입이 짧은 체질 때문인지 날이 선 성정 때문인지 눈빛에는 여전히 긴장감이 남아 있었고, 염색을 하지 않아서인지 인위적인 느낌이 없었다. 복용하는 약은 혈압약 하나뿐, 주요 장기와 관절은 나빠지기 직전의 정상 범위에서 아직 심한 손상 없이 움직이고 있었다. 햇빛이 좋은 곳에 서 있으면 60년만큼의 피로가 얼굴에 드러났지만 얼핏 보면 미생물이 꼬이지 않는 오래 마른 나무처럼 편안해 보이기도 했다.

퇴임식 다음 날 서까래 자재가 제이골로 들어왔다.

"뿌듯하시죠? 나머지 자재는 제재소 거쳐서 며칠 뒤에 들어올 거예요."

현장소장이 그보다 더 뿌듯해하며 말했다. 청송 일대에서 어렵게 구한 금강송이었다. 둥근 원목 형태 그대로 천장을 채우면서 처마 선까지 이어지기 때문에 서까래는 그가 기둥과 함께 가장 신경을 쓴 부재였다.

강상기는 가지런히 쌓인 금강송 원목을 쓰다듬어보았다. 수액이 다 빠지도록 1년 넘게 건조시킨 나무였다. 좋은 냄새가 났다. 나이테의 중심도 잘 잡혀 있고 옹이도 적었다. 나무도 옹이가 적은 게 안 지저분하지, 그는 생각했다.

그러나 그는 이 좋은 나무에 오래 집중하지 못했다. 전날의 퇴임식 뒤풀이가 내내 머리를 어지럽혔다. 술이 심하게 취한 누군가가 비틀대며 걸어와 그의 테이블을 내리쳤던 것이다.

"국장님. 가시는 겁니까? 허 주임은 외근 갔다 아직도 안 왔는데."

웅성거림이 잦아들었다. 과장은 테이블을 붙들고 선 채로 강상기한테 얼굴을 들이대며 피식거렸다. 꼿꼿이 앉아 있었지만 강상기는 마음 한쪽이 쓰려왔다. 과장은 15년 전에 갑자기 사라져버린 허 주임의 동기이자 친구였다. 과장은 눈을 내리감은 강상기한테서 등을 돌리더니 다른 테이블로 걸어갔다.

"허 주임은 아직도 안 왔다고! 그런데 어디들 가십니까."

아무도 과장을 말리지 않았다. 15년차 이상의 직원들에게 허 주임은 아픈 이름이었다. 매일 얼굴을 보던 동료가 사라져서 15년째 돌아오지 않고 있었다. 허 주임은 강상기가 신입 때부터 직접 가르친 직원이었다. 그는 허 주임이 사회생활에 적응해나가고, 결혼을 하고, 아이를 낳으면서 인생의 고비를 넘는 것을 지켜보았다. 어떻게 잊을 수가 있단 말인가. 허 주임은 강상기가 한때 사랑한 여인이기도 했다. 그 또한 15년째 허 주임을 찾고 있었다.

*

찬 안개가 며칠 동안 제이봉을 감쌌다. 서까래 자재가 들어오고 이틀이 지났는데도 목수팀이 오지 않았다. 비가 쏟아질 듯해 금강송 위에 방수포를 덮씌우고 있을 때 강상기는 목수가 중환자실에 있다는 연락을 받았다. 이력도 평판도 좋은 유명한 대목장이었지만 여든을 바라보는 나이라 아무래도 무리였던 듯했다. 이리저리 뛰어다니던 소장이 하루 뒤에 다시 전화를 했다.

"대목장님 밑에 부편수로 있던 배 목수라고 있는데요. 작년부터 대목장님이 건강이 안 좋아서 배 목수가 현장에서 거의 도편수 역할을 했다고 합니다. 수제자라네요. 제가 오늘 배 목수가 올린 집을 두 군데 가보고 왔는데 믿고 맡겨도 될 것 같습니다."

다른 인력과 자재가 대기 중이었기 때문에 시간을 마냥 끌 수도 없었다. 강상기는 소장의 제안에 따랐고, 그렇게 해서 배 목수라는 남자가 부하 목수들을 이끌고 제이골로 들어오게 되었다.

배 목수는 그의 스승과는 분위기가 달랐다. 나무를 만지기보다 동물 사체를 손질하며 사는 사람인 듯 몸에서 진한 향이 났다. 초봄이라 아직 쌀쌀한데도 배 목수는 제이골에 들어서자 점퍼를 벗었다. 반팔 티셔츠 아래로 드러난 팔에 있는 듯 없는 듯 근육이 돋아 있었다. 몸에서 나는 향과는 달리 잔잔하게 돋아난 우아한 근육이었다. 대패질 때문이겠지, 강상기는 배 목수의 팔과 얼굴을 번갈아 훑었다. 나이는 그보다 서너 살 아래쯤, 그러니까 아직은 오십대로 보였다. 개운치 않았다. 오랜 공무원 생활을 한 강상기는 실력보다는 직함을 중요시하는 습관이 있었다. 일생을 걸고 짓는 집을 대목장이 아니라 대목장의 제자한테 맡긴다는 게 불안했다.

"나무 좀 볼까요?"

배 목수는 집주인 따위에는 관심이 없다는 듯 나무 쪽으로 걸어갔다. 배 목수가 금강송 위의 방수포를 벗겼을 때였다. 제일 먼저 소장의 다리가 휘청했다. 곧이어 다른 목수와 일꾼 들 입에서 끙 소리가 섞인 탄식이 새어 나왔다. 파란 가루를 체 쳐 놓은 것처럼 아래쪽 금강송이 무언가에 뒤덮여 있었다. 곰팡이였다. 어제만 해도 보이지 않던 것이었다. 제이골에 옮겨진 뒤로 비를 맞은 것도 아니었다. 이런 상황을 막자고 철저히 건조시킨 나무가 아니던가. 강상기는 눈으로 보고서도 이해할 수가 없었다.

얼이 나간 사람들 사이에서 제일 먼저 행동을 개시한 건 배 목수였다. 배 목수는 나무 관리 소홀에 대해 소장한테 호통을 치더니 목수와 인부 들을 일사불란하게 지휘하며 금강송 원목들을 분리했다. 그러고는 대패를 들어 곰팡이가 돋아난 나무껍질을 벗기기 시작했다. 촌각을 다투는 환자에게 응급처치를 하는 의사처럼 엄청난 집중력이었다. 곰팡이와 나무껍질은 한쪽에서 바로 태워졌다. 배 목수는 땅의 습기가 침투 못 하게 비닐을 깔게 한 다음 통풍이 잘되는 굄목의 간격을 일일이 지시하면서 금강송을 다시 괴어 올렸다. 소장한테는 제재소에 있는 다른 자재의 상태를 점검하게 하고 쓸 만한 고목재를 보유한 목재상을 일러주면서 만약의 사태에 대비하게 했다. 그러고는 병이 나아가는 자식을 살피듯 껍질이 벗겨진 금강송을 다시 하나하나 들여다보았다.

강상기는 배 목수가 곰팡이를 제압하고 현장을 정리하는 과정을 놀라운 눈으로 지켜보았다. 배 목수를 거절할 명분이 없어졌음을 강상기는 깨달았다. 소장의 말대로 믿고 맡겨도 되는 상황이 돼버린 것이었다. 금강송 처치를 마친 배 목수는 제이골을 한번 훑더니 코로 습기를 빨아들였다.

"여기에 나무집이라. 만만치 않겠습니다. 축추우욱한 게."

사타구니 냄새와 머리털 냄새와 손바닥 냄새를 합쳐놓은 것 같은 이상한 냄새가 건너왔다.

"잘 부탁합니다. 목수가 후덕하면 집도 후덕해진다고 하지 않습니까."

강상기는 숨을 참으며 배 목수한테 손을 내밀었다.

"무슨 말씀을요. 집이야 주인 따라가는 거지요."

배 목수가 강상기의 손을 쥐었다 놓았다. 몇 달간 자신의 일터가 될 곳을 둘러본 배 목수는 어두워지자 부하들을 이끌고 마을로 내려갔다.

밤 10시가 넘은 시간에 소장이 취한 목소리로 전화를 했다. 꽤 마신 듯해 데리러 갔더니 소장은 마을 포장마차에 혼자 앉아 있었다.

"죄송해요, 아저씨. 다 제 불찰입니다."

소장은 어려서의 버릇대로 강상기를 여전히 아저씨라고 불렀다.

"금강송 다 날리는 줄 알고 기절할 뻔했어요. 그게 좀 비싼 나무여야 말이죠. 너무 고가라 기둥하고 서까래에만 쓰기로 한 건데, 그 며칠 사이에, 아…… 정말."

고등학생 때부터 청사를 들락거리던 소장은 삼촌의 직장 동료였던 강상기를 잘 따랐다. 학생 때부터 한옥 배운다고 뛰어다니던 게 그의 눈에는 기특하게만 보였는데 그 아이가 어느새 마흔이었다.

"나무에 청 나는 게 제일 골치거든요. 곰팡이가 진짜 징글징글한 놈들이라. 껍질 다 벗겨냈으니까 괜찮겠죠? 아…… 괜찮아야 되는데. 비 오지 말라고 굿이라도 해야 할까 봐요."

"그쯤 해라. 다 산 경험이지."

그러나 그건 그들의 산 경험이지 강상기의 산 경험은 아니었다. 이 집을 지으면 그의 평생엔 다시 집 지을 일이 없지만 그들은 계속 집을 지어나갈 것이었다. 자신은 돈을 지불하고 그들은 산 경험을 얻는다는 생각이 들자 강상기는 쓸쓸해졌다.

"아저씨한테 이게 어떤 집이에요. 남은 거 다 털어서 짓는 집이잖아요. 아줌마 병원 계시는 동안 목돈 나가고. 이제 아저씨한테 누가 있어요. 이 집뿐인데. 아…… 제가 더 신경 썼어야 되는데."

강제로라도 일으켜야 입을 닫을 것 같았다.

"근데요, 아저씨. 제이골이요, 좀……"

소장이 풀린 눈으로 강상기를 올려다보았다.

"좀…… 뭐랄까. 아, 좀…… 불안해요."

불안이라. 현장소장이 건축주한테 할 말은 아니었다. 강상기는 취한 소장을 차에 태워 와 컨테이너 한쪽에 눕혔다. 제이봉에 걸려 있던 찬 안개가 밤공기를 타고 소리 없이 내려왔다. 강상기는 어둠이 내린 제이골을 천천히 훑었다. 낮에 다녀간 배목수의 털냄새가 제이골에 그대로 배어 있었다. 축축한 단백질 냄새, 다른 수컷의 누린내였다. 강상기는 소주병을 따 들고는 집터 여기저기를 돌며 소주를 뿌렸다.

*

강상기는 아침마다 제이봉을 탔다. 매일 아침의 규칙적인 산행은 그가 은퇴 후 계획했던 중요한 일과 중 하나였다. 그는 제이봉이 자신을 단련시켜줄 거라고 믿었다. 심폐 기능뿐 아니라 눈빛까지도, 마음만 먹으면 그는 한 달 전이나 1년 전보다 강해질 수 있었다.

구릉지에서는 자미재가 지어지는 현장이 한눈에 내려다보였다. 초석을 세워놓은 집터 옆에서는 목수들의 치목이 한창이었다. 땅은 봄기운을 받아 조금씩 부풀어 오르고 있었다. 강상기는 집터 앞쪽의 마당 터를 가늠해보았다. 그가 소장에게 공사 기간 중 지켜달라고 한 것은 두 가지였다. 땅이 풀리면 마당에 나무 한 그루를 옮겨 심을 것이니 마당 터에서는 작업을 하지 말 것. 자신의 허락 없이는 어떤 이유로도 제이골의 땅을 파지 말 것. 강상기는 중장비 기사가 땅을 고르는 동안에도 옆을 떠나지 않았다.

컨테이너는 두 채였다. 하나는 강상기가 기거하는 곳이고 하나는 목수들이 쉬거나 연장을 보관하라고 지어놓은 곳이었다. 목수들은 마을에서 숙식을 해결하면서 아침에 트럭을 타고 제이골에 들어왔다가 저녁에 다시 트럭을 타고 제이골에서 나갔다. 배 목수 일당을 눈으로 훑으면서 강상기는 집이 올라가는 몇 달만 견디자고 생각했다. 그동안만 저들을 참아내면 제이골은 온전히 그의 차지가 되는 것이었다.

금강송 껍질에서 곰팡이가 발견된 뒤로 현장은 나무 보관에 총력을 기울였다. 비가 들이치지 않도록 덧집을 설치하고 통풍 상태도 자주 점검했다. 그러나 베어내고 깎아내고 말려도 나무는 나무였다. 나무들은 끊임없이 송진을 흘렸고 곰팡이 포자들은 그 송진으로 날아와 어떻게든 번식을 하려고 했다. 막내 목수가 수시로 덧집에 들어가 목재 표면을 잿물로 닦아냈다. 그리고 며칠에 한 번씩은 토치램프로 나무를 그슬렸다.

"이래도 곰팡이가 번지면 정말 답이 없는 겁니다. 같이 사는 수밖에요."

토치램프 불꽃에 땀을 흘리면서 막내 목수가 말했다. 강상기는 아내가 이 얘기를 들었다면 어땠을까 생각해보았다. 아내는 제이골도 한옥도 싫어했을 것이다. 아내는 그가 무엇을 해도 좋아하지 않았다. 아내는 불만 속에서 살다가 불만 속에서 병들어 불만 속에서 생을 마쳤다. 그한테만이 아니라 딸애한테도 마찬가지였다. 딸애가 조금만 느려도 닦달을 했고 어떤 성과를 갖다 바쳐도 만족하지 못했다. 스스로도 지치는지 가끔은 혼잣말처럼 변명도 했다. "내가 이러고 싶어서 이러는 줄 아니?"

강상기는 딸애가 아내 밑에서 고통받았다는 것을 안다. 딸애는 결혼을 해서도 아이를 낳지 않았다. 피임 실패라는 불운이 그애를 덮치지 않는 한 딸애는 아마도 영원히 아이를 낳지 않을 것이다. 강상기는 그것이 아내 때문일지 자신 때문일지를 생각해보다가 자신 때문일 거라고 결론을 내리며 죄책감에 잠겨드는 날이 많았다.

강상기가 정점에 있었던 마흔다섯, 그 일이 일어났던 15년 전 이전에도 그는 자신이 아내한테 무언가를 잘못했다는 느낌을 지우지 못하며 지냈다. 뭔가를 잘못한 것 같은데 그게 무엇인지 도저히 알 수가 없어서 집에 들어설 때마다 마음이 무거웠다. 어쩌면 결혼을 했다는 자체가 아내한테 저지른 잘못인 것 같았다. 아내가 그한테 불만을 표시하지 않는 건 잠자리에서뿐이었다. 관계가 끝나고 나면 그는 아내한테 말했다. "내가 너무 빨랐지." 그러면 아내는 괜찮다고 대답했다. 단 한 번도 안 괜찮다고 한 적이 없었다. 할 바를 다 했다는 듯 말없이 일어나는 아내를 보면서 강상기는 아내의 몸에 처음으로 들어갔다 나왔을 남자를 생각했다. 어떤 남자인지는 알 수 없지만 적어도 너무 빠른 남자는 아니었을 것이다. 그는 눈을 감았다.

배 목수의 목소리가 제이골을 울렸다.

강상기는 현장으로 달려 내려갔다. 남자아이 하나가 목재 옆에서 울고 있었다. 신발을 신고 나무에 올라갔다고 배 목수가 혼을 낸 모양이었다. 잘 타이르면 되지 울릴 필요까지 있나 싶어 강상기는 배 목수 옆을 지나면서 헛기침을 한 번 했다. 그는 아이를 컨테이너 앞으로 데려가 주스를 따라 주었다.

"괜찮니?"

아이는 주스를 꿀꺽꿀꺽 들이켜면서 컵 너머로 강상기를 빤히 쳐다보았다. 자세히 보니 아이는 구릉지에서 칼싸움을 하며 노는 마을 아이들 중 하나였다. 아이는 기분이 좀 풀렸는지 나뭇가지를 주워 땅에 그림을 그리기 시작했다. 아침 먹고 땡. 점심 먹고 땡. 저녁 먹고 땡. 창문을 열었더니 비가 오더라. 지렁이 두 마리가 기어가더라. 아이고 무서워. 해골바가지.

강상기는 요새도 아이들이 그 노래를 부르면서 해골을 그린다는 게 신기했다. 그 노래는 강상기가 어렸을 때도 부르던 노래였다.

"노래는 누가 가르쳐줬니?"

강상기는 치아를 드러낸 두개골 그림을 보면서 물었다.

"우리 형이요. 우리 형 칼싸움 잘한다요."

아이는 두개골에서 그치지 않고 몸도 그려나갔다. 아이가 구부러진 갈비뼈를 휙휙 그리고 났을 때 아이의 형이 왔다. 형은 의외로 스물은 넘어 보이는 청년이었다.

"너는 참 큰 형을 뒀구나."

"우리 형 군인이다요."

아이가 형 뒤로 숨으며 혀를 날름거렸다. 청년은 제대를 한 지 얼마 안 됐는지 남방 속에 군용 러닝셔츠를 걸치고 있었다.

"목수가 야단을 좀 쳤네. 가서 잘 달래주게."

그러나 청년은 강상기의 얼굴을 보더니 몸이 굳어버린 듯 움직이지 않았다. 아이가 잡아끄는데도 정신을 못 차리던 청년은 강상기를 보면서 이렇게 말했다.

"죄송합니다."

청년은 꾸벅 인사를 하더니 다시 말했다.

"정말 죄송합니다."

청년은 마당 터를 지나면서 한 번, 독미나리 진입로를 돌아 나가면서 또 한 번, 뒤를 돌아 강상기를 보았다. 그들이 시야에서 사라질 때까지 강상기는 그 자리에 서 있었다. 설명할 수 없는 찝찝함이 밀려왔다. 그렇지만 강상기는 알아차리지 못했다. 청년이 15년 전 구릉지에서 칼싸움을 하며 놀던 마을 아이들 중 하나라는 것을.

*

여섯 개의 봉우리를 뒤덮었던 산벚꽃들이 지고 이제 땅은 완전히 풀려 있었다. 흙은 무르고 부드러웠다. 강상기는 구릉지 아래쪽에서 혼자 봄을 나고 있던 자미화를 일꾼들의 도움을 받아 마당 터로 옮겨놓았다. 목수들은 월말이면 나흘씩 휴가를 갔다. 그는 제이골에 혼자 있을 수 있는 월말을 잡아 나무를 심었다.

마당 한가운데의 구덩이에 자미화를 세우고 흙을 덮기 전, 강상기는 등을 수그리고 앉아서 이 나무 아래로 돌아와야 하는 것들을 생각했다. 강상기는 구덩이 안의 땅속으로 손을 뻗어서 나무의 뿌리와 뿌리가 매달고 있는 흙들을 조심스레 쓸어보았다. 여름이 되어 집이 올라가고 나면 이 나무에 꽃이 필 것이다. 그 꽃은 한여름이 지나는 백 일 동안 피고 지는 꽃이었다. 나무를 붉게 뒤덮으며 피는 그 꽃은 자미화라고도 했고 목백일홍이라고도 했다. 그가 자란 고장에선 나무껍질을 손으로 긁으면 꽃이 움직인다고 해서 간지럼나무라 부르기도 했다.

외조모에게 자신의 어머니 얘기를 들었던 스무 살 무렵에 강상기는 혼자서 처음 제이골을 찾았다. 제이골에는 아무것도 없었다. 골짜기 한쪽에서 자미화 한 그루만이 자라고 있을 뿐이었다. 그는 자미화가 자생하는 나무가 아니라는 걸 알게 되었고, 그래서 누군가 어느 한때 이곳에 머물면서 자미화를 심었을 거라고 믿게 되었다. 그가 자미화를 보여준 유일한 여인이 허 주임이었다.

허 주임을 떠올리면 강상기는 그녀와 지냈던 청사 건물이 함께 떠올랐다. 허 주임을 처음 만났을 때 강상기는 계장이었다. 갓 들어와 눈이 반짝반짝하던 허 주임은 강상기가 하는 모든 말에 귀를 기울였다. 회의 시간에 허 주임이 고개를 한번 끄덕여주면 그는 일주일 동안 일이 잘 풀렸다. 허 주임이 아직 미혼일 때 그들은 처음 관계를 가졌다. 한 번이었다. 우연히 닿은 팔꿈치에 화들짝 놀라듯이 우발적으로 일어난 일이었다. 그도 허 주임도 그 한 번을 잊으려고 노력했고 실제로도 점차 잊었다. 허 주임이 결혼을 하고 아이를 낳고 복귀를 하는 동안 몇 년이 흘러갔다. 강상기는 그동안 직급이 하나 올라갔다. 정신없이 일에 몰두하던 때였다. 집에 들어가면 아내는 여전히 그에게는 쌩한 채로 중학생인 딸아이를 괴롭히고 있었지만 강상기는 씻고 곯아떨어지기에도 바빴다.

어느 날 그런 마흔 중반의 강상기 앞에 다시 허 주임이 서 있었다. 반짝거리는 모습이 아닌 지치고 찌든 모습이었다. 허 주임은 어린아이와 직장에 기를 다 뺏기고 밥 뜰 기운도 없는 삼십대가 되어 있었다. 그는 허 주임이 자신한테 도움을 요청하고 있다고 느꼈다. 한때 열렬히 사랑했고 삶의 고민을 나누던 남편은 이제 그 고민의 일부분일 뿐, 허 주임은 어디서도 시원한 물 한 줄기 수혈받지 못한 채 책임이라는 울타리 안에서 허덕대고 있었다. 강상기 또한 겪어온 시간이었다. 그는 허 주임에게 팔을 내밀었고 허 주임은 강상기의 품으로 쓰러졌다. 허 주임을 안을 때 그는 마지막 순간까지 사정을 지연시킬 수 있었다.

허 주임이 둘째를 가지기 전까지 그들은 1년 가까이 관계를 계속했다. 장마가 끝나고 한여름이 시작될 무렵이었다. 그날은 강상기의 마흔다섯번째 생일이기도 했다. 강상기가 허 주임을 제이골에 데려갔던 건 생일을 특별하게 보내고 싶어서였을 것이다. 한여름 제이골에서는 자미화가 막 피어나고 있었다. 그 해의 백 일이 시작된 것이었다.

강상기는 그날 허 주임이 다른 때와는 달리 얼굴이 굳어 있다는 걸 눈치채지 못했다. 생일에 사랑하는 여자와 제이골에 갔다는 사실에 그는 조금 들떠 있었다. 자미화 아래에 기대앉아 있다가 강상기는 누구에게도 하지 않았던 자신의 얘기를 꺼내놓았다.

"어느 골짜기로 들어와서 아이를 낳은 여자가 있었어. 정말 더운 여름에."

그랬다. 강상기가 하려던 건 자신의 어머니 얘기였다. 조모한테 들은 그대로는 아니었다. 조모가 그에게 말해준 건 '니 에미가 백일 된 너를 맡기고 떠났다'는 짧은 사실뿐이었다.

"여자는 백 일 동안 아이와 함께 골짜기에 머물렀어."

집안에서는 죽은 사람으로 취급받았지만 강상기는 어렴풋한 느낌으로 어머니가 죽지는 않았다는 것을 알고 있었다. 철이 든 이래로 그에겐 어머니를 떠올릴 때면 따라오는 생각이 있었다. 죽지 않고 어딘가에 살아 있다면, 그의 어머니라는 여자는 혼자서도 아니고 그의 아비와도 아닌, 다른 남자와 그 짓을 하며 살고 있을 확률이 크다는 것. 마흔다섯의 강상기는 자신이 그 생각을 스무 살 이후로 접었다고 믿고 있었다.

거대한 솥 같은 제이골을 한여름 빛이 조금씩 달구었다. 자라면서 얻어들은 지명과 인상 들을 합해 그는 백 일 동안의 시간이 머물러 있는 풍경 하나를 만들어왔다. 자신의 마음속 신화인 그곳에 앉아 강상기는 언제나 고개를 끄덕여주던 사랑하는 이에게 자신을 꺼내 보이는 중이었다.

"지금도 나는 흰 종이가 있으면 그런 그림을 그려. 봉우리에 둘러싸인 작은 마을. 거기서도 더 들어간 어떤 골짜기. 그 골짜기엔 마당에 자미화가 피어 있는 작은 집 한 채가 있지. 그 안에서 젊은 여인이 아기한테 젖을 먹이고 있어. 자미화가 지면 떠나야 하지만 그래도 꽃이 피어 있는 동안은, 그들은 즐거워."

강상기는 스스로의 얘기에 취해 제이골을 바라보았다.

"이 땅을 사서 여기에 집을 지을 거야."

허 주임은 말이 없었다. 강상기는 그들이 기대고 있던 자미화를 올려다보았다. 그가 나무껍질을 살살 긁자 바람이 불지 않았는데도 꽃이 하늘거리며 움직였다. 정말 간지러운가 봐. 강상기는 소년처럼 웃음을 터뜨렸다. 그때 허 주임이 입을 열었다.

"그 백일이 끔찍했을 수도 있죠."

기나긴 생의 여러 날들과 함께 세상 전체가 사라진다고 해도 어느 한 순간만은 칼집처럼 남아서 우주를 떠돌아다닐 것 같은 때. 강상기에게는 그때가 그랬다. 허 주임한테 그 말을 듣던 순간의 햇빛이 강상기는 지금도 생생했다.

그때 강상기에겐 어떤 생각들이 왔다 갔을까. '어린애를 놔두고 외간 남자랑 붙어먹는 그렇고 그런 여자 주제에 어디서 감히' 같은 생각이었을까? 아니면 '아이의 아비가 아닌 다른 남자의 품에 있는 여자들을 다 색출해서 찢어버리고 싶다'는 생각이었을까? 그런 생각이 아주 없지는 않았을 것이다. 그러나 그건 강상기 자신도 의식하지 못할 만큼 저 밑바닥에서 맴도는 생각이었다. 그 말을 들었을 때 강상기는 다만 허 주임과 같이 앉아 있는 게 너무 힘들어서 무작정 일어나 제이봉 안쪽으로 들어섰다. 성큼성큼 걷지라도 않으면 자신의 감정을 어떻게 처리해야 할지 몰랐던 것이다.

15년이 지난 지금도 강상기는 그날 자신이 걸어 올라갔던 제이봉의 길들이 선명히 보였다. 옮겨 심은 자미화에 기대앉은 채 강상기는 제이봉을 바라보았다. 한 남자가 휘청거리면서 산을 올라가고 있다. 그 뒤를 한 여자가, 배 속에 아이를 품은 한 여자가 따라 올라가고 있다. 허 주임은 왜 그렇게 모진 말을 했을까. 허 주임을 찾으면 그는 꼭 묻고 싶었다.

*

5월이 넘어가자 날은 금세 무더워졌다. 습하고 더운 공기가 제이봉을 넘지 못하고 안에서 맴돌았다. 목수들은 여전히 길게 누워 있는 나무 부재에만 매달려 있을 뿐이었다. 초여름인데도 집터에는 초석만 덩그렜다.

"아침에 기둥 세우고 저녁에 상량한다고 하잖아요. 치목만 잘 끝나면 한옥은 집 올라가는 게 금방입니다. 기대하세요, 아저씨."

집에서 싸온 밑반찬과 과일을 컨테이너 안의 냉장고에 들여놓으면서 소장이 말했다. 조바심이 나는 건 집주인일 뿐 목수들은 그들이 짜놓은 시간 안에서 마음껏 땀을 흘리면서 바쁜 하루를 보내고 있었다. 전기 대패와 기계톱 소리, 끌과 망치 소리가 하루 종일 제이골을 채웠다. 대팻날에 밀려나온 나뭇조각과 톱밥 들이 습기를 흡수하면서 현장에는 어느 때보다도 나무 냄새가 가득했다.

그 현장은 오로지 배 목수를 중심으로 움직였다. 부재들의 규격과 모양, 그것들이 맞물려 이룰 전체 구조가 모두 배 목수의 머리에서 펼쳐져 그의 손을 타고 나왔다. 집의 기둥과 보와 도리가 될 나무들에 대패질과 마름질이 끝난 이후부터 현장엔 긴장감이 높아졌다. 부재끼리 짜맞추어야 하는 부분을 깎아내는 동안 배 목수의 예민함과 집중력은 극에 달했다. 배 목수는 한 치의 오차도 허용하지 않았고, 부재의 각이 1밀리미터라도 어긋나면 대패질한 목수한테 당장 불호령을 내렸다.

10분에 한 번씩은 궂은 소리를 들으면서도 부하 목수들은 쉬는 시간이 되면 배 목수한테 음료수와 수건을 건네며 둘러앉아 웃고 떠들었다. 그러다가도 일이 시작되면 다시 초긴장 상태로 돌아갔다. 강상기는 소란스러움과 질서가 오가는 시끌벅적한 현장에서 좀처럼 눈을 떼지 못했다. 그들은 모두 일을 하고 있었다. 그곳에서 일을 하지 않고 어슬렁거리는 것은 강상기뿐이었다.

강상기는 한쪽에 우두커니 선 채로, 온 신경을 모아 나무에 먹줄을 놓는 배 목수를 바라보았다. 강상기는 여자들이 남자들의 어떤 모습에 마음을 뺏기는지 잘 알고 있었다. 배 목수는 땀이 떨어져서 나무에 스미는 것도 모르는 것 같았다. 제이골에 여자가 있다면 그 여자는 지체 없이 배 목수한테 걸어갈 거라는 걸 강상기는 알았다. 지금 제이골의 왕은 배 목수였다.

강상기는 덧집으로 들어가 토치램프를 만지작거렸다. 막내 목수는 중간 목수한테 혼나느라고 정신이 없었고 어느새 그는 막내 목수가 하던 허드렛일을 하나씩 주워 하고 있었다. 저쪽에서 소장의 웃음소리가 들렸다. 어느 결에 배 목수와 친해졌는지 이제 소장 녀석은 배 목수 쪽에서 살살거리느라 여념이 없었다. 강상기는 토치램프에 불을 붙였다.

강상기에게도 그런 때가 있었다. 일로 빛나던 때. 지금은 군의 대표 관광사업이 된 것들이 다 그의 머릿속에서 나오던 때. 군의 기획통으로 불리며 칼같이 날아다니던 때. 아내를 제외한 주위의 모든 여자들이 그에게 선망의 시선을 보내던 때. 생각해보면 허 주임과 가까워진 것도 그때였다.

불꽃이 금강송을 타 넘었다가 잦아들었다. 강상기는 제이봉을 바라보았다. 둘째를 가졌다고 허 주임이 말했다. 그러니 이제 정리했으면 좋겠다고. 저쪽 중간 능선쯤에서 한 말이었다. 그의 백일에 끔찍하다는 수식을 붙인 한 시간쯤 뒤의 일이었다. 강상기도 허 주임과의 관계를 언제까지나 이어갈 수 있다고 생각한 건 아니었다. 둘째를 가졌다면 이쯤에서 멈추는 게 옳았다. 그렇지만 그게 왜 바로 오늘이란 말인가. 허 주임이 다른 생각을 품은 채 자신의 가장 내밀한 말을, 그만하라는 말도 없이 끝까지 다 듣고 있었다고 생각하자 그는 모욕감을 느꼈다. 그런 강상기한테 허 주임이 덧붙였다. 남편의 아이라고. 물론 강상기도 당연히 그들의 둘째겠거니 했었다. 그러나 허 주임이 남편의 아이라고 못 박자 강상기는 그게 자신의 아이일지도 모른다는 생각에 폭풍처럼 휩싸여버렸다.

그렇지만 어떤 생각이 일었든 사랑하는 여자를 그 산골짜기에서 죽게 하고 싶을 정도의 마음은 아니었다. 언성이 오가면서 다툼이 격해졌고, 정신을 차려보니 허 주임이 한참 아래의 비탈로 떨어져 있었다. 사람들은 이런 상황을 통틀어 실족이라고 하는 것 같았다. 강상기는 허 주임한테로 뛰어 내려갔다.

제이골에 어둠이 내리고 다시 동이 터올 때까지 강상기는 허 주임 옆에 앉아서 그녀의 숨이 돌아오길 기다렸다. 그러나 저쪽으로 건너간 허 주임은 다시 돌아오지 않았다. 강상기는 두

가지를 생각했다. 하나는 마을의 경찰서로 내려가 신고를 하는 것이었다. 부적절한 관계에 있던 여직원과 등산을 하던 중 그녀가 갑자기 발을 헛디뎌 숨이 끊어졌다고 말하는 것. 모든 정황이 그를 손가락질하더라도 다 고하고 허 주임의 시신을 남편과 아이에게 돌려주는 것.

하나는 허 주임을 그대로 땅 밑에 묻는 것이었다. 그러나 강상기는 둘 중 어느 것도 하지 못했다. 그는 허 주임을 근처 그늘 아래에 반듯하게 눕혔다. 주말 지나고 다시 데리러 올게. 강상기는 그렇게 중얼거리고는 제이골을 빠져나왔다. 그리고 그 해 여름이 다 가도록 그곳에 다시 가지 못했다.

한 주가 지나고 두 주가 지나면서 강상기는 차라리 등산객이 허 주임을 발견해주길 바라게 되었다. 어떤 벌을 받아도 좋으니 모든 게 명명백백히 밝혀져서 이 일이 여섯 개의 골짜기를 떠도는 완결된 이야기 중 하나가 되기를. 그러나 아무 일도 일어나지 않았다. 세상은 생각보다 허술했다. 허 주임의 실종이 청사를 술렁거리게 했지만 강상기에게 끝까지 의심을 들이대는 경찰은 없었다.

여름이 거의 지나고 아침저녁으로 선선한 바람이 불어올 무렵, 속이 폐인처럼 망가진 강상기는 더 버티지 못하고 제이골에 갔다. 허 주임이 한여름 내내 자신을 기다렸을 거란 생각이 그제야 그를 뒤흔들었다. 뼈라도 수습해야 했다. 강상기는 그해의 마지막 꽃잎을 떨구고 있는 자미화를 지나 허 주임을 눕혀놓았던 곳으로 올라갔다. 그러나 당연히 거기에 있을 거라고 생각했던 허 주임은 자리에 없었다. 경찰서로 사체 신고가 들어온 것도 없었다. 산짐승이 물어간 건 아닐까 싶어 몇 날 며칠 제이봉을 헤매고 뒤졌지만 허사였다.

강상기는 이런저런 돈을 끌어모으고 퇴직금 중간 정산을 받아 그해에 바로 제이골의 땅을 샀다. 그때부터 제이골 동서남북을 차곡차곡 파나가면서 그는 지금껏 허 주임을 찾고 있었다.

치목이 끝나고 기둥이 세워진 날 큰비가 내렸다. 기둥 사이로 비계가 설치되고 들보가 올라간 날도 비가 내렸다.

목수와 일꾼 들이 내려가고 혼자 남은 밤에 강상기는 덧집에 앉아 비 내리는 집터를 내다보았다. 빗물은 들보를 덮어놓은 방수포를 타고 내려와 그 아래의 강철비계를 두드렸다. 제이봉의 토사와 제이골의 진흙도 빗줄기와 함께 흘러내렸다. 강상기는 땅이 움직이는 것을 실시간으로 보았다.

며칠 동안의 비에 다시 습기를 머금은 금강송들도 그의 등뒤에서 조금씩 움직였다. 금강송은 그의 집이 되기 전에 그와는 전혀 상관없는 생물의 집이 되려는 것 같았다. 비가 모든 것을 위협하고 있었다. 그는 하늘을 원망했다.

이곳엔 15년 동안 이런 비가 내렸을 것이다. 강상기는 제이골 땅 밑 어딘가에서 빗물과 함께 움직이고 있을지도 모를 허 주임을 생각했다. 아무리 비가 퍼붓고 땅이 움직인다고 해도 허 주임을 제이골 밖으로까지 옮기진 못했을 거라고, 강상기는 그 희망만은 놓지 않았다. 집이 다 완성되면 그는 허 주임을 찾아 자미화 밑에 묻어줄 생각이었다. 그리고 꽃이 피고 지는 백 일 동안 지난 생을 반성하면서 제이골에서 늙어 죽을 생각이었다.

*

소장은 상량식 준비에 분주했다. 기둥을 세울 때 따로 고사를 지내지 못했기 때문에 강상기는 상량식에 먹을거리를 많이 준비하라고 일렀다. 소장의 말대로 기둥이 올라가고 나자 금방이었다. 배 목수는 못질 하나 하지 않고 나무를 결구해 집의 골격을 만들어놓았다. 마룻대를 거는 상량식을 하고 나면 드디어 서까래와 기와가 올라가는 것이었다. 상량식은 그동안 고생한 목수들의 날이기도 했다. 머릿고기를 큰 걸로 주문해야겠다면서 소장은 신이 나 있었다. 얄미울 때도 있었지만 그래도 현장 일꾼과 목수 들을 두루 잘 챙긴 소장 덕에 큰 사고 없이 상량까지 왔다는 걸 강상기는 알고 있었다.

오전 내내 비가 내린 탓에 오후에야 상량식이 시작됐다. 떡과 돼지머리, 과일과 술이 풍성하게 차려졌고 공사에 관계된 사람들과 마을 사람 몇이 다녀갔다.

"복이 있는 집주인이 좋은 목수를 얻는 거라던데, 축하드립니다."

다들 강상기한테 덕담 한마디씩을 했다. 그러고는 잔은 배 목수와 부딪쳤다.

"배 목수님. 다음에도 저랑 일하시는 겁니다. 아셨죠?"

소장이 배 목수한테 술을 따르며 말했다. 몇 잔 주고받은 소장이 배 목수를 일으켜 집 아래로 이끌었다. 그러더니 대들보 한쪽에 이름을 새겨 넣으라고 부추겼다. 소장 녀석의 오지랖에 강상기는 부아가 치밀었다. 상량문에 이미 목수 이름이 들어가 있는데 어디에 낙서질이란 말인가. 이건 엄연히 그의 집이었다. 몇백 년이 지나 사람들이 이 집을 해체했을 때 그의 이름이 아니라 배 목수의 이름 석 자를 보게 할 수는 없었다. 강상기는 배 목수를 끌어와 앉히고는 술을 넘치게 따라주었다. 공사 기간 내내 까칠했던 배 목수는 그날따라 풀어지며 술을 꽤 마시고 있었다.

배 목수한테 혼이 났던 남자아이와 형이라는 청년도 불렀지만 아이만이 친구 몇을 데리고 와 고기를 먹었다.

"형은 잘 있니?"

"우리 형 좋은 칼 많다요."

"그래? 어떤 칼인지 궁금하구나."

"나뭇가지보다 더 딱딱하다요. 긴 칼, 쪼그만 칼, 이상한 칼, 구부러진 칼. 휙휙!"

아이가 팔을 칼처럼 휘두르며 강상기의 몸을 마구 찔렀다.

"칼은 우리 형 보물 1호. 만지면 맞는다요."

마당 터에서 한참을 뛰어놀던 아이들을 진입로까지 데려다 주고 오니 날이 저물어 있었다. 목수들도 그새 자리를 정리하고 내려간 듯했다. 언제 비가 왔나 싶게 하늘은 구름 없이 개어 있었다. 곧 달이 뜰 것 같은 저녁이었다.

집이 거의 완성되어간다는 생각에 모처럼 마음이 잔잔해진 강상기는 자미화한테로 걸어갔다. 술기운이 남았는지 몸이 나른했다. 강상기는 두 팔로 자미화를 안고는 나무줄기에 뺨을 댔다. 자미화의 나무껍질은 윤기가 흐르면서 매끄러웠다. 강상기는 뺨 근처의 나무껍질을 살살 긁어보았다. 그러자 잎이 하늘거리면서 움직였다. 정말 간지럽나 보네. 그는 소년처럼 웃음을 터뜨렸다. 옮겨 심은 첫해에는 꽃이 잘 안 핀다고 들었던 게 떠올랐다. 올여름에 정말 꽃을 볼 수 있을까 싶어 강상기는 가지를 하나하나 쓸어보았다. 가지만 만져도 뿌리의 감촉까지 다 느껴지는 듯했다. 콧잔등이 시큰해져왔다. 강상기는 얼굴을 문지르면서 자미재로 걸어갔다.

강상기는 자미재 기둥에 기대앉아 잠깐 졸았다. 눈을 떴을 때는 밤이었다. 저만치 마당에서 자미화가 달빛을 받고 있었다. 강상기가 막 일어서려고 했을 때였다. 어둑한 마당으로 누군가 비틀거리면서 걸어 나오는 것이 보였다. 배 목수였다. 목수들과 내려간 게 아니라 지금까지 컨테이너에서 자고 있었던 모양이었다. 배 목수는 술이 덜 깬 건지 잠이 덜 깬 건지 조금씩 흐느적거리면서 마당 한가운데로 갔다. 그러더니 자미화 앞에 섰다.

강상기는 숨을 멈췄다. 배 목수가 자미화 앞에 서서 바지를 끄르고 있었다. 어두웠지만 강상기는 똑똑히 보았다. 배 목수의 몸에서 솟아나와 자미화를 향하고 있는 배 목수의 성기를. 탱탱하게 고개를 든 성기가 어둠 속에서 몇 번 꺼덕대더니 배 목수가 감싼 손에 가려졌다. 배 목수는 비틀거리는 몸에 중심을 세우고는 자미화 나무둥치에 오줌을 갈기기 시작했다. 배 목수의 세찬 오줌 줄기가 자미화의 매끄러운 나무껍질을 타고 내려가 흙을 적시고 땅 아래의 뿌리로 뜨겁게 스며들어갔다. 강상기는 숨 한번 쉬지 못하고 그 광경을 지켜보았다.

강상기는 생각했다. 다른 어느 때도 아닌 바로 지금, 저놈을 죽여버려야겠다고.

진심을 다해 누군가를 죽일 수 있는 찬스를 평생에 한 번 쓸 수 있다면 강상기는 그것을 지금 쓰고 싶었다. 강상기는 연장이 있는 컨테이너로 갔다. 배 목수가 갈아놓은 대팻날이 어둠 속에서 빛나고 있었다. 그 옆으로 망치, 그 옆으로 여러 모양의 정이 보였다. 강상기는 가장 뾰족한 정을 집어 들었다. 마당으로 나오자 배 목수는 벌써 저 아래 진입로 쪽으로 걸어가고 있었다. 강상기는 정을 잡아쥐고 배 목수의 등을 노리며 뛰어갔다. 그러나 돌아 들어온 트럭이 배 목수를 태우더니 순식간에 방향을 틀어 빠져나갔다.

"ㅇㅇㅇㅇㅇ……"

강상기는 트럭을 쫓아서 달리다 멈췄다. 그러고는 포효하는 짐승처럼 길게 한번 울부짖었다. 강상기는 그르렁거리면서 다시 집으로 뛰어갔다. 자미화에서는 냄새가 진동했다. 그는 마당 한쪽의 호스를 끌어와 물을 틀고는 자미화에 대고 미친 듯이 뿌려대기 시작했다.

제이골에는 달빛이 한창이었다. 달빛은 마당 한가운데로 고스란히 내려와 제어할 수 없는 분노로 콧김을 뿜는 남자, 잇새로 알아들을 수 없는 신음을 내뱉으며 얼룩을 지우는 남자, 강상기를 비추었다. 나무껍질에 부딪친 물방울들이 달빛을 받으며 사방으로 튀었다.

봉우리에 둘러싸인 작은 마을. 거기서도 더 들어간 어떤 골짜기. 달이 뜬 밤에 나무에 물을 주는 남자. 구릉지에서 보면 그 광경은 한 폭의 수채화 같았다.

*

그날 밤 강상기는 크게 앓았다. 컨테이너에 고열로 쓰러져 있는 그를 소장이 병원으로 데려갔다. 강상기는 폐렴 진단을 받고 입원했다.

"제가 더 챙겨드렸어야 되는데. 죄송해요 아저씨. 이제 연세도 있으신데, 컨테이너에서 지내시는 건 아무래도 무리였어요. 입원한 김에 푹 쉬세요. 오늘 서까래 올라갔어요."

강상기는 자신이 보지 못한 사이에 서까래가 된 금강송을 떠올렸다. 소장은 저녁마다 들러서 강상기에게 공사 진행을 얘기하고 갔다. 오늘은 기와가 올라갔어요. 오늘은 흙벽을 쳤어요. 소장은 하나씩 외관을 갖춰가는 자미재를 휴대폰으로 찍어 보냈다. 강상기는 마루가 깔리고 창호가 달리는 자미재를 병실에 누운 채 휴대폰으로 보았다.

낮잠에서 깨어나 여기가 병실인가 어딘가 멍해질 때면 강상기는 아내도 병원에서 이런 기분이었을까, 생각했다. 쉰다섯, 병들어 죽기에는 이른 나이에 아내는 떠났다. 죽기 며칠 전 혼수상태에 들어간 아내를 보면서 그는 아내가 지쳤을 때 혼잣말처럼 하던 말을 떠올렸다.

'내가 이러고 싶어서 이러는 줄 아니.'

아마도 그 말은 진짜였을 것이다. 세상에서 제일 슬픈 말은 그 말일지도 모르겠다고, 병실 천장을 보고 누워서 강상기는 생각했다. 딸애가 아이를 낳지 않는 건 그 말을 하지 않기 위해서인지도 몰랐다.

"아저씨. 말씀하신 대로 건넌방 도배해놨어요. 따님한테 연락을 해보는 게 어떠세요?"

소장이 보낸 휴대폰 사진을 보다가 강상기는 몇 번 딸애의 번호에 손을 올려보기도 했었다. 그러나 전화를 걸지는 못했다. 분명 그의 번호가 뜰 텐데도 딸애는 매번 여보세요,라고 전화를 받았다. 네, 아버지. 네, 저예요. 아니면 그냥 퉁명스럽게

라도 네, 하고 받아주었으면 했다. 여보세요, 하며 그를 밀어내는 딸애의 싸늘한 음성을 들으면 강상기는 이대로 못 일어날 것 같았다.

왜 그랬을까. 허 주임의 시신을 찾아 제이봉을 헤매고 온 뒤 강상기는 한동안 제정신이 아니었다. 연차를 내고 집에 널브러져 있다가 그는 갑자기 무언가가 절실해져서 벌떡 일어났다. 유전자 검사를 해봐야겠다고 강상기는 생각했다. 그가 진짜로 아내를 의심한 건 아니었다. 아내의 첫 남자가 자신은 아니었지만, 그는 아내가 결혼 후에는 자신에게만 충실했다는 것을 알고 있었다. 딸애는 누가 봐도 그와 판박이였다. 그래도 강상기는 확인하고 싶었다. 그것만이 자신이 이 세상에 살아 있다는 것을 증명해주는 끈 같았다. 실제로 유전자 검사를 하지는 않았지만 강상기는 딸애의 방을 서성이다 딸애의 머리카락을 집어 지퍼백에 넣기까지 했었다. 강상기는 딸애가 그 모습을 본 게 아닐까 지금까지도 생각했다. 그러지 않고서는 열여섯 살이던 그때 이후로 딸애가 그를 사람 취급하지 않는 게 설명이 되지 않았다. 그걸 본 거야. 그 미친 짓을 본 거야. 강상기는 폐렴이 기흉으로 발전해 열흘 더 입원을 했다.

환자복을 벗고 퇴원을 해서 마을 중앙로에 섰을 때 강상기는 자신이 갑자기 늙어버린 느낌이 들었다. 그는 정말로 노인이 된 기분이었다. 소장이 차로 데려다주겠다고 했지만 강상기는 거절했다. 항상 그랬듯이 마을에서 제이골까지 걷고 싶었다.

"참, 혹시 마을에 아는 청년 있으세요?"

소장이 퇴원 짐을 차에 실으면서 물었다.

"어떤 청년이 병원에 와서 아저씨 무슨 병이냐고 물었다고 하던데요. 이것밖에는 내드릴 수 없다고 하면서 상자 하나를 놓고 갔대요. 제가 자미재에 실어다 놓을게요."

강상기는 소장이 옆좌석에 내려놓는 상자를 무심코 바라보았다.

부슬비가 내리고 있었다. 강상기는 우산을 펼쳐 들었다. 길옆 과수원에는 과일이 한창이었다. 분지 안에 과일 익는 냄새가 가득한 계절, 한 여인이 그를 낳던 계절이었다. 그가 한 여인을 잃은 계절이기도 했다. 강상기는 부른 배를 이끌고 이 골짜기로 찾아들었던 여인이 저기 어디쯤에 앉아서 과일을 먹었기를 바랐다. 독미나리를 뜯어 먹었더라도 어쨌든 그는 살아남아 60년을 살았으니 이제는 아무것도 묻고 싶지 않았다.

진입로를 돌자 자미재의 지붕이 보였다. 기역 자형의 아담한 한옥이 제이골 한가운데에서 그를 맞았다. 강상기는 먼저 건넌방으로 갔다. 새하얗게 도배가 된 벽을 강상기는 두 손으로 쓸어보았다. 한쪽에는 색깔이 고운 이불 한 채도 놓여 있었다. 강상기는 누군가 젊은 여인이 이 방에서 아기에게 젖을 먹였으면 좋겠다고 생각했다. 겨울 명절에 한 번, 여름 휴가철에 한 번, 이 방에서 어린아이의 웃음소리를 들을 수 있다면 그는 더 바랄 게 없을 것 같았다.

부슬비마저도 그치자 제이골에는 강상기의 발소리만 들렸다. 그는 컨테이너가 있던 자리를 괜히 서성여보기도 하고 목수들이 걸터앉아 쉬던 돌을 건드려보기도 했다. 덧집이 있던 자리와 치목을 하던 터에서 강상기는 한참 동안 맴을 돌았다. 왁자지껄한 웃음소리와 활기 들이 어딘가에 숨어 있다가 다시 살아올 것 같았다. 소장이 금방이라도 아저씨, 하며 그의 팔을 잡을 것 같았다. 강상기는 사방을 둘러보았다. 제이골은 너무도 고요했다. 깊디깊은 골짜기에서 그는 이제 정말로 혼자가 되었다.

강상기는 자미재 대청에 반듯하게 누웠다. 이대로 몸을 누였다가 다시 일어나지 못해도 아무도 모를 거란 생각이 들었다. 어스름이 내려왔다. 강상기는 누운 채로 멍하니 서까래를 보았다. 그때 긴가민가한 기척이 느껴졌다. 강상기는 집도 땀을 흘리는가, 생각하다가 자리에서 일어나 앉았다. 그는 코를 킁킁거리며 기둥으로 다가갔다. 기둥을 쓸었더니 손바닥에 끈끈한 액체가 엉겨 붙었다. 송진이었다. 강상기는 고개를 들었다. 송진은 배 목수가 흘린 체액이라도 되는 듯이 서까래와 들보 곳곳에서 배어 나와 기둥으로 흘러내리고 있었다. 강상기는 발밑에서부터 소름이 올라왔다. 송진이 흐르는 나무 위를 새파란 솜털들이 뒤덮고 있었다. 솜털은 천장과 처마, 기둥과 벽을 빼곡히 채우면서 자미재 전부를 장악하려는 중이었다.

강상기는 뒷걸음질을 치며 뒤꼍으로 달려갔다. 그는 한 손에 하나씩 토치램프를 들고 왔다. 그리고 제일 강한 강도로 불을 붙였다. 강상기는 토치램프 하나를 기둥 쪽으로 괴어놓고 불꽃을 분사했다. 나머지 하나는 직접 손에 들고 보조의자 위로 올라갔다. 강상기는 토치램프의 불꽃이 서까래에 가 닿도록 발꿈치를 최대한 치켜들며 팔을 뻗었다.

오직 곰팡이를 없애야 한다는 일념 하나였다. 긴 입원으로 쇠약해진 강상기는 마른 다리를 후들후들 떨면서, 핏대가 오른 목을 더 잡아빼 얼굴 근육을 이마 쪽으로 밀어올리고, 팔을 조금이라도 더 뻗으려고 괴상한 소리를 내뱉으며 기력을 다해 끙끙거렸다.

불꽃이 기둥에 옮겨붙은 것과 강상기가 의자 아래로 떨어진 것은 동시였다. 옆에 괴어놓았던 토치램프의 불꽃이 몇 배로 커진 채 기둥을 타고 올랐다. 강상기가 놓친 토치램프도 반대쪽 기둥으로 나가떨어지면서 불꽃을 옮겼다. 강상기는 어떻게든 불을 꺼보려고 방바닥에 엎드려 잡히는 대로 물건을 휘저었다. 그때 강상기의 손에 상자 하나가 걸렸다. 청년이 준 상자였다. 강상기는 홀린 듯 상자를 열었다. 손가락 길이만 한 나뭇가지가 들어 있었다. 색이 짙고 굵었다. 얼핏 보면 닭의 목뼈 같기도 했다. 그러나 강상기는 그 뼈를 만져보지 못했다. 불꽃이 서까래 쪽까지 번지면서 천장에서도 연기가 일기 시작했다. 강상기는 허리를 구부리고 쿨럭거리다가 삔 다리를 끌면서 자미재를 빠져나왔다.

강상기는 등에 홧홧한 불기운을 느끼면서 구릉지로 기어 올라갔다. 돌아서서 보니 기와 아래에서 검은 연기가 뭉글거리고 있었다. 강상기는 아무것도 믿을 수 없었다. 60년을 기다려 얻은 집이었다. 집은 불길에 휩싸이는가 싶더니 습기에 막혀 치직거리면서 검은 연기를 내뿜었다. 집은 타는 것 같기도 했고 타지 못하는 것 같기도 했다. 불꽃과 습기의 경계를 가늠할 수 없는 채로 집은 고약한 연기만을 쉬지 않고 뿜어냈다. 강상기는 연기에 먹힌 금강송이 우지끈 부러지면서 대청 위로 무너져 내리는 것을 보았다. 자미재는 붉게 타오르는 대신 시커멓게 스러지고 있었다.

그때 강상기의 눈에 빛깔 하나가 스쳤다. 강상기는 눈을 크게 떴다. 무너지는 자미재 옆에 창창히 서서 잎을 펼치고 있는 것은 자미화였다. 완성된 자미재를 둘러보면서도 강상기가 시선을 피하며 외면했던 나무. 자미화는 검은 연기에 장단을 넣듯 가지를 풀어 헤치면서 일렁였다. 강상기는 그 가지마다 꽃이 피어난 것을 보았다. 꽃은 세상에서 가장 진한 거름이라도 받아마신 듯이 그가 이제까지 봤던 어떤 자미화보다도 붉었다.

"더러워. 더러워."

꽃을 본 강상기는 더는 서 있지 못하고 무릎을 꿇으며 주저앉았다.

한여름 밤이었다. 주저앉은 남자는 골짜기에 엎드려 밤새도록 흐느껴 울었다. 자식의 자식을 안아볼 수 없는 남자. 그의 이름은 강상기였다.

어느 작은

영동고속도로 강릉 방향 둔내터널 구간에는 10킬로미터 남짓의 단속 구간이 있었다. 11월 첫 주 금요일 저녁, 9인승 승합차 두 대가 횡성휴게소에서 나올 무렵엔 벌써 하늘이 어둡고 바람이 찼다. 밤 같은 저녁이었다. 앞차의 운전대를 잡은 류는 둔내 나들목을 앞두고 속도를 확인했다. 속도위반 벌금을 사비로 처리할 뻔했던 지난 출장길이 생각나서였다. 옆 좌석에 놓인 질소통을 살피며 류는 오른 다리의 힘을 조금씩 뺐다. 차는 시속 백 킬로미터 아래로 내려가며 곧 단속 구간으로 들어갔다.

뒷좌석에서 이상한 소리가 들려온 건 차가 막 둔내터널로 들어섰을 때였다. 끼룩, 꾸룩? 처음엔 어린아이의 딸꾹질 소리처럼 들렸다. 갈매기가 앓는 소리 같기도 했다. 류는 백미러로 뒤쪽을 살폈다. 터널 조명이 차 안을 짧게짧게 비추며 지나갔다. 6시까지 정상 근무를 하고 출발한 길이었다. 다들 머리를 모로 돌리고 잠들어 있었다. 둔내터널은 3킬로미터가 넘는 터널이었다. 꾸루룩 소리는 끙끙 소리로 바뀌어갔다. 토하고 싶어 하는 소리 같기도 하고 싸고 싶어 하는 소리 같기도 했다. 어쨌든 무언가를 참고 있는 듯한 소리였다. 류는 그게 슬픔을 참는 소리인지 즐거움을 참는 소리인지 생각하기 시작했고, 소리에 집중하는 동안 차가 터널을 빠져나온 것도 단속 구간이 끝난 것도 알아차리지 못했다. 정신을 차려보니 옆에서 들어온 차가 저만큼 앞질러가고 있었다.

"아 씨발, 추월당했다."

류는 액셀을 밟기 시작했다. 정체를 알 수 없던 뒷좌석 소리가 울음소리가 되어 터져 나온 건 그때였다. 차가 갑자기 속도를 높였기 때문인지 류가 욕을 했기 때문인지는 알 수 없었으나 더는 못 참겠다는 듯 누군가 엉엉 소리를 내며 울기 시작한 것이다.

"왜 애를 울리고 그래!"

선잠을 깬 목소리가 류를 향해 말했다. 젊은 여자의 울음소리였다. 류의 짐작이 맞다면 직장 워크숍 차량에서 감정을 자제 못하고 울 젊은 여자는 현재 홍밖에 없다. 싫든 좋든 10여 명의 사람들이 하룻밤과 반나절을 같이 보내야 하는 자리였다.

도착하기도 전에 이런 식이면 곤란했다. 류는 뒤차에 나란히 앉아 오고 있을 강과 연을 생각했다. 파견을 오자마자 강이 센터 분위기를 흐려놓고 있었다. 류는 옆 좌석에 세워놓은 질소통을 확인했다.

차가 진부 톨게이트를 빠져나왔을 때 홍은 울음을 멈췄다. 진부 시내를 거쳐 어두운 국도로 들어서자 여기저기서 오대산 펜션들이 나타났다. 진부에 숱하게 있는 오대산 펜션 중에 그들이 가야 할 곳은 굽은 길을 한참 돌아야 하는 외진 곳에 있었다. 길이 거칠수록 류는 마음이 급해졌다. 9인승 승합차 두 대가 앞서거니 뒤서거니 하며 펜션에 도착했을 때는 저녁이 지나 밤이 되어 있었다.

그들이 예정에 없던 워크숍을 가게 된 건 지난주 회식 때문이다. 조합장이 온다는 얘기에 직원들 모두가 참석한 회식이었고, 테이블마다 돼지목살이 익고 있었다. 돼지고기 알레르기가 있는 공은 언제나처럼 테이블 한쪽에 혼자 앉아 소 차돌박이를 구웠다. 돼지 대신 소 한 점을 먹어보려고 몇몇이 공 앞에 가서 앉곤 했지만 오래 머무는 사람은 없었다. 공은 소고기 중에서 제일 맛이 없는 수소 고기만 먹었다. 쑥스러운 표정을 하면서도 말을 한번 시작하면 누구보다 길게 하기도 했다. '구 계장님은 아침에 눈을 뜨면 무슨 생각을 합니까?' '김 주임님은 사는 게 즐겁습니까?' '홍 주임님은 그리운 게 있습니까?' 공은 밥

먹었냐는 인사처럼 아무나 붙들고 그런 말을 꺼냈다.

회식 자리에서 공의 말을 끝까지 받아주는 것은 현이었다. 둘은 센터에서 나이가 많은 축에 속했다. 현은 진짜 과장이었고, 공은 과장 진급을 못 했지만 마땅히 불릴 직책이 없어 그냥 과장으로 불렸다. 현은 남편이나 친구에게 하듯 공에게 걱정 어린 타박을 주로 했고, 공은 대꾸 없이 고기를 씹었다. 소고기를 먹을 때의 공은 자기만의 의식을 치르는 사람처럼 보였다. 자세를 바로 하고 앉아서 순한 소가 되새김질을 하듯 정성스레 씹고 또 씹었다. 류는 그럴 때마다 공에게 시선을 빼앗겼는데 소심함과 순박함의 대명사로 통하는 공도 단 한 사람, 류에게만은 곁을 주지 않았다.

조합장이 들어서자 자리가 자연스레 재배치되었다. 센터장과 강과 연이 불판 하나를 두고 조합장과 둘러앉았다. 새로 선출된 조합장은 이전 조합장과 달리 한우보다 낙농에 관심이 있었다. 젖소 농장을 갖고 있었고 각종 낙농 단체의 이사직을 맡아온 데다 낙농 기업과도 끈이 두터운 사람이었다. 류는 조합장 옆에 앉은 강을 바라보았다. 새 조합장의 취임과 함께 강이 중앙에서 파견을 온 게 3개월 전이었다. 그는 곧 센터의 실무 중심에 서게 될, 조합장이 데려온 조합장의 사람이었다.

조합장은 한우 담당인 류와 인사를 나누며 고향과 부모의 거주지를 물었다. 류가 농장주나 조합원의 자제일 확률이 적은 걸 확인한 조합장은 곧 공한테 건너갔다. 공 선생님 얘기는 전부터 들어 알고 있습니다, 조합장이 존대를 했고 류는 다시 공에게 시선을 빼앗겼다. 새 조합장은 의욕에 차 있었다. 전국 최고의 협동조합을 경기 북부에서 만들어보자, 농가들과 직접 접촉하는 축산지원센터의 역할이 크다, 다짐들이 반복됐다. 얘기는 대관령 한우의 마케팅으로 이어져 오대산 벌떡주로 넘어갔다. 새 식구 환영식에 대한 얘기가 나왔고, 조합장이 자신의 처조카가 한다는 펜션 얘기를 했다. 센터장은 즉석에서 워크숍 날짜를 정했다. 그렇게 해서 그들이 가게 된 곳이 오대산 펜션이었다.

조합장을 배웅하고 난 사람들은 노래방으로 이동했다. 분위기가 중반을 넘어갈 무렵 공이 일어나 노래를 불렀다. 공은 언제나 같은 노래만 불렀다. '산골 소년의 사랑 이야기'라는 제목의 노래였다. 노래는 "풀잎새 따다가 엮었어요"로 시작돼 "어느 작은 산골 소년의 슬픈 사랑 얘기"로 끝났다. 애창곡 때문인지는 알 수 없지만 공에게는 나이와 무관하게 어수룩한 소년의 이미지가 따라다녔다. 첫사랑을 이루지 못한 산골 소년. 그래서였을 것이다. 오대산 펜션에 도착한 사람들이 다 같이 공을 쳐다본 것은.

"조합장님 처조카가 아니라 공 과장이 부업으로 하는 펜션 아니야?"

현이 휴대폰으로 건물 앞 팻말을 찍었다.

"아 뭔가 좀, 작위적인데요."

이십대 주임들이 쿡쿡 웃었다. 웃지 않는 사람은 공뿐이었다. 공은 오래 묵혀두었던 추억과 준비 없이 맞닥뜨린 사람처럼 당황스러워 보였다. 밤나무 숲 초입에 복층으로 된 건물이 두 채였다. 야생화 이름 같은 게 붙어 있을 것 같은 분위기와 달리 그들이 선 입구에는 '산골 소년' 채라는 팻말이 붙어 있었다. 누군가 옆 채로 뛰어갔다 오더니 저기는 '슬픈 사랑' 채예요, 외쳤다. '어느 작은' 채만 있으면 딱이겠네, 다른 누군가가 키득댔다. 펜션 건물 이름을 보며 마냥 재미있어 하기에 그들은 너무 배가 고팠다. 안으로 들어가 짐을 내려놓자마자 테이블이 붙여졌고 펜션 주인이 오삼불고기를 올린 돌판들을 날라 왔다.

류는 연과 함께 농가 지원을 나갔던 지난주를 생각하고 있었다. 류는 연과 같은 테이블에 앉고 싶었다. 술 한잔씩 나누면서 고맙다는 말도 하고 싶었고 부담 없이 둘러앉은 자리에서 자신의 얘기도 조금씩 들려주고 싶었다. 그러나 차에서부터 하던 얘기가 있었던 듯 센터장과 강과 연은 이미 자리를 잡고 앉아 업무 얘기를 이어가고 있었다. 연은 한눈에도 피곤해 보였다. 축협에 소속된 수의사들 대부분이 그렇듯 연의 업무도 한우보다는 젖소 위주의 일이 많았다. 조합장이 바뀌고, 강이 오고, 낙농 쪽 사업이 추가되면서 연의 업무 하중이 높아졌을 것이다. 파리하고 푸석한 낯빛으로 앉아서도 연은 강과의 얘기에 집중하고 있었다.

내내 붙어 있는 강과 연에게 신경을 쓰는 사람이 류 외에 한 명 더 있었다. 눈물 자국 때문인지 눈 화장을 다시 하고 앉은 홍이었다. 홍은 울고 나서 분이 풀린 사람처럼 표정이 평소 상태로 돌아와 있었다.

"주임님, 강릉에 따로 회 시켰지?"

현이 돌판을 뒤적거리면서 말했다. 오삼불고기는 오징어와 돼지고기가 주재료였다. 햄이 들어간 김밥을 먹고 공이 응급실에 실려 가는 걸 본 이후에 사람들은 알아서 공을 조심시켰다. 고기가 익자 술이 빠르게 돌았다. 맥주와 소주가 섞이고 소주와 벌떡주가 섞이고 이름도 생소한 열매주들이 섞이고 또 섞였다. 공은 평소보다 술을 많이 마셨다. 표정이 촉촉했고 가끔씩 긴 한숨을 내뿜었다. 들떠 보이기도 하고 불안해 보이기도 했는데 아무래도 펜션 이름 때문인 것 같았다. 공은 회에는 손을 안 대고 밑반찬으로 나온 고사리나물만 뒤적댔다. '꽃 중의 꽃은 웃음꽃'이라는 글귀를 사무실 책상에 붙여놓은 공. 『현자들의 인생사』 같은 책을 즐겨 읽는 공. 불행을 예고하는 복선이 깔리면 그다음부터는 드라마를 보지 못하는 공.

"홍 주임님, 저는 말입니다……"

공이 젓가락을 내려놓으며 말했다.

"저는 저를 말입니다…… 참 가학하면서 사는 것 같습니다."

자리를 잘못 잡았다는 표정이 홍의 얼굴에 지나갔다. 공은 한참 말이 없더니 등을 구부리며 숨을 내쉬었다. 과장님 이것 좀 드세요, 홍은 회 접시를 다시 공 앞으로 옮겨왔다.

"홍 주임님, 우리 집사람이 말입니다……"

공은 오늘 얘기 상대로 홍을 고른 듯했다.

"내 속옷을요…… 세탁기에요…… 양말이랑 같이 넣고 빱니다. 애들이랑 자기 속옷은 꼭 따로 돌리면서 말입니다. 내 속옷만…… 양말이랑 같이 돌려요. 내가 더럽습니까?"

홍이 어정쩡하게 웃자 현이 무좀부터 치료하라고 타박을 했다. 이런 자리 때마다 반복되는 모습이었다. 공은 누군가를 골라서 말을 시작하고, 옆에 있던 현이 대신 대답을 하고.

"홍 주임님, 우리 애들이 고등학생이 됐는데요. 우리 집사람이 말입니다……"

현이 불을 줄였다.

"처음엔 안 그랬거든요. 와이프들 그러지 않습니까. 신랑이 라면 먹으면 몸에 안 좋다고 막 뭐라고 하고. 우리 집사람도 그랬습니다. 그런데요 홍 주임님…… 우리 집사람이요…… 지금은 제가 라면을 먹고 있으면 이럽니다."

공이 와이프 흉내를 내는지 쯧쯧쯧 혀를 찼다.

"쯧쯧쯧, 그래, 송충이는 솔잎을 먹어야지."

"왜 사니, 공 선생아. 그런 애랑 왜 살아."

현이 술잔을 내려놓으며 또 타박을 했다. 자리를 옮기는 것보다는 화제를 돌리는 게 빠르다고 생각했는지 홍이 산골 소년 얘기를 꺼냈다.

"과장님, 그 노래 사연 있으신 거 맞죠? 펜션도 제대로 찾아왔는데, 첫사랑 얘기 좀 해주세요."

여직원들 몇이 추임새를 넣었다. 풀잎새는 어떻게 엮으셨어요? 징검다리 건널 때 손은 잡아주셨어요? 여기 펜션 주인이 첫사랑 아니에요? 그러다 누군가가 물었다. 첫사랑 이름이 무엇이냐고. 술이 올라 웃기만 하던 공의 얼굴이 차분해졌다.

"심이."

펜션 안에 3초 정도 정적이 흘렀다. 공이 정말로 첫사랑 이름을 얘기할 줄은 아무도 몰랐던 것이다. 다들 동작을 멈춘 채 공을 돌아봤으나 그건 짧은 시간이었다. 펜션 안은 다시 왁자지껄해졌다. 홍은 산골 소년 이야기에 흥미가 떨어졌는지 다시 강과 연을 주시하기 시작했다. 연이 술을 얼마나 마시는지, 언제쯤 일어설 것인지 류 또한 신경을 놓지 않았다. 현만이 공에게 순심이? 영심이? 계속 물었다.

마른 낙엽 냄새가 났다. 걸을 때마다 잎들이 부서졌고 담배가 아주 잘 타들어갔다. 펜션 뒤쪽으로 걸어 올라갈수록 낙엽층이 두꺼웠다. 둥치가 큰 밤나무들이 고른 간격으로 이어져 있었다. 원형 의자처럼 나무 밑동을 둘러놓은 터에 연이 앉아 있는 게 보였다. 류는 담배를 끄고 질소통을 고쳐 안았다. 소화기만 한 질소통은 갓난애처럼 한 품에 들어왔다. 연은 술을 깨려고 나왔는지 생수병을 얼굴에 대고 있었다. 연이 혼자 앉아 있는 모습을 보자 류는 그날 저녁이 다시 살아났다. 연이 그때를 어떻게 기억하고 있을지 류는 궁금했다.

어떤 식으로 말을 꺼내야 할지 몰라 류는 하루를 망설였다. 그즈음 가축질병진단실에는 늦게까지 불이 켜져 있었다. 연은 젖소들의 유방염 시료약을 만드느라 며칠째 야근 중이었다. 쉬지 않고 젖을 짜내야 하는 젖소들은 늘 세균에 노출되었고 갈수록 항생제 감수성도 낮아졌다. 그에 따라 처방약도 달라져야 했다. 한쪽에선 농가에서 채취해온 체세포 샘플들이 검사를 기다리고 있었다. 류는 연에게 다가가 커피와 방호복을 함께 내밀었다.

"연 선생님. 그…… 느티나무집 아시죠. 거기 한우 사육 농가요."

연이 방호복을 물끄러미 내려다봤다.

"요청이 왔습니다. 7개월 된 수송아지가 다섯 마리라고 하네요."

연은 짐작을 한 듯했다. 내키지 않을 것이다. 수송아지 거세를 수의사가 일일이 하기는 현실적으로 힘들었다. 지금까지는 류가 귀표 담당 직원 몇과 직접 해온 일이었다. 하얀색 축협 용달을 타고 둘이 농가에 간 건 그다음 날 저녁이었다. 10월 마지막 주였고 집집마다 저녁 준비를 시작하는 시간이었다. 5백 년 수령의 느티나무가 어스름 속에 서 있는 것이 보였다. 보호수로 지정되어 울타리가 쳐져 있는 거대한 나무였다. 그 옆에 축사가 있었다. 백 마리 정도의 소를 노부부 둘이 먹이고 치우면서 기르고 있는 집이었다.

암소들이 있는 축사를 지나쳐 둘은 안쪽으로 들어갔다. 오래전에 거세가 된 수소들이 한쪽 축사에서 류와 연을 멀뚱히 쳐다봤다. 그 맞은편에 거세를 기다리고 있는 수송아지들이 있었다. 연이 준비를 하는 동안 류는 바깥쪽 울타리에 기대서서 담배를 한 대 피웠다. 축사 바깥으로 볏짚 곤포가 드문드문 서 있는 늦가을 들판이 펼쳐져 있었다. 어디선가 매캐하게 저녁 들불이 타는 냄새가 났다.

주인아주머니가 소의 머리와 목을 껴안았고 류가 소의 엉덩이와 뒷다리를 잡았다. 마취제는 없었다. 연의 방호복이 바스락거리는 소리. 소의 성기에 소염제가 분사되는 치익치익 소리. 그런 소리들 끝에 무언가 질기고 축축한 것이 찢어지는 소리가 났다. 류는 반사적으로 힘을 주었다. 음낭의 표피가 절개되는 소리였다. 표피를 찢은 연은 뿌리에서부터 소의 고환 덩어리를 짜내리기 시작했다. 소는 비명도 지르지 못하고 헉, 헉, 숨을 내뿜다 고환이 다 빠져나올 때쯤 길게 한번 울었다. 소의 뒷다리가 부들부들 떨리는 것이 류의 팔로 전해졌다. 어디선가 국이 끓고 있는 것 같다고 류는 생각했다. 무언가가 뭉근하게 오래오래 끓는 냄새였다. 그 냄새는 따뜻하면서도 말할 수 없이 쓸쓸했다. 껍질만 남은 음낭을 봉합한 뒤 연은 소의 엉덩이에 진통 주사를 놓았다. 그들은 아무 말 없이 그날 저녁 그렇게 수소 다섯 마리를 거세했다.

“이거 고마워서 어째요. 우리 바깥양반이 이번 불까기는 꼭 의사 선생님이 해야 된다고 우겨서는.”

주인 여자가 뜨거운 차와 차가운 술을 함께 내왔다. 류와 연은 방호복을 벗고 느티나무 옆 평상에 앉았다. 둘은 약속이라도 한 듯 차가운 소주부터 들이켰다.

“우리 류 계장님이 한우 농가에 얼마나 잘하나 몰라요. 조합원들도 자기 부모처럼 챙겨주고. 진국이야 진국.”

주인 여자가 연을 보고 말했다.

“이건 조합장님이 들어야 될 얘기 같은데요.”

연이 웃었다. 추위 때문인지 소주 때문인지 연의 귀 끝이 새빨갰다. 그 귀 끝에 은색 귀고리가 별처럼 박혀 있었다.

“낼모레면 마흔인 사람들이 얼른들 자리 잡아야지. 그래 공 선생님은 잘 계시고?”

농가에 나가면 조합원들은 꼭 공의 안부를 물었다. 나이가 많은 사람들도 공에게 항상 선생님이라는 호칭을 붙였다. 그럴 때마다 류는 새삼 확인했다. 이 세계에서 공은 아직도 신화라는 것을. 그리고 자신이 공에게 무엇을 얻어내야 하는지를.

축산지원센터가 축협 지도계이던 시절, 축협에 스카우트되기 전까지 공은 작은 사무실에 경리 직원 하나 두고 인공수정 일을 하던 인공수정사였다. 실력이 워낙 좋아 암소가 발정이 오면 농가들은 하나같이 공만 찾았다. 공이 수정을 하면 수태

율이 백 프로였고 모두 건강한 송아지를 낳았다. 성이 나서 예민하던 암소들도 공이 가서 등을 쓸어주면 순해졌다. 사람들은 공이 소의 마음을 읽는 특출한 능력이 있다거나 전생에 소였을 거라는 농담을 하곤 했다. 축협에 온 뒤로도 마찬가지였다. 공이 인공수정 교육을 하는 날은 다른 지역 조합에서까지 들으러 왔다. 진급에도 관심이 없고 일 처리도 물렀지만 사람들이 공을 함부로 못하는 것은 조합원들이 공을 원하기 때문이었다.

"참, 다음 주가 우리 소들 초음파 찍는 날이었나?"

주인 여자가 류에게 물었다.

"초음파는 다음 달이구요, 다음 주엔 소 외형 검사가 있어요."

"이번에 고등 판정 좀 받아야 될 텐데. 류 계장이 잘 좀 봐줘. 고등 등록된 소 많으면 도에서 무슨 혜택도 나온다던데."

"제가 무슨 힘이 있나요. 외형 검사야 종축개량협회에서 하는 건데."

"그래도 류 계장이 같이 다니잖아. 개량협회 사람들이랑 꽤 어울린다면서. 아이고, 내 정신 좀 봐. 류 계장 주려고 녹말가루 좀 챙겨놨는데. 고구마도 있어. 기다려봐."

주인 여자가 집으로 들어가고 평상에는 류와 연만 남았다. 겨울처럼 바람이 찼다. 고양이 두 마리가 평상 밑에 들어와 꼬리를 감고 엎드렸다. 줄기와 가지가 까마득하게 뻗어나간 느티나무가 축사를 굽어보고 있었다. 밤바람이 가지와 잎사귀를 흔들고 가는 소리가 났다. 그 사이로 간간이 수송아지들이 앓는 소리가 들려왔다. 내일 아침이 되면 통증이 더 심해질 것이다.

"저쪽 소들은 울지를 않네요."

연이 수소들이 몰려 있는 우리를 보며 말했다.

"거세를 했으니까요. 거세를 안 했으면 저렇게 한곳에 몰아넣고 키우지도 못할 겁니다. 저희들끼리 치고받고 올라타고, 저 중에 반은 죽어나갈걸요."

류가 경멸 어린 눈으로 수소 우리를 쳐다봤다. 류는 거세당한 채 멀뚱거리는 저런 시시한 놈들한테는 관심이 없었다. 유전자를 만대에 남길 수 있는 최고 유전형질의 씨수소. 그 씨수소의 정액이 류의 손에 들어와 있었다. 류의 미래이자 희망인 그 정액은 영하 190도의 액체질소통 안에 동결되어 있었고, 미래를 함께하고 싶은 여자는 눈앞에 있었다.

"저쪽 논 너머 터 있잖아요."

어두워서 보이지 않는 쪽을 가리키며 연이 말했다.

"저기예요. 제가 안락사시킨 소들이 묻혀 있는 곳이요."

몇 년 전 구제역 파동 때를 얘기하는 듯했다. 연이 이곳으로 오고 얼마 지나지 않았을 때였다. 다른 직원들은 모두 돼지에 동원되고 연과 류와 몇몇만이 소를 맡았다.

"그때 한 3천 마리 됐었죠?"

류가 업무 일지를 훑어보는 듯한 말투로 말했다.

"삼천백오십세 마리요."

연이 시간을 지우고 싶은 듯한 말투로 말했다. 류는 연을 보았다. 생각이 복잡하지 않고, 생명이 죽고 사는 일에 엄살이 없고, 수의사들이 대체로 꺼리는 대가축 일을 회의 없이 해내는 여자. 류는 연이 그런 여자라고 믿었다. 류는 기억하고 있었다. 그때 연이 쓰던 약품과 주삿바늘이 소의 어느 부위에 어떻게 들어갔는지를. 그 기억 속엔 연의 표정도 있었으나 그게 왜곡된 것인지 아닌지는 류 자신도 알지 못했다.

"직접 수정도 하시나 봐요."

연이 질소통을 안고 있는 류를 돌아봤다. 오대산 기슭의 밤공기가 겨울과 다르지 않은데도 연은 점퍼를 벗어 들고 앉아 있었다.

"아닙니다. ……아직은."

류는 질소통을 내려놓으며 연 맞은편에 앉았다. 연의 운동화 옆에 빈 밤송이 몇 개가 떨어져 있었다. 펜션 쪽에서 작게 노랫소리가 들려왔다. 낙엽 밟히는 소리도 들렸다. 부스럭거리는 발소리. 류와 연은 눈이 마주쳤다. 그게 가까운 곳에서 들리는 소리란 걸 그제야 알아차린 것이다. 왜 그러는지 말을 해야 알거 아니냐, 남자 목소리였다. 오빠가 횡성휴게소에서 연 선생 쳐다보는 눈빛을 내가 봤다, 여자가 말했다. 류와 연은 나무 밑동에 마주 앉아서 얼떨결에 그들의 말을 듣고 있었다.

"무슨 말도 안 되는 소리야. 그럼 얘기하는데 얼굴 쳐다보고 하지 얼굴 돌리고 말하니?"

강이었다.

"그냥 쳐다본 게 아니잖아. 뭔가 색다르게 쳐다보는 걸 내가 느꼈다고."

홍의 목소리였다.

"와, 정말 미치겠다."

강이 낙엽을 발로 차는 소리가 들렸다.

"업무 때문인 거 알잖아!"

"그래, 좋은 핑계 생겨 좋겠네."

"와……"

"연 선생 같은 여자, 매력 있다고 쳐. 그렇다고 내가 보는 앞에서 대놓고 쳐다봐? 그 여자 앞에서 나를 바보 만들고, 너 그렇게 잘났니?"

류는 홍의 표정이 그려졌다. 자존감이 약해 남자를 긁어대는 여자는 질색이었다. 자기라면 연에게 절대 그러지 않을 자신이 있었다.

"톨게이트 빠져나오고 펜션까지 한 시간이 걸렸어. 깜깜하고, 길은 구불구불하고, 넌 연 선생이랑 붙어 앉아 있는데 내가 어땠을 거 같애?"

류는 자기도 모르게 주먹을 쥐었다.

"차 덜컹거릴 때마다 무릎 닿고, 팔 닿고. 솔직히 말해봐. 너 한 시간 동안 조용히 발기하고 있었지. 개새끼. 죽여버릴거야!"

류는 이쯤에서 홍이 강을 한 대 쳐주기를 바랐다. 그러나 말은 더 이어지지 않았다. 작은 산짐승이 낙엽 위로 지나가는 것 같은 다급한 소리가 났다. 그리고 그 소리. 갈매기가 앓는 것 같은 소리, 무언가를 참는 것 같은 소리. 류는 그게 슬픔을 참는 건지 즐거움을 참는 건지 생각하기 시작했고, 몸이 빠르게 더워졌다.

연의 겨자색 스웨터가 눈에 들어왔다. 솜털이 촘촘히 일어난 스웨터는 감촉이 좋아 보였다. 그 스웨터 속으로 얼굴을 넣으면 그날 저녁처럼 오래 끓고 있는 국냄새가 날 것 같았다.

"먼저 일어날게요."

연이 좋지 않은 목소리로 일어섰다. 연은 점퍼를 집어 들더니 류에게 등을 보이면서 펜션 쪽으로 걸어 내려갔다. 밑동 벤치엔 류와 질소통만 남았다. 더 시간을 끌어선 안 될 것 같았다. 연에게 고백을 하기 위해선 먼저 준비해놓아야 할 것들이 있었다. 류는 당장 담판을 지어야겠다고 생각했다. 술에 취해 자고 있다면 끝까지라도 깨울 생각이었다. 류는 공에게 전화를 걸었다.

소라 모양처럼 작은 소용돌이가 일었다. 미간과 미간 사이를 돌다 정수리로 퍼져가는 털을 보고 있으면 그게 곧 자장가이고 햇빛이고 바람 같았다. 공은 그 무늬들을 보면서 낮잠에 빠진 적이 많았다. 황색 속눈썹이 얼마나 길고 섬세한지 큰 눈을 한

번 감았다 뜰 때마다 긴 꿈을 꾸고 난 것 같았다.

공은 깔깔이를 구해와 송아지한테 입혀주었다. 추운 겨울인지 소한테서 새하얀 콧김이 나왔다. 그 따뜻한 김이 아까워서 공은 곤충을 잡듯 김을 움켜잡았다. 아니다, 공은 고개를 저었다. 겨울이 아니라 늦은 봄이었다. 공이 학교에 가 있는 동안 송아지가 태어났다고 했다. 공은 저녁 늦게까지 외양간을 기웃댔다. 공이 옥수수를 내밀자 송아지가 혀를 길게 뺐다. 공은 엉덩방아를 찧고 말았다. 그건 여름이었겠지. 아니다, 계절을 알 수 없는 어느 날이었다. 기다란 비닐장갑을 낀 누군가가 소의 몸속에 팔을 넣었다. 소 엉덩이에서 똥들이 후드득 빠져나왔다. 공은 계속 고개를 저었다. 아니다, 아니다, 모두 아니다. 공이 있는 곳은 그중 어느 곳도 아니었다. 이르지도 늦지도 않은 한봄, 냇가가 있던 풀밭. 공은 그 풀밭에 있었다. 휴대폰이 울리지 않았다면 공은 그곳에서 빠져나오지 못했을지도 몰랐다.

전화를 끊고 보니 공은 컴컴한 방에 누워 있었다. 누군가 코를 고는 소리, 몇몇이 두런거리는 소리, 술잔 부딪치는 소리 같은 게 벽 너머에서 들려왔다. 내키지 않았지만 공은 외투를 걸치고 밤나무 숲 벤치로 올라갔다. 류는 맥주캔 몇 개와 질소통을 앞에 놓고 공을 기다리고 있었다. 류가 맥주를 권했고 공은 사양했다. 류는 캔을 따 혼자 몇 모금을 마셨다. 숨을 몇 번 들이쉬고 내쉰 류는 남은 맥주를 마저 들이켰다.

"이 안에 여섯 스트로가 들어 있습니다."

빈 캔을 내려놓은 류가 질소통을 보며 말했다.

"아직 KPN 번호를 받지 않은 소의 정액입니다. 그 정액들이 이 스트로 안에 담겨 있어요."

공은 류를 쳐다봤다.

"저한테 하고 싶은 말이 뭐지요?"

공은 같이 일을 해온 시간이 무색할 만큼 류한테 꼬박꼬박 존대를 했다. 호칭도 잘 부르지 않았다. 류가 공의 마음을 얻기 위해 들인 시간에 비하면 한결같은 물리침이었다. 류는 서운하고도 곤두선 눈빛으로 공을 보았다.

"왜 저를 싫어하십니까?"

바싹 마른 밤나무잎 하나가 류의 발치로 날아왔다. 또 하나가 날아왔다. 그리고 또 하나. 날아온 잎들은 몸을 오그린 듯 안으로 말려 있었다. 공은 말이 없었다.

"지난여름 경매에서 암송아지 다섯 마리를 샀습니다."

이제는 정공법밖에 남지 않았다고 류는 생각했다.

"친부의 정액 정보, 그 친부의 친부의 정액 정보. 철저하게 확인해서 산 최고 혈통의 암송아지들입니다. 그 다섯 마리가 50마리가 되는 날, 저는 여기를 그만두고 전업농을 할 생각입니다."

"이런 얘기를 왜 저한테 하는 거지요? 잘 아시겠지만 저는 여기 들어온 뒤로는 인공수정을 하지 않습니다."

"수정을 해달라는 게 아닙니다, 과장님. 저는 제 소들 인공수정은 제 손으로 할 겁니다. 그러니까 비법을 알려주세요. 교육 때도 풀어놓지 않는 과장님만의 비법이 있지 않습니까? 축산기사 자격증, 인공수정 면허증, 그런 거 다 따도 알 수 없는 비법을요, 저한테 가르쳐달란 말입니다."

류는 떼를 쓰는 아이 같기도 하고 윽박지르는 건달 같기도 했다. 무엇보다도 초조해 보였다.

"제가 모든 걸 걸고 구한 정액입니다. 이런 유전력을 찾으려고 10년을 공들였어요. 등지방두께, 근내지방도, 냉도체중, 배체장근단면적. 모두 완벽했어요. 씨수소 중에서도 최고가 될 놈이 틀림없었던 놈의 정액이라구요."

류는 제발 좀 알아달라는 듯 공에게 매달리고 있었다.

"그렇게까지 유전 능력에 집착하는 이유가 뭐지요?"

공이 서늘한 표정으로 류를 봤다. 공은 센터에 있는 누구에게도 이런 표정을 짓지 않았다.

"다들 하는 것처럼 하세요. 정액 번호 조회해서 좋은 정액 사오고, 암소한테 주입해서 수정시키고, 비육 잘하면 투뿔 받는 게 그렇게 어렵겠습니까?"

"제가 투뿔 받자고 이러는 거 같습니까?

류가 발끈했다. 보증 씨수소가 되면 채취된 정액으로 몇 백, 몇 천 마리의 암소를 수정시킬 수 있다. 류는 최고 씨수소의 유전 능력을 수많은 암소와 나눠 가지고 싶은 생각이 없었다. 최고를 찾아 오직 자신의 암소들에게만 수정시키는 것. 그게 류가 원하는 것이었다. 그랬기 때문에 씨수소로 선발되기 전의 소를 찾아왔던 것이고, 소를 보는 눈을 키우면서 전문가한테 공을 들여왔던 것이다.

"누구도 따라오지 못하는 나만의 한우 품종을 만들 겁니다. 어떤 새끼도 넘볼 수 없는."

류의 눈에 핏발이 섰다.

"한우 재벌이 되시겠습니다."

류가 맥주캔을 손으로 일그러뜨렸다.

"저는 조합장이 될 겁니다."

"……"

"최고 농장을 가진 조합장."

류는 자리에서 일어서더니 캔 하나를 더 따서 입에 부어 넣었다. 고개를 젖힌 류의 목울대가 악에 받친 듯 끅끅거렸다. 류는 사레가 들렸는지 맥주를 뿜으면서 한참 동안 기침을 했다. 소매로 입을 닦은 류가 흐느적거리면서 공을 보고 섰다. 눈이 그렁그렁했다.

"제가 저걸 가지려고, 나만 가지려고……, 무슨 짓까지 했는지 아십니까?"

공은 류의 눈을 올려다보았다. 둘은 서로의 눈을 마주 보면서 한참 말이 없었다. 무언가를 예감한 듯 공의 표정이 서서히 변했다. 공이 몸을 일으켰다.

"그 씨수소 지금 어디 있습니까."

류가 허리를 구부리며 다시 흐느적댔다.

"류 계장님!"

공이 류의 상체를 잡아 흔들었다.

"죽여버렸습니다."

"……"

"내 손으로 죽여버렸어요."

"……"

"사체를 먹진 않았습니다. 아무도 모르게 땅에 묻었어요."

고해성사에 보답을 해달라는 듯이 류가 간절한 눈빛으로 공을 봤다. 공의 얼굴이 일그러졌다.

"어떻게……"

공이 입술을 물며 류의 앞섶을 잡았다.

"넌…… 사람도 아니야."

"난…… 사람입니다."

류가 표정 없는 얼굴로 말했다.

"너…… 소가 왜 미치는 줄 알아?"

"……"

"너는, 소 생각을 소똥만큼도 안 하는 놈이야. 처음부터 그랬어."

공은 류를 낙엽 위로 밀어버렸다. 연이 그랬던 것처럼, 공은 류에게 등을 보이면서 펜션 쪽으로 걸어 내려갔다. 류는 그날 밤 밤나무 숲의 모든 나무를 발로 차면서 다닌 것 같았다. 새벽에 펜션 현관에서 눈을 떴을 때는 다리와 신발에 젖은 낙엽들이 엉켜 있었다.

황태로 해장을 하자는 의견이 있었다. 바다 쪽으로 나가자는 의견도 있었다. 그러나 가장 많은 의견은 횡성 한우의 마블링을 감상해보자는 거였다. 9인승 승합차 두 대는 횡성으로 나가 잔디밭과 인공폭포로 조경된 한우전문점으로 들어갔다.

강은 연과 멀찍이 떨어져 앉은 채 홍의 눈치를 살폈다. 홍은 아무 일도 없었다는 듯 휴대폰만 만지작댔다. 연은 어서 이 자리를 벗어나 질병진단실에 혼자 처박히고 싶은 표정이었다. 류는 어디 있는지 보이지 않았고, 공은 전면이 유리인 창가 쪽 자리에 앉아 잔디밭이 펼쳐진 밖을 내다보고 있었다.

메뉴판을 들여다보던 센터장이 재미 삼아 내기를 한번 해보자고 제안을 했다. 명색이 축산지원센터 직원들인데, 생고기만 보고 이게 수소인지 거세우인지 암소인지 맞춰보자는 얘기였다. 수소 고기 구분은 다들 어렵지 않은 듯했다. 그러나 수성을 잃어 마블링이 잘 낀 거세우는 암소와 구분하는 것이 쉽지 않아 보였다.

"이거 먹어봐야 알겠는데요? 보기엔 엇비슷해서."

"전 사실 잘 모르겠던데. 거세우랑 암소가 맛이 다르긴 다른가요?"

테이블마다 숯불이 들어왔다.

"달라. 육질이 암소처럼 연하긴 한데, 거세된 애들은 뭐랄까…… 간간한 맛이 없어. 왠지 모르게 심심하다니까. 국 끓이면 티가 확 나."

사람들 앞으로 양념장이 놓였다.

"그래도 이놈들보다야 백번 낫지. 거세 안 된 놈들은 고기도 질기고 냄새도 나고, 아주 별로야."

"등급이 괜히 있겠어요."

사람들이 고기를 불판에 올렸다. 공만이 다른 시간 속에 들어가 있는 사람처럼 창밖을 보고 있었다. 그때 잔디밭에서 이쪽으로 불처럼 뛰어오는 사람이 있었다. 류였다. 류는 신발도 벗지 않고 식당 안으로 뛰어 들어왔다.

"내 정액 어디 있어."

류가 질소통에서 스트로를 꺼내더니 바닥에 내팽개쳤다.

"내 정액 어디 있냐고!"

테이블을 걷어차기라도 할 듯 류가 으르렁댔다. 식당에 있던 사람들이 젓가락질을 멈추고 이쪽 테이블을 구경하기 시작했다.

"말해. 내 정액 어쨌어!"

여주임들 몇이 쿡쿡 웃었고 누군가 "미친 거 아니야?" 속삭였다. 류가 걸어가 누군가의 멱살을 잡았다.

"그래 미쳤다 새끼야. 소가 왜 미치는지 너는 아니? 개가 왜 미치는지 알아?"

"전 양계 담당인데요……"

류는 으아아아악, 하고 비명을 지르더니 공 앞으로 갔다.

"그래, 아니겠지. 그게 어떤 건데 설마. 당신 나 골탕 먹이려고 다른 데 숨겨놓은 거지? 내가 찾아내면 돼."

공이 바위처럼 앉아만 있자 류는 씩씩거리며 다시 밖으로 뛰어갔다. 귀표 담당 직원 하나가 류를 따라 나갔다.

"류 계장 요새 왜 저래? 아슬아슬해서 못 보겠어."

현이 공의 표정을 살피며 물었다. 사람들은 어색함을 모면하려고 다시 고기에 집중했다. 공은 멍한 표정으로 창밖을 보았다. 하늘엔 구름 한 점 없고 잔디밭 위로는 햇빛이 쏟아졌다. 그날처럼 눈부신 햇빛이었다. 이르지도 늦지도 않은 한봄, 냇가를 끼고 있던 풀밭. 소는 풀을 뜯었고 산골 소년 공은 토끼풀꽃을 엮어 왕관을 만들었다. 갓 태어난 송아지일 때부터 몇 년을 공과 함께 지내온 소였다. 덩치도 커지고 먹는 양도 늘면서 그만큼 공과 함께하는 시간도 많아졌다. 이름도 공이 지었고 털 관리도 공이 했다. 공은 학교에서 돌아오면 소를 데리고 냇가로 가 풀을 먹였다. 그날도 그런 날 중 하나였다. 풀을 먹던 소가 꼬리를 빳빳이 들어올렸다. 소변이 나왔고, 구멍이 서서히 열리면서 검은 똥이 쏟아졌다. 다시 구멍이 닫혔고 소의 꼬리가 내려갔다. 소는 꼬리로 엉덩이와 다리를 쳐가며 계속 풀을 뜯었다.

왜 그랬는지는 공도 알 수 없었다. 호기심이었는지 다른 무엇이었는지 아니면 꿈을 꾸고 있었는지 설명하기 힘들었다. 공은 토끼풀꽃을 내려놓고 소에게 다가갔다. 햇빛이 내려앉은 등은 따스했고 소털 특유의 냄새가 공을 간질였다. 공은 소의 등을 쓸었다. 왼손으로 꼬리를 들어 올렸고, 조금 전에 닫힌 그곳, 소의 직장으로 조심스레 오른손을 집어넣었다. 소년 공에게 비닐장갑 따위는 없었다. 소가 풀을 뜯어 먹던 움직임을 멈추고 그 자리에 가만히 섰다. 시냇물 소리도 멈추고 바람 소리도 멈추었다. 공의 손과 팔이 끝도 없이 소의 몸속으로 들어갔다. 어깨까지 들어갔을 때 공은 자신의 몸 전체가 그 안으로 들어갈 수도 있겠다는 생각을 했다. 물속인 것처럼 귀가 먹먹해졌다. 공은 눈을 감았다. 놀라운 정적이 그 속에 있었다. 공의 팔을 감싼 점액과 혈관과 굴곡들. 그리고 따뜻함. 시간이 얼마나 지났는지 알 수 없었다. 공은 이유를 알 수 없는 슬픔을 느끼면서 팔을 뺐다. 팔이 조금씩 빠져나올 때마다 바깥세상과의 접촉면이 서늘하게 식어갔다. 손까지 모두 빠져나왔을 때 공은 도망치듯 뒤를 돌아 뛰었다. 허겁지겁 어찌할 새도 없이 공은 풀밭에 넘어져 사정을 하고 말았다. 참담한 심정으로 뒤를 돌아보았을 때, 공은 소가 고개를 돌려 자신을 바라보는 것을 보았다.

공은 눈을 뜨고 있기가 힘들었다. 햇빛 때문인 것 같기도 하고 연기 때문인 것 같기도 했다. 눈을 비비다가 공은 다시 고개를 숙였다. 공은 밑반찬으로 나온 더덕무침과 열무김치를 몇 젓가락 집어 먹었다.

"과장님, 이것 좀 드셔보세요."

누군가 공의 양념장 위에 고기를 한 점 올려주었다. 공이 회식 때마다 먹던 삼등급 비거세우와 달리 육즙이 촉촉하고 연해 보였다.

"괜찮겠어? 안 받을 것 같으면 먹지 마."

현이 말했다.

"괜찮아."

공은 젓가락으로 고기를 집어 올렸다. 공은 고기를 입으로 가져가 씹기 시작했다. 공은 창밖을 바라보면서 어느 때보다도 오래오래 고기를 씹었다. 사람들은 류의 질소통에 대해 이런저런 얘기를 하며 냉면을 주문했다. 공이 호흡곤란 증세를 보인 건 사람들이 냉면을 다 먹어갈 때였다. 목부터 이마까지 새빨개진 공이 컥컥거리면서 창문에 머리를 박았다.

"빨리 구급차 불러!"

현이 버둥거리는 공을 잡았다.

"공 과장님 돼지고기만 못 드시는 거 아니었어요?"

공에게 소고기를 주었던 직원이 울상이 되어 발을 굴렀다.

"미련한 공 선생. 첫사랑이 뭐라고."

현은 공과 함께 구급차에 올랐다. 남은 사람들도 외투를 챙겨 밖으로 나갔다. 텅 비어버린 테이블에서는 고기가 탔고 식당 주인이 와서 불 조절기를 껐다. 한바탕 소란이 지나간 홀 안에 연기가 잦아들었을 때였다. 탄 고기를 긁어모으던 주인이 두리번거리며 고개를 들었다. 어디선가 노래가 들려왔기 때문이었다. 창가 쪽 테이블이었다. 물잔 옆에 누군가의 휴대폰이 놓여 있었다. 휴대폰 벨소리로 흘러나오는 노래는 산골 소년의 사랑 노래였다. 남편의 속옷을 양말처럼 여기는 그의 아내인지, 암소가 앓고 있는 어느 농가인지, 류인지는 알 수 없었지만 누군가 계속해서 공에게 전화를 걸고 있었다. 숯불을 빼던 식당 직원이 멈춰 서서 노래에 귀를 기울였다.

점점이 흩어져 있는 소금 알갱이와 핏물이 자작한 고기 접시. 계란노른자만 남은 냉면 그릇. 그런 것들이 노래와 함께 지나갔다. 누군가는 눈을 감고 누워 냇물 위로 떠내려가던 것들을 생각하고 있었고 누군가는 주저앉아서 어느 날 밤의 하늘을 떠올리고 있었다.

두 아름도 넘을 것 같던 느티나무가 있었다. 두부 찌꺼기처럼 비어져 나오던 수소의 고환이 있었고, 인공수정 교육 때마다 도축장에서 갖고 오던 암소의 자궁이 있었다. 땅속에 묻혀 있을 가축들의 뼈와 어딘가로 헤엄쳐 갔을 산골 소년의 정충. 그리고 소년의 어떤 순간을 지켜보던 황색 소가 있었다.

테이블을 다 치운 주인은 노래가 끝나가는 휴대폰을 카운터로 갖다 놓았다. 직원은 방석을 정리하다가 노란색 스트로 몇 개를 발견했고, 이리저리 돌려보다 쓰레기통에 버렸다.

한밤

내가 그곳에 도착한 날은 동지가 되기 3주 전이었다.

12월이 시작되었지만 날은 겨울 같지 않았다. 그래도 저녁이 되면 금세 어두워졌다. 밤이 조금씩 길어지는 것만은 분명했다. 나는 종일 운 것 같았다. 침대에 묶여 개처럼 울던 것 말고는 기억나는 것이 없었기 때문에 아마도 울다가 기절을 한 것 같았다. 깨어보니 차 속이었다. 차가 과속방지턱을 넘을 때마다 커튼 밑단으로 구름이 비껴갔다. 구름이 높은 걸 보면 나는 차 안에 누워 있는 듯했다. 눈동자를 반 바퀴쯤 돌리자 발치 쪽 좌석에서 누군가가 상자를 안고 있는 것이 보였다.

그건 상자라고밖에는 할 수 없는 형태였다. 냄새가 나는 상자. 상자는 초점 하나로 선명해지다가 다시 냄새에 묻혀 풀어졌다. 차는 파도를 타듯이 계속해서 과속방지턱을 넘었고 나는 감질나게만 구름을 맛보면서 잠에 빠졌다. 방지턱의 굴곡을 타고 등은 끝없이 일렁였다. 빛에 실려 다른 세계로 넘어간 것처럼, 다시 눈을 떴을 때는 사방이 감쪽같이 어두워진 뒤였다. 저녁인지 밤인지는 알 수 없었지만 나는 내가 어딘가 먼 곳으로 왔고, 신변에 무언가 변화가 일어났다고 느꼈다.

도착 후에는 모든 것이 빠르게 진행됐다. 부축을 받으며 차에서 내려 고개를 들었을 때 누군가 벌써 상자를 건네받아 안으로 들어가는 모습이 보였다. 함부로 다루어서는 안 되는 것이 든 것처럼 그들은 조용하고 신속하게 행동했다. 그 모습을 보는데 이상하게도 가슴이 뻐근해져왔다. 상자가 눈앞에서 어른어른 멀어질 때의 통증 때문에 나는 그 안에 든 것이 한때 내 몸의 일부였을지도 모른다고 생각했다. 어딘가에 납치되어 콩팥이나 간을 적출당한 건 아닐까.

어둠 속에 버티고 선 건물이 그제야 눈에 들어왔다. 높이도 형태도 짐작이 가지 않는 건물이었다. 건물 주위로는 아무것도 보이지 않았다. 출입구만이 흐리게 빛을 뿜고 있었다. 복도는 길고 어두웠다. 들어서자마자 아열대의 습지에 떨어진 것처럼 후텁지근한 기운이 끼쳐왔다.

"3주간 지내시게 될 곳입니다."

안내하는 여자가 복도 끝 방문을 열었다. 더블 사이즈 침대 하나와 쿠션 몇 개, 실내복 한 벌이 눈에 들어왔다. 구름무늬가 촘촘한 벽지가 천장에서 사방 벽으로 이어지고 또 이어졌지만 방에는 창문이 없었다.

"오늘은 즉시 주무십시오. 샤워는 물론 세수와 양치도 금지합니다."

방문이 닫혔다. 너무 더웠다.

나는 침대 옆에 서서 땀을 흘리며 무슨 일이 일어났는지 이해해보려고 애를 썼다. 창문이 없는 무척 더운 방. 밤새도록 침과 땀을 삼키며 누워 있었지만 내가 그곳에 들어와 있다는 것 말고는 알 수 있는 것이 없었다.

한 손에는 휴대폰을 쥐고 다른 한 손에는 방석을 든 여자들이 발을 끌며 한곳으로 걸어갔다. 그들은 나와 똑같은 실내복을 입고 있었다. 몇 번이고 확인했다. 깨어보니 머리맡에는 휴대폰이 있었고 그건 내가 쓰던 것이었다. 식구들한테 전화부터 걸었다. 받는 사람은 아무도 없었다.

"아침 식사 시간입니다."

어제 안내를 했던 여자였다. 숱이 없는 머리를 뒤로 틀어 망핀으로 묶고 예전 유니폼 같은 이상한 바지를 입고 있었다. 가슴팍에 실장이라는 직함이 보였다.

밤에 봤을 때는 일자로 뻗은 복도 같았지만 실내는 길쭉한 타원형 구조였다. 여자들의 행렬을 따라 간 타원형의 제일 아래쪽에 식당이 있고, 맞은편 복도를 따라 올라간 타원형의 제일 위쪽에 거실이 있었다. 거실이라 불리는 곳은 그 건물에서 가장 넓은 공간인 듯했다. 한쪽 벽에 대형 티브이가 걸려 있고 맞은편에 기다란 소파가 있었다. 소파 앞에는 토스터만 한 기계들이 일렬로 늘어서 있었고 소파 뒤쪽은 통유리였다.

밥을 먹고 거실로 올라온 여자들은 약속이라도 한 듯 통유리 쪽을 서성댔다. 두꺼운 커튼으로 가려져 있었지만 통유리 너머에선 무시할 수 없는 기운이 느껴졌다. 뱀 수십 마리가 엉켜 있는 듯도 하고 아지랑이가 너울대는 듯도 했다. 의도하지 않았는데도 오감 하나하나가 그쪽을 향했다. 서성대는 여자들 사이로 누군가 손뼉을 치며 걸어 들어왔다.

"장하십니다."

늙은 여자였다.

"원장님이십니다."

따라 들어온 실장이 말했다. 원장이라는 여자는 오십대 같기도 하고 칠십대 같기도 한 얼굴이었다. 피부가 물기로 번들거렸는데 그 때문인지 기이한 광채 같은 것이 느껴졌다. 여자들은 통유리에서 시선을 돌려 어느새 원장을 바라보았다.

"참으로 중요한 이 시점에, 여러분은 쉽지 않은 결단으로 이 길을 선택하셨습니다. 누구도 대신해줄 수 없고 누구도 돌이킬 수 없는 이 길을 말입니다. 우리 원과 나는 그런 여러분을 끝까지 지지하고 응원할 것입니다."

원장은 모든 것을 다 받아줄 것 같은 표정으로 웃었다. 뒤에

선 실장이 서류철을 들고 서서 여자들 하나하나를 훑는 중이었다.

"지금 중요한 것은 우리에게 좋은 무언가를 하는 게 아니라 우리에게 해가 되는 것을 무조건 하지 않는 것입니다. 이곳에서의 3주를 어떻게 보내느냐에 따라 여러분의 미래가 달라질 것입니다. 금기 사항을 철저히 따르십시오. 다시 한 번 강조하지만, 하지 말라는 것을 하지 않는 것이 지금 우리가 생존하는 데 필요한 가장 중요한 철칙입니다."

원장은 여자들에게 천천히 눈길을 주었다.

"저는 우리 원의 1기생인 여러분들에게 무한한 애정과 책임을 갖고 있습니다."

원장은 두 팔을 활짝 벌렸다.

"환영합니다. 3주 21일, 삼칠일 동안 여러분과 함께하겠습니다. 미래산후조리원의 1기생이 되신 것을 두 팔 벌려 환영합니다."

여자들 사이에서 술렁임이 일었다. 실내조명이 꺼졌다.

"명상 시간입니다."

바닥에는 두 종류의 방석이 깔려 있었다. 하나는 일반 방석이었고 하나는 도넛처럼 가운데에 구멍이 뚫린 방석이었다. 도넛 방석은 분만할 때 회음부를 절개하게 된 자연분만 산모를 위한 방석이 분명했다.

"시작합니다. 호흡하십시오."

명상 시작을 알리는 종이 울렸다. 내가 안내된 곳은 회음부 방석이었다. 앉자마자 회음부에 통증이 느껴졌다. 여기가 산후 조리원이라는 것을 못 믿겠으면 통증을 직접 느껴보라는 얘기인 듯했다. 여러 정황상 나는 자연분만을 한 것 같았다. 자연분만은 대개 산모가 의식이 있는 상태에서 하게 된다. 그러나 나는 아이가 나오던 순간이 기억나지 않았다. 더구나 이곳은 내가 예약한 산후조리원이 아니었다. 사거리에서 오른쪽으로 돌면 편의점과 은행이 있다. 거기에서 길을 건너면 소아과와 산부인과가 같이 있는 건물의 4층에 산후조리원이 있다. 초여름이었다. 신랑과 손을 잡고 조리원에 가서 예약을 했다. 다른 건 몰라도 모유는 꼭 먹이자, 예약을 끝내고 신랑과 국숫집에 앉아 그런 얘기를 했다. 아기 나올 때 보면 안 돼, 내가 말하자 동영상으로 다 찍어놓을 거야, 신랑이 웃었다. 그러던 신랑은 연락조차 되지 않았다. 신랑을 생각하자 서운함과 의문이 살아나 나는 눈을 떴다. 명상을 마치는 종이 울렸다. 실내가 한 톤 밝아졌다.

"참회하십시오."

원장의 목소리는 낮고 굵게 바뀌어 있었다.

"참회하십시오."

원장은 눈을 감고 앉아 같은 소리를 반복했다. 회음부의 통증을 못 이긴 산모들이 하나둘 자리에서 일어섰다. 제왕절개 산모들도 구시렁거리며 일어섰다.

"뭘 참회하라는 거야. 회음부 대신 배 찢고 낳은 걸 참회하라는 거야? 우리도 진통할 만큼 하다가 어쩔 수 없어서 수술한 겁니다. 자연분만할 몸 상태가 안 되는 사람도 있다구요."

"변명 말고 참회를 하세요."

제왕절개 산모들한테서부터 항의가 일었다. 여기는 어디고 당신들은 누구냐, 내가 다니던 산부인과와 내가 예약한 산후조리원은 어찌 된 것이냐, 아기를 낳은 지 며칠이 지났으며 내 아기는 어디에 있는 것이냐.

산모들의 소란이 거세지자 실장이 통유리로 걸어갔다. 실장의 신호와 함께 통유리의 커튼이 차르륵 소리를 내며 걷혔다. 여자들 사이에서 낮은 탄성이 흘러나왔다. 나는 다른 여자들과 함께 통유리에 흡반처럼 달라붙었다. 가지런히 놓인 신생아 침대에 아기들이 누워 있었다. 발그레한 피부에 까만 머리. 새하얀 속싸개로 몸을 감싼 아기들이 입술을 삐죽대기도 하고 눈썹을 씰룩이기도 하면서 누워 있는 게 보였다. 나는 내 팔목의 번호와 같은 번호를 찾았다. 그동안의 불안과 의심이 다 녹아내리는 듯했다. 여기는 산후조리원이 맞았고, 나는 정말로 아기를 낳았고, 나와 같은 번호로 연결된 내 아기가 저기에 누워 있었다.

"산모들이 건강해야 아기에게도 모유를 먹일 수 있습니다. 우리는 여러분을 도우려는 것입니다. 저희를 믿고 따라주십시오. 모든 일은 아빠들의 동의하에 진행되고 있습니다."

통유리 안에는 신생아를 돌보는 간호사들이 보통 산후조리원의 서너 배는 되는 듯했다. 한눈에도 세심함과 청결함이 느껴졌다. 그게 산모들을 많이 누그러뜨린 게 사실이었다. 어차피 치러야 하는 3주였다. 자신이 예약한 곳보다 훨씬 많은 인력이 신생아들을 돌보는 곳, 전문적이고 개별적인 수유 교육을 약속하는 곳. 그런 곳이라면 굳이 자리를 옮길 필요까진 없을지 몰랐다.

그날 이후로 조리원에는 이상한 풍경이 생겼다. 누구한테서부터 시작되었는지는 모른다. 아침 명상이 끝나고 나면 하루에 산모 한둘은 원장한테 걸어가 자신의 몸 상태를 의논했다. 산모들한테 지금 가장 불편한 곳은 회음부였다.

"저……, 원장님, ……좀 봐주세요."

그러면 원장은 산모의 손을 잡으며 말했다.

"6호 산모지요? 이따 건너갈게요."

원장이 다녀가고 나면 산모들은 다음 날부터 회음부에 불편함을 느끼지 않았다. 원장한테 회음부를 점검받은 자연분만 산모 중에는 원장을 어머니라고 부르는 사람도 있었다.

통증은 생각보다 오래갔다. 조금이라도 체중을 실어 앉으면 살들이 뜯어질 것 같은 공포가 밀려왔다. 변기에도 간신히 걸터앉을 수만 있을 뿐 아랫배에 힘을 주는 것은 불가능했다. 따끔거리고 가렵고 축축했다. 밖은 겨울이었지만 실내는 한여름

보다 더한 온도와 습도로 무더웠고 땀이 수시로 흐르는데도 씻는 것은 금지돼 있었다. 방마다 개인 샤워실이 있었지만 물은 세면대에서밖에 나오지 않았다. 산모의 체질별로 샤워가 허락되는 시기가 다르다는 이유였다. 태반이 떨어진 자궁벽에서는 붉은 진물이 계속 흘러나왔고 갖은 분비물로 오염된 회음부로는 바람 한 줄기 통하지 않았다. 몸이 썩어가는 느낌을 떨칠 수 없었다. 시간이 얼마나 흐른 것일까. 일주일? 열흘? 내가 감지할 수 있는 것은 밤이 조금씩 길어진다는 사실뿐이었다.

자고 일어나거나 밥을 먹고 나면 여자들은 타원형 실내를 느릿느릿 돌았다. 운동을 위해 걷는 사람도 있었고 앉아 있는 것이 불편해 걷는 사람도 있었다. 방에 혼자 누워 있는 것보다는 여자들과 복도를 걷는 것이 나았기 때문에 나 또한 하루의 많은 시간을 복도에서 걸으며 보냈다.

복도 벽에는 큰 액자들이 여러 개 걸려 있었다. 그중 하나는 실내 곳곳에서 가장 많이 보이는 액자로 금기 사항이 적힌 것이었다. 금기 사항에 따르면 산모들이 가장 피해야 할 것은 '물'과 '바람'이었다. 씻는 것과 환기를 금하는 건 그 때문이라 했다. 둘을 시작으로 딱딱한 과일 금지, 향 강한 음식 금지, 손수건 돌려 짜기 금지, 독서 금지, 냉장고 접근 금지 등 세세한 항목들이 이어졌다. 금기 사항의 끝에는 이렇게 적혀 있었다.

"삼칠일 동안 이 금기들을 지키지 않으면 당신의 육신은 평생 고통받게 될 것입니다."

다음 액자에 담긴 것은 곧 다가올 동지에 일어날 일들에 대한 얘기였다. 황도 12궁인 듯한 원반 형태의 그림이 보였다. 지구가 원반에 있는 열두 개의 사인sign을 지나는 데 걸리는 시간은 2만 6천 년으로 그 주기가 끝나는 시점이 올해의 동지라는 얘기였다. 그날 태양계는 은하계의 중심에 정렬하게 되며 이것은 2만 6천 년 전에 마지막으로 일어났고 다음 2만 6천 년 동안에는 다시 일어나지 않을 일이었다. 황도 아래로 문구가 이어졌다. 하나의 주기가 끝나는 날이자 새로운 주기가 시작되는 날. 2만 6천 년 전에 시작된 세차운동의 마지막 날. 우리가 알던 세상의 종결일.

나는 하루에도 몇 번씩 타원형 실내를 돌면서 삼칠일 동안의 금기 사항과 2만 6천 년 동안의 세차운동 사이를 통과했다. 출입구와 가까운 복도에는 원장의 이력이 걸려 있었다. 원장이 갖고 있는 직함은 간호사, 조산사, 국제 모유 수유 상담가였다. 진심병원 산부인과 수간호사, 북문산부인과 간호과장, 국제 모유수유협회 정회원, 국제 라마즈학회 정회원. 이력 옆에는 원장이 분만실로 보이는 곳에서 몇몇 사람들과 찍은 사진이 걸려 있었다. 사진에 찍힌 날짜는 32년 전 날짜였다. 원래 노안이었던지 30여 년 전의 원장 얼굴은 지금과 크게 다르지 않았다. 원장 옆에는 앳된 얼굴을 한 실장이 지금보다 숱이 많은 머리를 망핀으로 묶고 헐렁한 유니폼 바지를 입은 채 서 있었다. 내 눈썰미가 나쁘지 않다면 그것은 실장이 지금 입고 다니는 것과 똑같은 바지였다. 나는 원장의 이력으로 다시 눈을 돌렸다. 34년 전에서 28년 전인 7년 동안 원장은 북문산부인과라는 곳에서 간호과장을 한 걸로 되어 있었다. 그렇다면 사진 속에 보이는 분만실은 북문산부인과 분만실일 것이다.

"자기 북문여고 나왔어? 왜 북문, 북문, 그러고 있어?"

옆방 산모였다.

"전 북문여중까지만 나왔는데요."

"그래? 나도 다섯 살까지 그 동네서 살았는데. 반갑네."

북문은 익숙한 곳이었다. 고등학교에 들어가면서 떠나왔지만 직장 생활을 시작한 곳이 북문 근처이기도 했다. 북문의 몇 번째 홍예석에 금이 가고 몇 번째 모서리가 떨어져 나갔는지 다 알고 있었다. 사무실 자리에서 의자를 돌리면 북문의 누각이 멀리 내려다보였고 점심을 먹고 동료들과 산책을 하다 보면 가장 오래된 건물의 지붕 선을 보기 위해 모여든 관광객들과 마주쳤다. 거기서 골목을 따라 몇백 미터만 올라가도 내가 중학교 때 매일같이 드나들던 분식집과 문구점이 그대로 있었다. 그런데 그 동네에 산부인과가 있었던가, 기억나지 않았다.

산모들은 거실에 모여 있었다. 소파에 자연스럽게 걸터앉아 있는 것은 제왕절개 산모들이었고 방석 위에 조심스레 앉아 있는 것은 자연분만 산모들이었다. 한둘을 빼고 산모 대부분은 초산이었다. 콩이, 송이, 바람, 연두, 봄빛, 행복이, 사랑이, 튼튼이, 희망이. 아이의 태명이 서로의 호칭이 되었다.

옆방 산모는 느타리였다. 입덧이 심할 때도 느타리버섯볶음만은 먹을 수 있었다고 했다.

"산호입니다."

조용하게 떨어지는 목소리에 나는 고개를 들었다. 키가 크고 턱 선이 뚜렷한 여자가 소파에 앉아 있었다. 헐렁한 산모복을 입었지만 몸이 날렵하다는 게 그대로 느껴졌다. 나이는 서른넷, 느타리와 함께 산모들 중 나이가 가장 많았다. 인상이 강단지고 붓기가 없어서인지 동글동글하게 부어 있는 산모들 사이에서 제일 눈에 띄었다. 누군가 운동선수냐고 묻자 산호는 자신을 군인이라고 소개했다.

"어머, 저 여군이랑 처음 얘기해봐요."

어려 보이는 여자가 쿠션을 껴안고 말했다. 분홍이라고 했다. 원장 다음으로 피부에서 광이 나는 여자였다. 분홍은 자신이 가장 어리다는 걸 잘 알고 말도 안 튼 산모들한테 언니, 언니 하며 웃고 다녔다. 나는 다시 산호를 보았다. 산호는 걱정인지 뭔지 모를 눈길로 한 여자를 보고 있었다. 여자는 어떤 맨살도 찬바람과 접촉해서는 안 된다는 듯이 온몸을 싸매고 있었다. 산모복 속에 내복을 입은 상태인데도 목에는 거즈수건을 두르고, 팔에는 토시를 끼고, 하의 아래로는 수면양말에 덧신까지 신고 있었다. 머리는 땀 범벅으로 떡이 져 있고 안경은 계속 흘러내렸다. 다들 끈 하나씩은 풀어두며 조금씩 금기를 어기고 있는데 여자는 극기훈련에 와 있는 사람 같았다. 이월이라고 했다.

"이월에 생긴 아이라서요."

지금이 12월이니 생각해보면 저기에 누워 있는 아이들은 거의 2월에 생긴 아이들이었다. 산호는 회음부의 통증 없이 조리원 어디서든 편한 자세로 지냈다. 제왕절개를 해서일 것이다. 산호가 의사와 간호사 앞에서 다리를 벌리고 누워 괴성을 질러대며 아이를 낳은 게 아니라 마취약이 지켜주는 품위 속에서 낳았다는 사실이 왠지 안심이 되었다. 산호와는 그게 더 어울렸다.

"아직 안 보여드렸어?"

편히 앉지 못하는 나를 보고 느타리가 물었다.

"언니. 얼른 봐달라고 하세요. 어머니가 봐주신 뒤로 저 완전히 아물었어요. 진짜 신기해요."

분홍은 어머니라는 말을 아무렇지도 않게 했다. 회음부를 보였든 안 보였든 자연분만을 한 산모들은 이상하게 원장한테서 자유롭지 못했다. 통증이 있는 채로 원장한테 신경을 쓰느냐 통증이 없는 채로 신경을 쓰느냐의 차이인 것 같았다. 버틸 수 있는 데까지 버텨보고 싶었지만 통증은 굴욕이나 수치보다 앞선 곳에 있었다. 나 역시 얼마 못 가 다른 산모들과 똑같은 표정, 똑같은 말투로 원장한테 부탁을 하고 있었다.

원장은 적외선램프를 든 간호조무사 한 명과 같이 왔다. 나는 산모복을 걷고 분만 자세로 침대에 누웠다. 원장이 핀셋을 집어 드는 것이 보였다.

"여기 좀 비춰봐."

원장이 말하자 조무사가 아래로 램프를 갖다 댔다. 흡, 소리와 함께 조무사가 상체를 뒤로 뺐다.

"어디 보자."

원장의 얼굴이 서서히 아래쪽으로 내려왔다. 램프 불빛에 비친 원장 얼굴은 가는 주름들로 빽빽하게 얽혀 있었다. 멀리서 볼 때보다 훨씬 늙어 보였다.

"회음부 꿰맨 자리가…… 땀땀이 다 곪았네."

"뭐라고요?"

나는 고개를 들었다.

"세균이 번식하고 있다고."

"외출증 끊어주세요. 제 분만 담당 의사한테 가겠습니다."

"원장님께서 치료하실 겁니다."

조무사가 내 상체를 눌렀다. 곧이어 회음부에 시원하면서도 뻐근한 느낌이 왔다. 소독을 하는 건가. 너무 오랜만에 느껴보는 시원함이라 나는 그 감각에 취해 눈을 감았다.

"흘러나와 있는 게 뭘까요. 내장같이 생겼는데……"

조무사가 여전히 상체를 뒤로 뺀 채 물었다.

"치핵이야."

원장이 무심한 투로 말했다.

"일반 산모들보다 확실히 심하게 찢어졌어요. 꽃게가 찢고 나온 것 같아요."

원장이 손을 멈추고 조무사를 쳐다봤다.

"나가."

"죄송합니다."

"말 함부로 할 거면 나가!"

꽃게 운운하던 조무사는 원장한테 내쫓겼다. 방에는 원장과 나 둘만 남게 되었다. 갑자기 찾아온 침묵은 말할 수 없이 불편했다.

"새로운 시기가 오고 있는 게 느껴지나?"

처치를 계속하던 원장이 말을 꺼냈다. 핀셋과 여러 집기들이 부딪치는 소리가 들렸다.

"이제 모든 게 바뀌는 거야. 5125년의 대주기도 끝나고, 2만 6천 년 전에 시작된 세차운동도 끝나고."

원장은 지금까지 산모들 방을 돌면서 이런 얘기를 해온 것일까. 사이비 종교 집단에 아이를 맡겨놓은 건 아닌지 나는 심란해졌다.

"많은 일들이 있었지. 지난 2만 6천 년 동안 말이야, 정말 많은 일들이 있었어. 그 260세기를 통틀어서 말이야, 가장 고통스러운 시기가 언제였는 줄 알아?"

원장이 손을 멈췄다.

"바로 지금이야."

원장이 무언가를 확 잡아뺐다. 으윽…… 눈앞에 섬광이 번쩍했다. 나는 입술을 악물었다.

산모들의 회음부는 점차 회복이 되었고 그에 맞춰 하루 한 시간씩 원장의 모유 수유 교육이 시작되었다. 원장이 다녀간 그날 밤 이후로 내 회음부도 정상 상태가 되었다. 실을 뽑아버린 건지 소독약을 친 건지 알 수 없었지만 원장은 어쨌든 회음부의 세균들한테 타격을 준 것 같았다. 수유 교육이 끝나고 나면 산모들은 소파 앞 유축기 앞에 나란히 앉아 본격적으로 유축 작업을 시작했다. 흡입기를 가슴에 대고 버튼을 '강'으로 올려도 젖량은 30밀리미터를 밑돌았다. 반면에 분홍은 젖이 뿜어져 나왔다. 많은 젖량을 주체하지 못해 심지어 젖을 짜서 버리기까지 했다.

"여기선 재력, 미모, 학력 다 필요 없어. 젖량 많은 여자가 갑이지."

임신을 하면서 다들 유두가 거뭇해진 데 반해 분홍의 젖꼭지는 복숭앗빛 분홍이었다. 분홍은 시도 때도 없이 가슴을 풀어헤쳤고 하루 종일 생글생글 웃으면서 조리원 실내를 누비고 다녔다. 이월은 점점 더 많은 옷을 껴입었다. 산후풍으로 평생 고생해온 친정 엄마를 두지 않은 이상 저럴 수는 없을 거라는 생각이 들 정도로 이월이 금기를 지키는 것은 강박적이었다. 이제는 스웨터 위에 무릎 담요까지 두르고 있었다. 그런데도 이월은 옷을 여미며 더 덮을 것을 찾았다.

"자기 괜찮아?"

자꾸 몸을 웅크리는 이월이 심상치 않았는지 느타리가 물었다.

"너무 추워요. 춥지 않나요? 추워서 미치겠어요."

이월이 이를 떨며 고개를 들었다. 얼굴이 파랗게 떠 있었다. 단순한 바람 막기가 아닌 것 같았다. 산호가 걸어가 이월의 이마를 만졌다.

"불덩이야. 실장 불러."

그게 신호탄이었다. 이월을 시작으로 열이 끓는 산모들이 하나둘 늘기 시작했다. 회음부에서 물러간 게 끝이 아니었다. 세균들은 이번엔 산모들의 유관에 번식 터를 잡았다. 가슴이 뜨끈뜨끈하게 팽창하면서 유두로 고름이 흘러나왔고 스치기만 해도 아프다며 여자들은 울부짖었다. 차라리 뛰어내리고 싶다면서 창문을 찾았고 그냥 도려내버리고 싶다면서 아무 옷깃이나 붙잡았다. 회음부의 통증이 바깥의 통증이라면 가슴의 통증은 안에서부터 끓어올라 온몸을 터뜨리는 듯한 통증이었다. 원장은 가슴에는 어떠한 시술도 하지 않았다. 어떻게 아프냐고 물을 뿐이었다.

"뼛속까지 아파요."

"마디마디가 다 아파요."

감염된 여자들은 거실에 나란히 누워 항생제를 맞았다. 원장도 알 것이다. 산모들의 가슴이 순식간에 세균들 차지가 된 건 신생아들이 젖을 빨지 않았기 때문이었다. 아무리 좋은 기계로 짜도 소용없었다. 아이가 직접 빨아야 유선도 막히지 않고 울혈도 생기지 않고 젖량도 느는 것이다. 아이를 낳고 못해도 보름은 된 것 같은데 누구도 아이한테 젖을 물려보지 못했다. 조리원 측은 산모의 건강이 우선이라는 이유로 자꾸 시간을 미루고 있었다.

항생제를 맞은 산모들은 일시적으로 회복했고 가슴에 차오르는 젖을 비우기 위해 다시 거실에 모여 유축을 했다. 벽에 걸린 대형 티브이에서는 주로 자연 다큐멘터리가 흘러나왔다. 태양이 내리쬐는 끝도 없는 관목 지대를 사막코끼리 떼가 이동하고 있었다. 물과 먹이를 찾아서, 번식을 위해서, 살아 있는 모든 것들이 죽을 때까지 움직였다. 갓 출산한 암컷의 냄새를 발정기로 착각해 덤불숲으로 몰아가는 수컷과 무리에서 낙오되지 않기 위해 쓰러진 새끼를 버리고 가는 암컷. 채널을 돌리면 해변에 뒤덮인 수만 마리의 해파리 사체와 도로 위로 올라와 집단 자살하는 지렁이 떼가 나왔다. 그 모든 것들과 마주하면서 여자들은 쉬지 않고 젖을 짰다. 수시로 미역국과 죽이 나왔고 그것을 후루룩거리며 먹은 뒤 또 앉아서 짰다. 밤이 되면 지쳐서 죽은 듯이 쓰러졌지만 깊은 잠을 잘 수는 없었다. 침대에 누워 천장을 보고 있으면 어디서 이상한 소리가 들려왔다. 소리는 낮게, 건물 전체를 흔들면서 방으로 흘러들었다. 작은 덩어리들이 뒤채는 소리. 꿈틀대면서 앓는 소리. 그런 소리가 들리면 젖이 찌르듯이 돌면서 심장이 두근거렸다. 시간이 얼마나 흐른 것일까. 알 수 있는 것은 밤이 조금씩 길어진다는 사실뿐이었다. 모든 것들이, 밤이 가장 길어지는 그날을 향해 가고 있었다.

잠이 안 오면 느타리한테 문자메시지를 보냈다.

'어디서 자꾸 끙끙대는 소리가 들려요.'

'신생아실에서 나는 소리야. 갓난애들이 원래 잘 끙끙거려. 노인네처럼.'

새벽녘이었다. 목이 말라 문을 열다가 나는 이월의 방문이 열리는 것을 보았다. 이월의 방에서 나오는 것은 산호였다. 찜질용 수건을 들고 있었다. 전문 마사지사가 다녀갔을 텐데, 이 밤에 이월한테 또 마사지를 해주러 들어간 것일까. 이월의 방문을 조용히 닫아주고 가는 산호의 뒷모습을 나는 눈으로 좇았다. 군복을 입으면 어떤 모습일까. 머리가 짧아 키가 더 커 보이겠지. 모자의 그늘에 눈빛은 깊어 보일 거야. 저런 산호가 한 남자와 그 짓을 하고 아이까지 낳아 여기 이러고 있다는 게 믿어지지 않았다.

새벽잠을 못 잤는지 아침 식사 시간에 다시 본 산호는 입술이 말라 있었다. 밥을 먹고 있는데 여기저기에서 태몽 얘기를 하는 소리가 들렸다.

"자기는 태몽 자기가 꿨어?"

아침을 먹고 올라온 거실에서 느타리가 물었다. 그날 꿈은 아직 선명했다.

"거실에 검은 고양이가 들어온 거예요. 저걸 내보내야 하나 그냥 둬야 하나 그러고 있는데 고양이가 네발로 걷는 게 아니라 꿈틀거리면서 기어가더라고요. 자세히 보니까 고양이가 아니라 고양이만 한 송충이였어요."

"악. 진짜요?"

분홍이 입을 가렸다.

"전 비명을 질렀죠. 신랑한테 소리쳤어요. 뒷문을 열어! 저 송충이를 집에서 내보내 어서!"

"세상에, 끔찍한 꿈이네요."

"아무튼 그 꿈을 꾸고 난 다음 날 임신인 걸 알았어요."

옆에서 이월이 몸을 긁었다. 염증이 가라앉은 뒤로 이월은 얼굴에까지 땀띠가 돋아났다. 밤새 긁었는지 관자놀이쯤에서 진물이 흐르는데도 이월은 휴대폰만 움켜쥐고 있었다. 아침 9시부터 저녁 6시까지, 이월은 요 며칠 어디론가 계속 전화를 걸었다.

"자기는 여기서 나가면 제일 먼저 뭘 하고 싶어?"

"여기서 나갈 수 있을까요?"

"3주 끊고 온 거잖아. 동지 지나면 나가는 거야."

"동지에 세상이 끝난다면서요."

이월은 기다리는 전화가 있는 것처럼 계속 휴대폰을 보고,

산호는 착잡한 얼굴로 그런 이월을 보고 있었다.

"저는 여기서 나가면 제일 먼저 애 낳은 산부인과로 갈 거예요. 가서 절 담당했던 분만실 간호사를 찾아 뺨을 한 대 때리고 싶어요."

"너 힘 못 준다고 짜증 냈다는 그 간호사?"

"저는 치킨 한 마리 시켜서 방바닥에 펼쳐놓고 혼자서 다 뜯어 먹어버리고 싶어요."

"저는 산후 체조 열심히 해서 빨리 살 빼고 싶어요."

"이월 너는?"

이월한테 물은 것은 산호였다. 언제부터 말을 놓은 것일까. 가슴을 만지면서부터 말을 놓은 것일까. 산호는 자기보다 어린 산모들한테도 항상 깍듯이 존대를 하던 사람이었다.

갑자기 질문을 받은 이월이 숨을 크게 들이쉬었다. 이월은 숨을 내쉬지 않고 계속 들이쉬기만 했다.

"왜 그래. 아직도 가슴이 아파?"

산호가 성큼성큼 걸어가 너무도 거리낌 없이 이월의 가슴을 만졌다. 산호는 한 팔로 이월을 안고 다른 쪽 손으로 이월의 젖가슴을 감싼 뒤 천천히, 부드럽게, 한 방향으로 돌리기 시작했다. 길고 단단하게 뻗어나온 산호의 손가락이 이월의 유선을 자극한 듯했다. 이월의 눈동자가 살짝 풀리는 것이 보였다. 둘이 그러고 있는데 거기 있는 누구도 그것을 이상하게 보지 않았다. 산호가 이월을 부축해 방으로 들어갔다. 이월의 가슴에도 떼어야 할 모유 찌꺼기가 붙어 있을 것이다. 산호가 만지자마자 이월의 유두는 돋아 오르겠지. 딴딴하게 돋아 오르겠지. 나는 자리에서 일어섰다.

점심시간과 오후 내내 마음이 가라앉질 않았다. 낮잠 시간이 끝날 무렵, 나는 식당 쪽으로 가는 이월의 뒤를 밟았다. 이월은 아무도 없는 식당 구석에 쪼그리고 앉아서 전화를 걸고 있었다. 이월이 전화를 하는 곳은 집도 어디도 아니었다. 이월은 관공서에, 공항에, 철도공사에, 문화재청에 전화를 걸었다. 제가 폭발물을 설치했습니다. 제가 곧 불을 지를 예정입니다.

"돌았어."

나는 이월의 전화를 빼앗았다. 이월이 천천히 몸을 돌리며 일어섰다. 뜻밖의 의논 상대를 만났다는 듯 이월의 눈이 커졌다.

"나는 돌지 않았어."

"……"

땀으로 흘러내리는 안경을 추어올리며 이월이 말했다.

"여기서 나가려고 그러는 거야. 협박 전화를 하면 경찰이 발신지 추적을 할 거야. 누군가가 우리 위치를 알아내고, 우리를 빼내주고, 우리 얘기를 들어주는 거야."

이월이 무언가를 호소하는 듯한 표정으로 내 팔을 잡았다. 이런 상태라면 이월은 산호에게도 이 얘기를 여러 번 했을 것이다. 산호는 어떤 반응을 보였을까. 내 손에서 전화기를 찾아든 이월이 복도로 걸어 나가면서 말했다.

"여기서 탈출할 거야. 동지가 되기 전에."

아침에 눈을 뜨면 혹시 사이렌 소리가 들리지 않을까 나도 모르게 귀를 기울였다. 출입구 쪽에서 발소리만 들려도 혹시 우리를 빼내줄 경찰이 아닐까 밖을 살폈다. 그러는 게 이월처럼 바보 같아 보여서 피식 웃다가도 작은 기척 하나에 금세 또 귀를 기울였다. 그것 외엔 평상시와 다름없는 오전이었다. 실장이 복도를 돌면서 말했다.

"한 시간 뒤 신생아실을 소독하겠습니다."

실장이 말을 마치자 5초간 정적이 이어졌고 곧이어 물벼락을 맞은 개미들처럼 산모들이 부산하게 움직이기 시작했다. 신생아실을 소독한다는 건 아이들을 방으로 보내준다는 얘기였다. 그렇게 고대해왔으면서도 막상 아이를 만난다고 하자 여자들은 안절부절못했다. 쿠션을 이쪽으로 놨다 저쪽으로 놨다 하면서 나도 한 시간 동안 방 안을 서성였다. 아이와 대면하게 되는 시간은 30분. 방문은 모두 열어놓아야 했고 그동안 교육받은 수유 자세와 시간을 철저히 지켜야 했다. 복도에서는 신생아실 간호사들이 일렬로 서서 각 방을 살피고 있었다.

"신생아들은 적어도 3주는 속싸개를 하고 있어야 합니다. 수유 중에도 예외는 없습니다. 싸개는 절대 풀지 마십시오."

나는 나와 같은 번호를 붙이고 있는 아기를 받아 안았다. 아기는 머리숱이 소복했고 신랑을 닮아 곱슬머리였다. 열 달 동안 내 안에 있었던 아기. 나는 아기의 뺨에 코를 대고 냄새를 들이켰다. 아기는 눈을 감은 채로 입술을 오물거렸다. 그 입이 점점 내 가슴 쪽으로 돌아왔다. 자기를 낳은 엄마한테 온 것을 본능적으로 안 것일까. 나는 서둘러 가슴을 열었다. 순간 아기가 걸신들린 악귀처럼 달라붙었다. 젖꼭지가 아파 나는 반사적으로 아기를 밀어냈다. 아기는 다시 쥐처럼 파고들더니 젖꼭지를 찾아 물었다. 그러고는 무서운 힘으로 빨기 시작했다. 얼마나 빨았을까. 실이 한 올씩 풀려나오는 것처럼 내 입에서 신음이 흘러나오기 시작했다. 온몸의 찌꺼기가 빠져나가는 것 같고 천년 묵은 변비가 해결되는 것 같은, 말로 다 하기 힘든 시원함이 몰려왔다. 유축기로 해결하지 못한 몸의 울혈들이 아기가 빨자 그대로 풀려나가고 있었다. 뜨거운 탕 속에 잠겨드는 것처럼 몸이 나른하게 풀어졌다. 손끝부터 발끝까지 저릿저릿했다. 아기를 품에 안고 그대로 잠이 들고 싶었다.

30분은 너무 짧은 시간이었다. 산모들의 유관이 막히지 않도록 아기가 양쪽 젖을 비워줄 딱 그 시간만큼만 허락이 된 것 같았다. 어느 정도 배를 채웠는지 아기 입이 느슨해졌다. 나는 옷을 여미고 아기 얼굴을 들여다보았다. 오래오래 꼼꼼히 보고 싶었다. 입가로 흘러내린 젖을 닦아줄 때였다. 아기가 갑자기 눈을 떴다. 나는 나도 모르게 흠칫했다. 아기와 눈이 마주친 것은 잠깐이었다. 그런데도 느껴졌다. 뭔가가 이상했다. 아기가 내보내는 것은 포만감에 취한 눈빛이 아니었다. 정상적인 유기체가 내뿜는 그런 눈빛이 아니었다. 본래 그 자리에 있어야 할 것이 변형되었을 때 나오는 본능적인 불편함. 나는 무언가가 잘못되었음을 직감했다.

"아기가…… 이상해요."

나는 복도를 서성이는 실장을 불렀다.

"신생아들은 아직 눈 초점이 안 맞습니다."

"아니, 그런 거 말고요. 아기가…… 너무 답답하고 불편해 보여요. 쉬를 한 건 아닐까요? 기저귀를 갈아야겠어요."

나는 싸개를 풀려고 손을 뻗었다.

"안 됩니다."

실장이 강하게 제지했다. 그때 밖에서 비명 소리가 들렸다. 누군가 울부짖으면서 복도로 뛰쳐나왔다.

"내가 괴물을……, 괴물을 낳았어!"

나는 실장을 밀치고 싸개를 풀었다. 나는 내 눈앞에 펼쳐진 것이 나와 신랑의 유전자를 나눠 가진 몸이라는 것을 믿을 수 없었다. 어디서도 들어본 적이 없고 어느 기록에서도 본 적이 없는, 손상된 생명체가 거기에 있었다. 두 팔과 두 다리가 아니었다. 팔인지 다리인지 알 수 없는 갈라지고 뭉쳐진 덩어리들이 팔과 다리가 있어야 할 자리를 비껴난 채 펼쳐져 있었다. 성기만이 나를 비웃듯 몸통의 제자리에 박혀 움찔거렸다. 아기는 그 와중에도 다시 젖을 찾는지 입술을 오물거렸다. 그러더니 꽃게처럼 버르적거렸다. 얼굴과 몸이 같은 사람의 것일 수가 없었다. 조금 전까지 나와 밀착돼 함께 희열을 나누던 그 아기가 아니었다. 나는 손으로 아기의 얼굴을 덮쳤다.

"아기를 떼어내! 산모들이 해칠 수도 있어!"

간호사들이 달려들어 아기를 데려갔다. 아기가 가고 나자 금세 다시 젖이 돌았다.

"산모들이 동요 안 하게 철저히 살펴."

간호사들은 일사불란하게 움직였고 통유리에는 다시 커튼이 내려졌다.

신생아실 소독 시간은 다시 오지 않았다. 내 몸에서 나온 것을 두 눈으로 확인했지만 내가 본 것이 무엇인지 실감할 수는 없었다. 어쩌면 실감은 이곳에서 나가 아이와 둘이 아침과 점심과 저녁과 밤을 보내면서 시작될 것이다. 임신 기간 동안 임신부에게 금지된 일들은 대체로 지키며 지냈다. 임신 전 건강 상태도 좋았다. 그렇다면 무엇 때문일까. 왜 하필 나에게 이런 일이 생긴 것일까. 내가 무언가 큰 잘못을 저지른 건 아닐까. 산모들은 그런 생각에 휩싸여 있었다.

한 번은 치러야 할 일이었다는 듯 원장은 명상 시간이 되자 담담한 표정으로 나타났다.

"받아들입시다."

원장은 방석에 앉아 눈을 감았다.

"받아들여야 돼."

원장은 길게 숨을 뱉었다.

"여러분은 여기서 나가는 순간 저 아이들을 평생 돌봐야 돼. 원인은 우리가 찾고 있어. 그러니 원인에 대한 궁금증은 접어두고, 마음을 다해 참회하면서, 저 애들을 돌보는 데 필요한 도움과 정보를 찾는 데에 매진하도록 해. 그것만으로도 한생이 모자랄 테니."

산모들의 몸을 살핀 뒤부터 원장은 공식적인 자리에서도 말을 놓았다. 자연분만 산모들은 자연스럽게 받아들였고 제왕절개 산모들은 여전히 껄끄러워했다.

"시작하지."

옆에 서 있던 실장이 앞으로 나왔다.

"제가 지금부터 말씀드리는 건 수많은 가능성 중의 하나입니다."

원장은 다시 눈을 감았다.

"30여 년 전이었습니다."

실장이 말을 시작했다.

"일부 지역에서 눈에 띄게 유산이 늘어나기 시작했습니다. 양쪽 다 이상이 없는 부부가 유산을 반복하는 건 분명 문제였습니다. 심각성을 알아차린 몇몇 기관에서부터 원인과 방법을 찾기 시작했어요. 인체에 유해한 것들이 각광을 받던 때였습니다. 사람과 동식물을 한꺼번에 해칠 수 있는 치명적인 사고들이 때마다 터져 나왔어요. 가임기 남녀한테 해가 될 수 있는 것들이 널려 있던 셈입니다. 하지만 우리가 그것들을 없앨 수는 없었습니다. 우리는 의료인이었고, 의료인으로서 할 수 있는 방법을 생각해냈습니다. 그래서 우리가 당신들의 친정 엄마에게 유산방지약을 투약했습니다."

"우리를 임신하고 있었을 때 말인가요?"

"그렇습니다."

"효과가 있었지. 자네들은 유산되지 않은 채 태어났고, 멀쩡하게 30여 년을 살았으니까."

원장이 반쯤 눈을 뜨고 말했다.

"그렇지만 지금으로썬 유산방지약 또한 의심선상에 놓지 않을 수 없습니다. 그게 당시의 태아였던 여러분에게 일종의 호르몬 이상을 일으킨 것으로 말입니다."

산모들이 웅성거렸다.

"그게 사실이라면 이런 설명으로 그칠 문제가 아니지 않나요?"

"처음에 말씀드렸지만 이건 수많은 가능성 중의 하나입니다. 저희도 파악 중에 있습니다."

"그게 사실이라고 쳐요. 저는 살면서 치과랑 산부인과 말고는 병원에 가본 일이 없습니다. 우리 친정 엄마요? 관절염하고 감기만 앓으면서 멀쩡하게 늙어가고 계세요."

"내분비나 면역, 신경 계통의 이상이 겉으론 당장 드러나지 않을 수도 있습니다. 여러분이 아이를 낳지 않았다면 이상을 모르고 살 수도 있었을 것입니다. 하지만 여러분은 엄마 배 속에 있을 때 이미 구조적인 결손이 생겼을 가능성이 있습니다."

실장이 쓰는 어휘들은 낯설었다.

"34년 전에서 28년 전인 7년 동안 유산방지약을 투약받은 산모는 수만 명입니다. 우리는 추적 조사를 해왔습니다. 그 산모들의 자녀 중에는 현재 정상적인 아이를 낳아 키우는 사람도 많습니다. 그 결과가 불임으로 나타나는 경우도 있고, 여러분과 같이 이상 출산으로 나타나는 경우도 있습니다. 투약 당시의 태아 주수, 투약 횟수, 당시 산모의 건강 상태, 지역 환경. 변수는 너무도 많습니다."

"많지. 많아도 너무 많아."

원장이 눈을 떴다.

"분명히 같은 조건인데도 누구는 정상아를 낳았고 누구는 비정상아를 낳았어. 왜 그럴 것 같나. 같은 조건이 아니기 때문이야. 알려고 들면 끝이 없어. 조상 묏자리는 잘됐는지도 살펴봐야지, 2만 6천 년 전에 죄지은 건 없는지도 점검해봐야지, 그런 데에 허비할 시간이 어디 있나. 그러니까 받아들이라는 거야. 마음을 다해 참회하면서. 빨리 받아들일수록 살아남는 데 더 유리하다고!"

원장이 버럭 소리를 질렀다.

"뻔뻔해. 저 정도의 끔찍한 이상이면 산전 검사에서 걸러질 수도 있었습니다."

"그렇습니다. 걸러진 아이들, 그래서 태어나지 못한 아이들도 많습니다. 하지만 여러분은 저 아이들을 걸러내지 않았어요."

우리가 이상 선별 검사를 하지 않은 건 사실이었다. 이상이 있다고 배 속에서 움직이는 아이를 안 낳을 건 아니었으니까. 그건 비용과 절차만 복잡한 불필요한 검사였다.

"당신들은…… 우리가 검사를 하지 않자 기다렸다는 듯이 달려들었어."

소파 밑에 웅크려 있던 산모 하나가 쿠션을 잡아 뜯으면서 말했다. 이월이었다.

"궁금했어? 아니지…… 앞으로가 더 궁금하겠지. 저렇게 태어난 애들이 어떤 습득 능력을 가지고 세상과 어떤 관계를 맺으면서 어떻게 고통받는지. 저 애 엄마들의 양육 스트레스는 어느 정도이고 그게 아이 인생에 어떤 악을 미치는지. 결국 저 애들이 어떤 종말을 맞는지. 80년 뒤의 보고서에 우리는 C그룹으로 기록되는 건가? 아니면 D그룹?"

간호사들이 달려와 이월을 잡았다.

"답을 알면서도 가르쳐주지 않아. 어떻게 되나 보려고!"

방으로 들어가면서 이월이 나를 보았다.

"아무도 오지 않아. 아무리 협박 전화를 해도 누구도 믿지 않아."

사방이 조용했다. 간간이 들리는 것은 복도를 오가는 실내화 소리뿐이었다. 거실과 복도에는 간호사들이 번갈아가며 자리를 지키고 있었다. 그들은 시시때때로 방문을 열고 들어와 산모들에게 식당으로 갈 것을 권했다. 먹으면 젖이 불어 짜야 할 것이고 짜면 허기가 져서 또 먹어야 할 것이다. 무언가를 먹는다는 건 하루의 주기 속으로 다시 밀려들어가는 것이었다. 나는 창문이 없는 방에 누워 눈을 감았다. 내가 태어나기도 전에 있었던 일 때문에 나와 내가 낳은 아이가 왜 고통을 받아야 하는지 몇 번이고 생각했다. 밤이 지나고 낮이 왔지만 우리의 위치를 추적하는 사람은 없었다.

나는 벽지에 있는 구름을 세어나갔다. 구름은 끝이 없었다. 이 구름은 가짜 구름이지. 그렇다면 과속방지턱을 넘을 때 봤던 구름은 진짜 구름이었을까. 구름 열둘, 구름 열셋, 구름 열넷. 구름을 백까지 센 뒤 나는 몸을 일으켰다. 나처럼 구름을 세다 나왔을 여자들이 복도에 보였다. 나는 대열에 합류해 식당으로 걸어갔다.

식사를 거부하던 산모들이 식당으로 모여들자 조리원 안은 분주해졌다. 조리대에 불이 지펴지고 세포를 깨우는 듯한 음식 냄새가 퍼져나왔다. 여자들 앞으로 음식이 날라졌다. 평범한 세상의 아무 손상 없는 동식물로 만든 음식들이었다. 여자들은 말없이 음식을 먹었다. 공복 때문인지 무엇 때문인지 알 수 없는 통증이 목을 타고 올라왔다. 나는 넘겼던 음식을 그대로 게

웠다. 다른 여자들도 마찬가지였다. 산모들이 음식을 토하기 시작하자 간호사들이 뛰어왔다. 곧이어 실장이 달려왔고, 다급한 전화 소리가 들렸다. 조리원 안은 음식물과 토사물 냄새, 훈김과 고함으로 어지러웠다. 나는 토하면서도 구름을 셌다. 한 사람이 빠져나갔을 만큼의 시간을 간신히 헤아렸을 때, 복도 저쪽에서 휘청휘청 걸어 들어오는 산호가 보였다. 산호가 고개를 끄덕였다. 나는 자리에 쓰러졌다.

시간이 얼마나 흐른 것일까.

장하십니다! 원장의 박수 소리가 들렸다. 다섯 살까지 북문 근처에서 살았었는데, 느타리가 웃었다. 이월 너는? 여기서 나가면 제일 먼저 뭘 하고 싶어? 여자들이 산발을 흔들었다. 끔찍한 꿈이네요. 원장이 검은 봉지를 들고 달려들었다. 바로 지금이야!

나는 헉 소리를 내며 눈을 떴다. 웅웅 소리는 거실의 티브이 소리인 것 같았다. 대형 티브이에서 나오는 빛이 거실을 푸르스름하게 채우고 있었다. 산모들은 거실에 누워 수액을 맞고 있었다. 간호사들이 옆에 앉아 졸다 깨다 하는 것이 보였다. 화면 빛에 따라 산모와 간호사 들의 실루엣이 색을 바꿀 뿐 말을 하는 사람은 없었다.

누군가가 채널을 넘기는 듯했다. 한참 넘어가던 채널이 한 곳에서 멈추었다. 한 시간 뒤 카운트다운을 시작한다는 방송이 나왔다. 누군가 아, 하고 숨을 뱉었다. 그래서 나는 그날이 동지인 것을 알았다. 오늘 간식은 팥죽이겠네, 간호사 하나가 얘기했을 때였다. 갑자기 뉴스 속보가 떴다. 카메라가 한 건물 옥상에서 아래를 비추고 있었다. 2층 누각이 보였다. 그 누각에서 검은 연기와 함께 불길이 치솟고 있었다. 북문이었다.

"정말이야? 저거 실제 상황이야?"

간호사들이 놀라서 일어섰다. 누각에서 시작된 불길이 석축 위의 몸통을 막 휘감는 중이었다. 고가 사다리차와 굴절 소방차와 밤길을 가던 사람들이 모두 멈춘 채 솟구치는 불기둥에 넋을 잃고 있었다.

산모들은 아무 소리도 내지 않았다. 아슬아슬한 마음으로 타오르는 불길을 지켜볼 뿐이었다. 정말로 저기에 갔구나. 정말로 그렇게 했구나. 가슴이 메여왔다. 조리원 거실은 금세 붉은 빛으로 채워졌다. 석양을 받았을 때처럼 여자들의 얼굴이 달아올랐다. 다들 알 수 없는 기운에 상기가 되어 눈을 글썽거리고 있었다.

"저 아래가 내가 소꿉놀이하던 곳인데."

누군가 떨리는 목소리로 말했다.

"친구들이랑 처음 소풍 갔던 데가 북문이야."

"내가 처음으로 맞춘 주관식 답이 북문이었어."

"정말 다 타네."

초기 진화에 실패했다는 자막이 보였다. 그 말을 증명이라도 하듯 불은 이미 잡을 수 없는 상태가 되어 있었다. 화산재 같은 연기가 하늘을 뒤덮어 사방이 마비 상태였다. 크지 않은 누각이 저런 불길을 품고 있었다는 게 믿기지 않을 정도로 북문은 거세게 타올랐다. 포효하는 괴물처럼 몸을 뒤트는 북문 앞에서 소방차도 빌딩 들도 장난감 같았다. 이 땅에 가장 오랫동안 서 있어온 건물이 가장 빠른 속도로 무너지고 있습니다. 보도 기자의 흥분된 목소리가 흘러나왔다. 고의적인 방화로 추정이 되지만 아직 방화범은 잡히지 않은 상태라는 말이 이어졌다. 수차례의 협박 전화를 무시한 정황이 드러나면서 당국의 안이한 대처가 도마 위에 오르고 있었다.

나는 산호를 보았다. 산호는 눈을 감은 채 소파에 기대앉아 있었다. 산호의 뺨 위로 북문의 불꽃이 반사돼 어른거렸다. 나는 그 불꽃 앞으로 다가갔다. 이월을 말리던 산호가 이월을 돕기로 한 건 언제부터였을까. 나는 산호의 뺨 위에 손을 얹었다. 순간 건물이 흔들리는 것 같은 진동이 왔다. 사람들은 다 같이 화면으로 고개를 돌렸다. 엄청난 굉음과 함께 누각의 기왓장들이 쏟아져 내리면서 붕괴가 시작되고 있었다. 태어나면서부터 늘 보아왔던 건물. 타버릴 수 있다고는 단 한 번도 상상해보지 않았던 건물. 폴리스라인 너머를 채운 사람들이 믿어지지 않는 광경 앞에서 눈물을 흘리고 있었다. 숨이 끊어지기 직전의 생물체처럼 북문이 고꾸라지기 시작했다. 카운트다운이 시작됐다.

셋, 둘, 하나, 정렬.

새로운 2만 6천 년이 시작되었습니다.

북문의 마지막 기둥이 무너져 내렸다. 누군가 흐느껴 울기 시작했다. 나는 뒤편의 통유리를 바라보았다. 거기에 속싸개로 몸을 가린 콩이, 송이, 바람, 봄빛, 행복, 사랑, 희망 들이 누워 있었다. 누군가 몸을 긁었다. 어딘가에서 무엇인가가 다시 번식을 시작한 것이 느껴졌다. 이제 또 다른 고열이 오겠지. 들깻가루와 미역이 끓는 냄새. 젖냄새와 진물 냄새. 나는 눈을 감았다.

지금까지 경험한 것 중에 가장 긴 밤. 나는 그 한가운데에 있었다.

해설

미리 결정된 지옥에서

김형중

1. 마법적 세계로의 귀환

최은미의 이전 소설집 『너무 아름다운 꿈』(문학동네, 2013)에 실렸던 표제작을 참조해(p. 84) 2003년 한국에서 일어났던 굵직한 사건들의 일지를 작성하는 것으로 이야기를 시작해 보자. 그해에 이런 일들이 있었다. 2월 18일, 대구에서 지하철 화재 사고가 났고 192명이 사망했다. 3월 12일, 세계보건기구는 사스SARS라는 이름의 비정형 폐렴 경계조치를 내렸다. 3월 20일 미·영 연합군이 이라크를 공격했고, 3월 25일 중국 간쑤성 허시회랑에서 거대한 모래 폭풍이 일었으며, 4월 1일에는 홍콩 배우 장국영(작중 '리')이 투신자살했다. 4월 2일에 한국

군의 이라크 파병 동의안이 가결되었고, 5월 14일에는 실제로 서희부대원 5백 명이 이라크로 출국했다. 그리고 그중 열다섯 명의 병사가 6월 13일에 실종되었다. 같은 날 이라크 나시리아에서도 모래 폭풍이 일었고, 그 사이 아시아 곳곳에서 장국영의 명복을 비는 천도재가 열리기도(6월 2일) 했다.

모래 폭풍과 전염병과 전쟁과 자살. 물론 저 사건들은 모두 묵시록을 연상시키는 재앙이자 재난임에는 분명하지만, 그렇다고 그것들 사이에서 외견상 어떤 인과관계를 발견하기는 힘들어 보인다. 모래 폭풍이 도대체 한국군의 이라크 파병과 무슨 관련이 있을 것이며, 장국영의 자살이 사스와 무슨 관련이 있단 말인가. 그러나 모레티도 제임슨도 소설이라는 장르를 한 사회구성체가 스스로를 상징화하는 형식, 곧 '상징 형식'이라고 명명한 바 있으니, 제대로 된 소설가라면 저 사건들을 마냥 우연 속에 내버려둘 수는 없을 것이다. '상징 형식'이란 말이 의미하는 바, 일반적으로 소설의 (이데올로기적) 기능이란 주체로 하여금 자신이 살고 있는 세계와 일종의 '상상적' 관계를 맺도록 함으로써, 저토록 난해한 세계일지라도 이해 가능한(혹은 납득할 수 있는 이유로 이해 불가능한) 어떤 것으로 재구축하는 일이기 때문이다. 아무런 관련도 없어 보이는 저 사건들에 어떤 일관된 인과관계를 부여하는 것, 그것이 소설의 임무이자 운명이라고 말할 수도 있겠다.

그런데 우리는 그런 식의 상징화 작업에 대해서라면 최근 유행하는 두어 가지 방식을 알고 있다. 이른바 '브리콜라주소설'과 'SF소설'. 전자라면 방대한 양의 데이터베이스 정보들이, 후자라면 자연과학과 미래학에서 가져온 개념과 추론 들이 이 난해하고 불운한 세계에 어떤 납득 가능한(것으로 보이는), 혹은 편집증적인 개연성을 부여해줄 것이다. 그러나 신예 작가 최은미는 익숙한 그 두 방식들을 모두 멀리했다. 대신 근대가 극복했다고 여겼던 오래된 사유 체계와 글쓰기 양식들을 되불러왔다. 가령 동화 형식을 차용한다거나(「비밀 동화」「수요일의 아이」), 불교 설화를 서사의 주요한 모티프로 사용한다거나(「너무 아름다운 꿈」「눈을 감고 기다리렴」), 유령들을 등장시키고(「전임자의 즐겨찾기」) 신화적 고대를 현재와 겹쳐(「전곡숲」) 놓기도 했다. 베버식으로 말해 '마법적 세계로부터의 해방', 곧 '세속화'가 근대의 시작이었다지만, 최은미는 정확히 그와 역방향으로 돌아섰던 셈이다. 그러자 그의 소설 속으로 정보나 지식 대신 주술이 되돌아왔고, 설화풍의 이야기가 자리를 잡았으며, 마법이 다시 스며들었다.

최은미 특유의 방식으로, 그러니까 유행과는 다른 방식으로, 저 2003년의 일들(비단 2003년의 일들뿐일까)에 인과관계를 부여하는 일이 가능해진 것도 그 덕분이었다. 가령 『원각경』의 '공중화'는 그 사건들을 하나로 묶는 매듭이 된다. 장국영의 죽음과, 서희부대원들의 실종, 모래 폭풍과 전쟁과 전염병과 화재가, 불교 경전 속의 신화적인 꽃 한 송이 위에서 인과적으로 정렬한다. 요컨대 첫 작품집에서부터 최은미는 도무지 이해할 수 없는 이 미친 재난들의 시대를 상징화하는 방식으로, '세계의 재주술화' 혹은 '세계의 탈세속화'를 선택했던 것이다. 읽어보자니 이번 소설집 『목련정전』에 실린 작품들에서도 그의 탈세속화 작업은 여전히 진행 중이다. 「백 일 동안」 「겨울 고원」의 신화적 무대, 「목련정전」과 「나리 이야기」의 설화 형식, 「라라네」의 동화풍 서사 등은 작가 최은미가 여전히 마법적 시대의 글쓰기 양식을 즐겨 차용하고 있음을 보여준다.

2. 물려받은 형식

마법적 시대의 서사 양식을 즐겨 차용하는 작가라고 했거니와, 그렇다고 최은미를 두고 지난 시대의 '이야기꾼'이나 '구전물 채록자'라고 말할 수는 없다. 시간이 많이 지나 비록 그 기원이 희미해졌다고는 하지만, 소설은 애초부터 지난 시대의 서사 양식들을 원재료로 삼았던 장르이기 때문이다. 제임슨은 이전 서사 장르와는 전혀 다른 장르로서의 소설을 두고 이런 말을 한 적이 있다. "오히려, 이러한 형식들, 그리고 그 유해들, 즉 상속받은 서사 패러다임들, 관습적인 행위항 또는 행동 도식들은 소설이 가지고 작업하는 원재료로서, 소설은 '말하기'를 '보여주기'로 변형시키며, 진부한 것들을 어떤 예기치 못한

'현실'의 신선함과 대비하여 낯설게 하며, 독자들이 이제껏 그것을 통해 사건들, 심리, 경험, 공간과 시간의 개념을 받아들여왔던 관습 자체를 전경화한다."[1] 그런 의미에서 그는 장르로서의 소설을 아이러니하게도 '장르의 종언'이라 부르기도 했다.

만약 제임슨의 말처럼 소설이 이전 시대의 서사 양식들이 고안한 관습들을 원재료 삼아 그것들을 전경화하는 메타 장르라면, 최은미는 오히려 이 장르의 기원에 아주 충실한 '소설가'다. 설화와 동화 같은 구래의 장르들을 차용하여 변형을 가하고, 그럼으로써 그것들에 부착되어 있던 관습, 서사 패러다임, 이데올로기 등을 낯설게 하는 것이 그의 장기이기 때문이다.

그런데 저 문장들보다 조금 앞서 제임슨은 '장르'를 이렇게 정의한 바 있다. 그에 따르면 "외피나 외각처럼 분비된 외부 형식이 주인이 소멸한 지 오랜 후에도 그 이데올로기적 메시지를 계속해서 방출하는 서사적 이데올로기소"가 바로 장르다.[2] 약간의 설명을 덧붙이자면, 제임슨의 저 말은 우선 장르가 그 장르를 확립했던 주인들보다 오래 살아남는다는 의미로 읽힌다. 장르란 단순한 형식이 아니라 이데올로기소이고, 다른 장르의 재료로 해체되거나 변형되더라도 어떤 방식으로든 본연의 메시지를 방출한다. 아마도 현상학자들이라면 장르의 이와

1) 프레드릭 제임슨, 『정치적 무의식』, 이경덕·서강목 옮김, 민음사, 2015. p. 193.
2) 같은 책, p. 193.

같은 전수를 '물려받은 형식' 혹은 '침전물'이라고 불렀을 것인데, 결과적으로 소설가는 이전 시대의 장르들을 완전히 중립적이고 객관적인 방식으로는 가공할 수 없다. 왜냐하면 원재료가 새로운 생산물의 성질에 어떤 형태를 각인하듯이, 이전 시대의 서사 장르는 소설에 차용되어 재료가 되는 순간에도 소설 속에 고유의 이데올로기소를 도입하기 때문이다.

가령 동화나 설화 같은 구래의 서사 양식은, 필연코 선이 악을 징벌하는 해피엔딩의 결말, 갈등의 마법적 해결, 고난에서 성공으로 이행하는 플롯, 예정된 영웅의 운명 같은 이데올로기소 등이 두르고 있던 외피다. 내용이 형식을 창출하는 것이 아니라 형식이 오랫동안 내용을 거느리고 다니는 셈이다. 마법적 세계의 유산들을 소설의 원재료로 삼기로 작정했을 때 작가 최은미가 씨름해야 할 문제, 받아들이면서 동시에 극복해야 할 유산이 그와 같았다. 동화를 쓰되 현실적 모순들을 판타지로 봉쇄하는 동화는 아니어야 하고, 설화 형식을 차용하되 그 역시 재난들이 연발하는 지금 세계의 참혹함을 마법적으로 해결하는 서사는 아니어야 한다.

3. 준비되었니?

『목련정전』에 실린 작품들은 이 난제를 어떻게 해결하는가.

첫번째 해결책은 형식 수준에서 고안된다. 가령 「나리 이야기」의 도입부에서 전형적으로 드러나는 다음과 같은 이야기 방식이 그것이다.

> 나리가 나오는 이야기를 들어봤니?
>
> 〔……〕
>
> 듣고 싶어요.
>
> 정말?
>
> 들려주세요.
>
> 그럼 마음의 준비를 하거라.
>
> ……
>
> 준비되었니?
>
> 그런 것 같아요.
>
> 옛날 옛날 아주 먼 옛날, 강 건너 마을에 나리라는 여자아이가 살았단다. (「나리 이야기」, pp. 163~64)

잠이 오지 않는 밤, 방 안에 호롱불은 켜지고, 차분하고 능숙한 목소리를 가진 이야기꾼이 입을 연다. "옛날 옛날 아주 먼 옛날"…… 설화나 동화의 구연 상황은 다 이렇게 시작한다. 물론 이야기 속에서 태어난 아이는 비범할 것이고, 버려지거나 고난을 겪을 것이고, 그러나 꿋꿋이 성장해 의젓하거나 아름다운 젊은이가 될 것이고, 조력자를 만나 악당(대개 의부나 계모)

을 물리칠 것이고, 결국엔 귀인과 결혼하게 될 것이다. 혹은 성불해서 지옥에 빠진 어머니를 구할 것이고(「목련정전」), 그림(가령 극락도)으로 세상을 구원할 수도 있을 것이다(「나리 이야기」). 그리고 이런 이야기에 필요한 것은 '마음의 준비'가 아니라 모종의 합의된 '기대'다. 관습은 기대에 관한 한 합의를 도출하기 때문이다. 그런데 소설의 도입부에 해당하는 저 문장들은 어딘가 이상하다. 도대체 어떤 이야기이기에 기대가 아니라 단단한 마음의 준비가 필요하단 말인가?

설사 도입부에 이야기꾼과 청자가 등장하지 않더라도, 혹은 전근대적이거나 신화적인 시공을 무대로 삼지 않더라도 최은미의 소설은 모두 다 저렇게 시작한다고 보아 무방하다. 차분하고 말에 군더더기가 없는 화자가 이야기를 시작한다. 화자는 서술자와 겹칠 때도 있고, 작중 인물들 중 하나일 때도 있고, 3인칭일 때도 1인칭일 때도 있다. 그러나 누가 되었건 그가 어떤 감정의 동요도 없는 듯한 목소리로, 찬찬하고도 나긋나긋하게, 정밀하고도 세심하게 들려주는 이야기를 들으려면 항상 '마음의 준비'가 필요하다. 이유는 간단하다. 어조와 다르게, 그 이야기들의 세계는, 바로 지옥 그 자체이기 때문이다. 최은미의 소설이 시작되었을 때, 그러니까 동화나 설화를 닮은 듯한 어떤 이야기가 펼쳐지기 시작했을 때는 실은 항상 마음의 준비가 필요한 때다. 기대는 반드시 배반당하고 마음의 준비는 아무리 단단히 해도 모자란 세계, 첫 소설집의 해설을 쓴 권희

철이 적절하게 명명한바, 벌레들이 우글거리고 사방이 벽으로 막힌 화염의 세계, "삶까지 파고드는 죽음"의 세계가 곧 펼쳐질 것이기 때문이다. 비유로서가 아니라 진짜 지옥이 거기다. 내키지 않는 대로, 여기 그 세계의 일부를 (마음의 준비를 하고) 옮겨본다.

"그 사람 죽고 배를 갈랐을 때 내가 직접 봤다. 애가 화상 입은 살덩어리처럼 새빨갛게 쪼그라들어 있었어. 팔다리 발가락은 알아보겠는데 얼굴부터 내장까지는 녹아 있더구나. 화장은 따로따로 했다. 애 뼛가루는 지금도 시꺼매. 자꾸 꿈에 나타난다. 집사람이 울면서 애를 찾는데…… 애 탯줄이 실타래처럼 풀어지면서 굴러가서 찾을 수가 없어." (「목련정전」, pp. 94~95)

"내가 미친 듯이 물었어. 아프니? 찬아, 왜 그래. 어디 아프니? 애가 아무 말도 못 하고 내 앞섶만 쥐어뜯어. 목이 새빨갛게 끓어오르더니…… 눈이 뒤집어지면서 나만 쥐어뜯어. 지금도. 지금도 쥐어뜯어."

이모가 끄르륵거리며 가슴을 내리친다.

"나는 그것만 생각해 목련아. 죽어가면서 나한테 매달리던 찬이 손힘만 생각해. 그렇게 매달렸는데도 같이 못 죽은 것만 생각한다. 죽을 때까지, 죽을 때까지 이렇게 살겠지. 이렇게 살겠지!" (「목련정전」, p. 108)

요리사는 구슬땀을 흘리며 아기의 배를 가르더니 내장을 다 긁어냈어. 들통에 받아놓은 술냄새가 나리한테까지 번져왔지. 요리사가 손질을 끝낸 아기를 술통에 담갔어. 한참이 지나자 아기의 똥구멍에서 태반 찌꺼기와 남은 분비물들이 빠져나왔지. 요리사는 흐르는 물에 아기를 깨끗이 헹구고는 아기의 배 속에 찹쌀 한 줌, 수삼 반 뿌리, 당귀와 곽향, 생강과 육쪽마늘 반 통을 넣고 다시 꿰맸다. 양팔과 양다리를 모아 묶고는 펄펄 끓는 육수 속에 아기를 넣었지. 하리티의 주방엔 그런 육수통 수십 개가 끓고 있었어. (「나리 이야기」, p. 177)

저 문장들이 묘사하는 것이 지옥이 아니라면 무엇이 지옥일까? 한국 소설사를 통틀어도 그 예를 별로 찾기 힘들 듯한 저 문장들을 작가는 어떻게 썼을까? 독자는 또 어떤 마음의 준비를 하고 읽어야 할까? 최은미의 소설(「목련정전」 「라라네」 「나리 이야기」 「근린」 「한밤」) 속에 아이들의 죽음이나 유기, 실종이 즐비한 이유를 단순히 작가의 괴기 취미 때문이라고 할 수는 없다. 「백 일 동안」의 '강상기'도, 「겨울 고원」의 '김필상'도, 「어느 작은」의 '류'도, 「창 너머 겨울」의 '나'도, 성질이 좀 다르기는 하지만 지옥 속에서 영영 벗어나지 못한 채 살아가기는 마찬가지이기 때문이다.

요컨대 작가 최은미가 그려내는 세계는 전도된 마법의 세계이다. 이 작가는 동화와 설화의 형식을 즐겨 차용하되, 마법과 주술로 현실의 갈등과 모순을 상상적으로 봉합하는 대신 그것들을 원재료 삼아 현실을 벗어날 수 없는 지옥의 알레고리로 만든다. 설화와 동화 특유의 이데올로기소, 즉 권선징악의 결말에 대한 기대는 끝내 실현되지 않는다. 오히려 그런 낯익은 서사적 관습들이 전경화되면서 해체된다. 우리가 결국 지켜보게 되는 것은 지옥으로 변한 마법의 세계일 뿐이다.

작가 최은미는 매 소설이 시작될 때마다 온순하고 자애로운 목소리로 독자들에게 묻는다. '준비되었나요? 그럼 이야기를 시작하지요.' 그러나 그 어떤 마음의 준비를 해도 이 지옥을 겪는 일은 충격적이다.

4. 짐승들의 세계에서

최은미가 '물려받은 형식'과 대결하는 두번째 방식은 내용에 있다. 굳이 이름을 붙이자면 '결정론적 세계관의 생물학적 변형', 혹은 '운명론의 심리학적 근대화'라 부를 만한 전략이다. 설화와 동화의 세계는 예변법의 세계다. 운명은 이미 정해져 있고 팔자는 고칠 수 없다. 물론 운명이나 팔자는 피안(신, 연기, 사주)에 전과학적인 기원을 두고 있는데, 신분제에 기반을 둔 구래의 동화나 설화 형식이 항상 동반하는 이데올로기소가 바로 이것이다. 이번 소설집에서 확연해지는바, 최은미는 내용 수준에서 이 이데올로기소를 우선 생물학적으로 변형시킨다. 생물학적인 이유 때문에 세계는 지옥의 모습으로 미리 예정되어 있다고, 그의 소설은 말한다. 먼저 『목련정전』 최고의 문제작으로 읽히는 「백 일 동안」의 몇 장면을 보자.

> 낮에 다녀간 배 목수의 털냄새가 제이골에 그대로 배어 있었다. 축축한 단백질 냄새. 다른 수컷의 누린내였다. 강상기는 소주병을 따 들고는 집터 여기저기를 돌며 소주를 뿌렸다. (「백 일 동안」, p. 238)

> 강상기는 여자들이 남자들의 어떤 모습에 마음을 뺏기는지 잘 알고 있었다. 배 목수는 땀이 떨어져서 나무에 스미는 것도 모르는 것 같았다. 제이골에 여자가 있다면 그 여자는 지체 없이 배 목수한테 걸어갈 거라는 걸 강상기는 알았다. 지금 제이골의 왕은 배 목수였다. (「백 일 동안」, p. 249)

배 목수는 스승 대신 강상기의 집 '자미재'를 지으러 온 자다. 위 인용문은 그가 등장했을 때 강상기가 느끼는 적개심을 묘사하고 있는데, 다른 남성의 냄새 앞에서 전전긍긍하는 모습이 마치 영역 다툼 중 강한 수컷을 만난 수캐의 태도와 유사하다. 후각 우위의 감각 묘사가 그의 수성(獸性)을 강력하게 환기한다. 아래 인용문에서 확인하게 되는바 물론 그가 전전긍긍하는 이유는 짐승들이 흔히 그렇듯이 암컷들을 빼앗기게 될지도 모른다는 불안 때문이다. 실제로 배 목수는 소설 말미, 강상기가 자신의 어머니와 (그리고 정부였던 허 주임과도) 동일시했던 자미화에 오줌을 눔으로써 그를 격분케 하고, 자미재 전체를 불에 타게 하는 계기를 제공한다. 자미재는 실은 수컷 강상기가 건설하려던, 그러나 다른 수컷 탓에 허물어지고 만 일종의 하렘이자, 그의 생래적 수성이 초래한 지옥이기도 하다.

강상기와 유사한 인물이 「어느 작은」의 '류'다. 그는 이런 사람이다.

> 류가 경멸 어린 눈으로 수소 우리를 쳐다봤다. 류는 거세당한 채 멀뚱거리는 저런 시시한 놈들한테는 관심이 없었다. 유전자를 만대에 남길 수 있는 최고 유전형질의 씨수소. 그 씨수소의 정액이 지금 류의 손에 들어와 있었다. 류의 미래이자 희망인 그 정액은 영하 190도의 액체질소통 안에 동결되어 있었다. 그리고 미래를 함께하고 싶은 여자는 지금 눈앞에 있었다.
>
> (「어느 작은」, p. 280)

류는 최고 씨수소의 유전 능력을 수많은 암소와 나눠 가지고 싶은 생각이 없었다. 최고를 찾아 오직 자신의 암소들에게만 수정시키는 것. 그게 류가 원하는 것이었다. 그랬기 때문에 씨수소로 선발되기 전의 소를 찾아왔던 것이고, 소를 보는 눈을 키우면서 전문가한테 공을 들여왔던 것이다.

(「어느 작은」, pp. 286~87)

거세된 수소에 대한 경멸감 때문에 그는 최고의 유전형질을 물려받은 씨수소의 정액에 집착한다. 그러나 바로 그 수소의 정액에 대한 집착이 되레 류 자신도 수성을 상실한 거세된 존재임을 암시한다. 그와 씨수소는 다를 바가 없다. 그저 강력한 정액을 훌륭한 암컷에서 뿌려 유전자를 후대에 남기는 것이 삶의 유일한 목적인 류는 사람이라기보다는 소에 가깝다. 그리고 그 수성에 대한 과도한 집착이 류의 일상을 지옥으로 만든다. 소설 말미 그가 사라진 소의 정액을 찾아다니며 "내 정액 어디 있어? 내 정액 어디 있냐고?"라고 외칠 때 삐져나오는 약간의 실소와 비애감은 소와 인간의 경계가 사라져버린 비식별역에서 흘러나오는 것이라고 해도 무방해 보인다.

그러나 최은미 소설에서는 흔한 여성 작가들의 작품에서 자주 그렇듯이 남성들만 짐승들로 묘사되는 것이 아니다. 「라라네」는 작가 최은미가 여성이라 불리는 인류의 반 역시 최종심에서는 생물학적으로 결정된다는 사실을 받아들이고 있다는 사실을 보여준다.

전나경은 성(性)으로 일어날 수 있는 최악의 상황들을 가정

하는 데서 그치지 않습니다. 전나경은 라라의 자위행위에서 자신의 불행과 그 불행의 원인을 봅니다. 생식기관이 있기 때문에 겪어야 했던 고통들과 맞닥뜨립니다. 고통이 끝나지 않고 되풀이될 것이라 전나경은 생각합니다. 유리는 전나경이 하루하루 깊은 지옥 속으로 빠져드는 것을 봅니다. (「라라네」, p. 74)

자위벽이 있는 여섯 살 소녀 라라의 엄마 전나경은, 왜 "하루하루 깊은 지옥 속으로 빠져드는"가? 생식기관 때문이다. 그것이 있는 한 고통은 끝나지 않고 되풀이된다는 것이 전나경의 세계관이다. 같은 질문을 「한밤」의 산모들에게도 던져볼 수 있을 텐데, 그들은 왜 아비지옥처럼 사방이 막힌 그 정체 모를 산후조리원에서 벗어날 수 없는가? 이유는 간단하다. 생식기를 제외한 나머지 몸통이 괴물처럼 생긴 생명체들을 낳았고, 그래서 젖이 나오기 때문이다. 그들이 조리원 거실에 앉아 유축하며 시청하는 것이 '자연 다큐멘터리'라는 사실은 그런 점에서 의미심장하다.

더 많은 예들을 찾을 것도 없이 최은미의 소설 속에서 남성은 수성에 굶주린 수컷이고, 여성은 새끼를 낳는 암컷이다. 그리고 바로 그 이유로 서로 시기하고 질투하고 도륙하고 살해당한다. 생물학적으로 인류는 지옥을 살도록 미리 결정되어 있는 것이다. 그리고 이것이 작가 최은미가 구세계의 마법적 결정론을 생물학적으로 변형시키려는 작업의 대전제이기도 하다.

5. 불타는 자미재

그러나 아무리 짐승 같다 해도, 인류는 특별히 영장류라 불리는 만큼 좀 특별한 생명체일 것이다. 통설에 따르면 큰 대뇌 덕분에 사고할 수 있어서다. 그러나 작가 최은미의 생각은 좀 다른 듯하다. 그가 보기에 대뇌는 영장류의 최대 골칫거리이기도 하다. 사고 작용의 부산물인 소위 '심리'라는 것을 지녀서, 신경증과 정신증 따위를 앓아야 하는 유일한 생명체가 바로 인류이기 때문이다. 인류는 심리학적으로도 지옥을 살도록 예정되어 있다는 말인데, 참으로 염세적인 작가다. 그러나 이 지극히 염세주의적인 전제들이, 작가 최은미가 마법적 세계에서 온 형식들의 결정론적 이데올로기소를 근대화하는 두번째 방식이란 사실은 강조할 필요가 있다.

앞서 최은미의 소설 속 세계가 지옥을 방불케 한다는 점은 살펴본 바 있다. 최은미의 소설들은 다소 자연주의적 실험소설을 연상시키는 데가 있어서 이제 그의 인물들은 작가가 마련해놓은 그 지옥을 살아가야 한다. 지옥 같은 세계는 실험실이 되고, 인물들은 피실험체가 된다. 지옥을 살아야 하는 큰 뇌를 가진 피실험체. 과연 그들에게는 무슨 일이 일어났던가? 그들은 예외 없이 신경증자들, 그중에서도 주로 강박증자들이 된다.

「겨울 고원」의 제욱은 겨울만 되면 산과 스키에 강박적으로 매달린다. 그가 만난 김필상 노인은 겨울 산에서 한 철을 같이 보낸 봉산리 사내를 찾아 40년을 헤매고, 봉산리 사내는 부령과 주목 나무에 비정상적으로 집착한다. 역시 일종의 강박증인데, 이 사내의 경우 지옥 같았던 아버지 품을 떠나기 위해 부령에 묶여버린 형국이다. 「창 너머 겨울」의 '나'와 어머니에게는 락스 강박증이 있다. 아버지의 사타구니에 무성하게 돋았던 곰팡이 균사체를 목격한 후 비롯된 증상이다. 아버지를 청소해 버리려다가 역설적으로 청결 강박증에 묶여버린 인물들이다. 그들의 삶이 락스로 가득한 욕탕에 갇힌 듯 지옥처럼 변하게 되는 것은 당연한 일이다. 「백 일 동안」의 강상기는 자미화에 강박적으로 집착하고, 의처증도 있다. 사생아로 태어나 어머니에 대한 '성녀/창녀' 콤플렉스로 점철된 삶을 살았던 그는, 끝내 어머니의 그늘에서 벗어나지 못하고 모든 여자를 어머니의 대체 표상으로 대한다. 그가 사는 삶은 상상계적 지옥이었겠다. 「어느 작은」의 류가 가진 정액 강박, 「라라네」의 라라가 보이는 긴 머리 강박(공주 콤플렉스)도 유사한 증례들에 해당한다. 그런데 아이러니한 것은 그들 모두 지옥 같은 삶을 벗어나기 위해 이러저러한 강박증을 발명해내지만, 바로 그 강박증이 그들의 삶을 다시 지옥으로 만든다는 점이다.

프로이트는 불안을 상쇄시키기 위한 목적으로 강박행위와 강박사고가 등장한다고 말한 바 있거니와, 그들이 피하고자 하는 불안은 물론 지옥 같은 삶에서 온다. 아니 더 정확하게 말해

지옥 같은 삶을 피하기 위해 그들이 상상적으로 만들어낸 어떤 판타지가 와해될지도 모른다는 불안에서부터 온다. 「백 일 동안」은 이 경우에도 훌륭한 증례를 제공한다. 정신분석의 지침에 따라 잠시 강상기의 삶을 역추적해보면 이렇다.

소설 말미 "자식의 자식을 안아볼 수 없는"(p. 264) 처지에 빠져버린 강상기는 온밤을 엎드려 운다. 왜 우는가, 자신의 평생 꿈이었던 집 자미재와 마당의 자미화가 불타버려서 운다. 나무와 집은 왜 불탔는가, 강한 수컷인 배 목수가 자미화에 오줌을 눔으로써 그가 평생 꿈꿔온 미래를 더럽혔기 때문이다. 왜 배 목수는 자미화에 오줌을 누어서는 안 된단 말인가, 그 나무는 강상기에게 어머니이자 자신이 죽인 정부이기도 하기 때문이다. 그는 마당에 어머니와 정부가 심겨진 온전한 하렘 하나를 건설하고 싶었던 것이다. 어머니는 어떤 사람이었던가, 과일 익는 냄새가 지천이던 어떤 계절, 이 마을에 흘러 들어와 아이를 낳고 백 일 동안을 함께 보낸 여인이다. 정부는 어떤 사람이던가, 강상기가 이곳 제이골까지 데려와 어머니와 자신의 사연을 유일하게 고백했던 여인이다. 그녀를 죽인 이유는 무엇인가, 그녀가 자신과 어머니의 사연을 들은 후 이렇게 말했기 때문이다. "그 백일이 끔찍했을 수도 있죠"(p. 104). 그런데 갓난 아기였던 강상기는 그 백일을 어떻게 기억할 수 있었던가, 외조모가 말해주었기 때문이다. 그런데, "조모가 그에게 말해준 건 '니 에미가 백일 된 너를 맡기고 떠났다'는 짧은 사실뿐이었다"(p. 245).

사연의 전모는 이와 같았다. 그는 사생아였고, 자미화가 한창이던 계절에 어머니에 의해 버려졌다. 이후로 그의 삶은 지옥이었는데, 그는 바로 그 지옥 같은 삶을 견뎌내기 위해 '상상계'에 연원을 둔 판타지 하나를 만든다. 자신을 낳고 백 일 동안을 꽃과 과일 향기 속에서 머물던 순결하고 다정한 여자의 모습, 그리고 그 판타지를 듣고 이해하고 미소 지어줄 대체 표상으로서의 정부라는 유치하디 유치한 남성 판타지가 그것이다. 그 판타지가 깨지면 삶이 다시 지옥이 될 것이 뻔하다. 그래서 그는 아내를 의심하고, 탄생 설화를 부정하는 정부를 죽이고, 하렘을 더럽히는 배 목수를 증오하고, 결국엔 자미재와 자미화 전체를 불태운다. 지옥을 피하기 위해 만든 판타지가 결국엔 강박증을 낳고, 그 강박증으로도 은폐할 수 없는 '실재'가 그 모습을 드러내면, 삶은 여전히 지옥이다.

강상기는 가장 강렬한 예일 뿐, 『목련정전』에는 이와 유사한 사례가 적지 않다. 가령 「창 너머 겨울」의 '나'에게 사촌 형수는 상상적 판타지가 만들어낸 헛것이었던 것으로 보인다. 소설 말미 바로 그 형수에 의해 그의 판타지는 깨지고, 그는 결국 락스로 가득한 욕탕에서 사경을 헤매는 결말을 보게 되겠지만 말이다. 유사하게 라푼젤처럼 긴 라라의 머리카락에는 이가 번성하고(「라라네」), 김필상 노인의 40년 된 수소문에도 봉산리 사내는 돌아오지 않는다(「겨울 고원」). 애타게 그리던 엄마는 온 동네 사람들을 독살한 살인마였음이 밝혀지고(「목련정전」), 소의 항문 속에서 느껴지던 팔의 푸근함이 그 이후의 삶을 견딜 만한 것으로 만들어주지는 못한다(「어느 작은」). 현대 정신분석학의 발견에 따르면, 우리가 흔히 주체라고 부르는 개개 인류는 모두 다 그렇게 헛것을 만들어 지옥 같은 실재와의 대면을 회피한다고 한다. 최은미 소설 속 인물들의 강박증은 실은 그 지옥과의 대면을 연기하고 지연시키는 방식에 불과했던 것이다. 그리고 그 판타지가 깨지는 순간, 지옥은 더 고통스러운 모습으로 주체를 엄습한다.

그러니까 지옥은 모두 인물들 스스로가 만든다. 소위 '심리'란 걸 가지고 있는 존재에게 그것은 피할 수 없는 운명이고, 그런 의미에서 인간은 심리학적으로도 이미 지옥을 살도록 결정되어 있었던 것이다.

6. 동지의 밤에

결론적으로 최은미가 구축한 지옥에 출구는 없어 보인다. 왜냐하면 그 세계는 이중 삼중으로 미리 결정되어 있기 때문이다. 형식적으로도 생물학적으로도 심리학적으로도 결정된 세계, 그 세계는 아비지옥을 닮았다. 왜냐하면 '결정되었다'라는 말이 지시하는 바가 바로 다른 가능성이 실현될 가능성 따위는 없어졌다는 의미이기 때문이다. 그래서 아비지옥은 이런 곳이다.

"목련은 아비지옥에 이르렀습니다. 담의 높이는 만 길이나 되고 벽 바깥으로 검은 벽이 또 만 겹이나 둘러쳐져 있었습니다. 벽 위는 철망으로 얽어서 빠져나갈 곳이 없고 사방에서 뜨거운 불길이 쉴 새 없이 뿜어져 나왔습니다. 두개골의 백 마디마다 불이 활활 타올라 사람들은 미친 듯이 울부짖었습니다. 목련은 목 놓아 어머니를 불렀습니다." (「목련정전」, p. 99)

오래된 「목련구모설화」에서 목련은 저 아비지옥으로부터 어머니를 구한다. 그러나 마법이 사라지고 생물학과 심리학이 연기와 운명을 대신하는 오늘날의 목련도 그럴 수는 없다. 의령수와 연결된 목련나무의 '가지 마 가지'도 극락도의 구름도 야곱의 사다리가 될 수는 없다. 죽은 줄 알았던 목련의 어머니는 이제 살아서 아비지옥보다 몇 천 몇 만 배 더한 지옥을 경험하게 될 것이다. '바로 눈앞에서 아이가 죽는 지옥'이 그녀 앞에 펼쳐진다.

나는 차마 그 장면을 여기 옮겨놓지 못한다. 그러나 독자는 이미 읽었을 테니 보았을 것이다. 바로 눈앞에서 아이가 죽어가는 장면을, 그것도 다래 덩굴에 온몸이 묶인 채 쳐다봐야 하는 엄마의 시점으로…… 참으로 염세적이다. 잔혹하다. 비관이 극에 달해 죽을 듯 우울한 세계다. 그러나 나로서는 이 참

혹한 세계에서 최선을 다해 니체가 말한 '강한 염세주의'[3]라도 찾아내고자 애쓰고 싶은 생각이 없다. 작년, 그러니까 2014년 4월 16일 이후로 우리 모두가 저와 동일한 장면을 이미 본 적이 있기 때문이다. 소설의 윤리가 반드시 낙관이나 전망이어야 할 이유는 없고, 세계가 낙관과 전망을 불허할 만큼 실제로 지옥 같다면, 우리로 하여금 저 엄마의 시점으로 딸의 죽음을 보게 하는 것도 소설의 윤리일 수 있으리라. 되레 나는 작가 최은미에게 이처럼 지옥 같은 소설들을 더 많이 더 냉혹하게 써서 우리가 읽게 해달라고 주문하고 싶기조차 한데, 다만 한 가지, 염세주의가 관성이 되면 그 또한 '세계란 오늘도 내일도 어차피 지옥이야'라는 이데올로기를 전파할 수 있다는 점을 매 순간 의식하고 성찰하면서 그렇게 할 수 있기를 바랄 뿐이다.

---

3) 권희철, 「살아가기 위해서 비극을 읽는 것입니다」, 『너무 아름다운 꿈』 해설.

작가의 말

책에 실릴 소설들을 다시 살펴보는 동안 봄과 여름이 지났다. 추울 때 쓴 소설, 더울 때 쓴 소설, 무언가를 기다리면서 쓴 소설, 미안해하며 쓴 소설. 소설을 쓸 때의 마음 상태가 곳곳에 숨어 있어 부끄럽기도 했고 혼자 웃기도 했다. 몇몇 인물의 이름을 입속에서 굴려보기도 했다. 목련과 라라, 나리. 그리고 미처 이름을 지어주지 못한 소년과 소녀, 여자와 남자 들.

「목련정전」에 나오는 배 모양의 관을 생각하게 된 건 '주형석관(舟形石棺)'에 대해 쓴 강우방 선생님의 글을 읽고 나서부터다. 관을 배 모양으로 만든다는 것, 배 모양을 한 관이 정말 형상으로 남아 있다는 것. 그 사실만으로도 당장 앉아서 긴 글을 쓸 수 있을 것처럼 가슴이 뛰었다. 글을 쓰고 싶게 만드는 글을 만나는 건 언제나 행복한 일이다. 같은 소설 속, 활과 숯과 칼자루가 된 나무들 이야기는 양신의 『단연총록』에 나오는 「용생구자설(龍生九子說)」에서 떠올렸음을 덧붙여둔다.

「겨울 고원」은 산으로 간 한 남자를 생각하면서 썼다. 이 소설을 쓰는 동안 나는 어쩌면 몇십 년 후에도 산으로 간 남자 이야기를 쓰고 있을지도 모른다는 생각이 들었다. 그 남자를 생각하면서 쓴 소설이지만, 애니 프루와 이안이 그려낸 「브로크백 마운틴」의 풍광이 없었다면 이 소설은 지금과는 다른 형태의 소설이 되었을 것이다. 에니스와 잭이 함께였던 것처럼, 나는 산으로 사라진 남자가 혼자가 아니였길 바랐는지도 모르겠다. 결국은 혼자가 된 얘기를 쓰고 만 것도 같지만.

한 소설의 마지막 퇴고를 끝내고 나면 나무의 색깔과 소리가 달라져 있을 때가 많았다. 그리고 어느새 다음 소설이 와 있었다. 가는 계절과 오는 계절 사이, 가는 소설과 오는 소설 사이에서 자잘한 소름을 느끼던 순간들을 오래 기억하고 싶다.

소설집의 방향을 잘 이끌어준 편집자 지인 씨, 해설을 써주신 김형중 선생님께 감사드린다. 왠지 두 분은 내 인물들을 이해해주실 것만 같다. 내게 계속 말을 걸어주는 가족들한테도 감사를 전한다. 덕분에 나는 오늘도 세상의 말을 새롭게 배운다.

2015년 가을

최은미

수록 작품 발표 지면

창 너머 겨울 『현대문학』 2013년 3월호

라라네 『현대문학』 2014년 8월호

목련정전(目連正傳) 『불교문예』 2011년 겨울호

근린(近隣) 『창작과비평』 2014년 봄호

나리 이야기 『한국문학』 2014년 가을호

겨울 고원 『21세기문학』 2014년 여름호

백 일 동안 『문학동네』 2013년 가을호

어느 작은 『문학들』 2014년 겨울호

한밤 『좋은 소설』 2012년 가을호